九 重 抄

时 音 著

浙江工商大学出版社
ZHEJIANG GONGSHANG UNIVERSITY PRESS

图书在版编目(CIP)数据

九重抄 / 时音著. —杭州:浙江工商大学出版社,
2018.1(2018.5重印)

ISBN 978-7-5178-2440-4

Ⅰ.①九… Ⅱ.①时… Ⅲ.①长篇小说-中国-当代
Ⅳ.①I247.5

中国版本图书馆 CIP 数据核字(2017)第 276245 号

九重抄

时　音　著

责任编辑	任晓燕	
责任校对	穆静雯	
封面设计	胡云云　林朦朦	
责任印制	包建辉	
出版发行	浙江工商大学出版社	
	(杭州市教工路 198 号　邮政编码 310012)	
	(E-mail:zjgsupress@163.com)	
	(网址:http://www.zjgsupress.com)	
	电话:0571-88904980,88831806(传真)	
排　　版	杭州朝曦图文设计有限公司	
印　　刷	杭州恒力通印务有限公司	
开　　本	710mm×1000mm　1/16	
印　　张	16.25	
字　　数	247 千	
版 印 次	2018 年 1 月第 1 版　2018 年 5 月第 2 次印刷	
书　　号	ISBN 978-7-5178-2440-4	
定　　价	48.00 元	

别人眼中的作者时音(序)

和时音相识于 2017 年 9 月的南京,我们一起参加培训。她给我的第一印象是个漂亮文静的妹子,有种隔绝于世俗之外的感觉。随着时光的推移,我们渐渐熟悉,才发现这个看起来话不多的姑娘内心却有一团火。

我没想到短短 27 天能收获一份难能可贵的友情,遇见她的确是人生之幸事。她的人同文字一样,内蕴卓秀、温软细腻,我常常担心培训结束后我们天各一方,再也没有了联系,所以有时会悲观地想,既然注定要分开为何却要相遇。好在我们的友情并没有因为分开而消亡,我想它会一直延续下去,成为生命里美好的存在。

聊天时,我们常常会感慨,我俩脾气秉性如此相像,面对彼此时仿佛看到了另一个自己。那些相处时的点点滴滴,印证了我们的缘分,世界之大,能够走进对方的世界是如此奇妙如此幸运。

离开南京的前一晚,她在我们同住的房间里流下了眼泪,我抱着她,忽然觉得言语在此刻显得特别苍白。她很怕离别,难过的情绪积攒了几晚,最后全数爆发。那一夜,我辗转反侧难以入睡。

离别那天,窗外阳光正好,紫金山层林尽染。她尚在熟睡,我在书桌前写了一张纸条,上面满满都是想对她说的话。离别的情绪太过沉重,很多话当着她的面无论如何也说不出口。对于这个内心强大却时常会犯迷糊犯二的妞,说不担心她是假的,叮咛再多也不过分。拖着行李走的时候,突然听到她打开门喊我,抓住最后一秒道别,我突然鼻子一酸,却故作镇定。

她的感情就像是这本书里描写的几世温柔的故事,我也很庆幸能得到她的信任。当她因为新书上市让我写这篇序的时候,我既感动又有些激动。时音是一个很棒的人,带给我无限的勇气,而我相信看到这本书的读者,也会如我一般被书中动人极致的故事和作者本人的独特魅力深深吸引。

有句话说不忘初心,我们都会成为更好的自己。

亲爱的音音,很高兴能和你在茫茫人海中相遇。经历了很多事,希望你依然能保持乐观的心境,风雨过后必将经历彩虹,你一定会拥有更加绚烂的人生。

言情作家　械语暄

2017 年 11 月 3 日于江苏常州

目录

楔　子

太上老君最近很反常，他的宝贝孙女被魔门的人抓走了，于是逮着谁都冤屈地告状，弄得众仙对他绕道走。

本来挺有趣的一老人家，现在被孙女的事情折腾得蓬头垢面，哪里还有昔日仙风道骨的风范？

这事儿众仙也很无奈，毕竟同道为仙，众人也都得过太上老君炼丹炉的不少好处，平日里老君人缘绝对算不错的。倒不是说关键时刻没人帮他，而是，抓他孙女儿的是谁啊？那是大名鼎鼎的魔尊逍遥。

谁惹得起？

便是那修为上乘的上仙，碰见魔尊，都只有洗干净脖子等着被捏死的命运。那魔门素来猖狂，气得三界对其牙痒痒的。

偏生那魔尊，长相极是风流勾人，素来享有"八荒九州第一美男子"的称号，单凭那张脸，就羡煞了多少女仙，惭愧了多少红颜？

再加上这魔尊心肠毒得很，动辄就找个什么由头，到三界各处晃一圈。天界里见过他容貌、心甘情愿为他堕落的女仙不计其数，弄得天庭职位空缺，仙女们个个紧张不已。

如今，更是轮到太上老君的那个孙女儿了。

众仙心里都明白，只是不好点破，这老君的孙女白玉仙子，究竟是被魔尊抓去的，还是自己看上魔尊跟人家跑的？

魔尊那人是出了名的心高气傲，闲得没事儿干，抓个小仙去干什么？

太上老君吹着胡子，天天下狠心要到魔门去跟魔尊理论，拼了一身老命，也不能叫魔尊那厮糟蹋了自家白玉一样的孙女。

众仙忙不迭就拉住，弄得大家整天愁眉苦脸不干正事儿。

这两天，太上老君又琢磨着要去天帝那儿告御状。

正盘算的时候，纯阳真人驾着云彩，晃晃悠悠冲这边过来了。

见太上老君一时又想不开了，旁人正忙着拉。纯阳真人便走过去，说道："老君，有个好消息要告诉你。"

太上老君人老但心气还在，当下把眼一瞪："什么好消息？难道你能把我的孙女抢回来不成？"

纯阳真人摆手："我是不能，不过，和老君你想去告的御状，倒是同一桩事。"

一时众仙的好奇心都被勾起来："哪一桩？"

纯阳真人优哉游哉，道："情仙即归。"

众仙眼睛都是一亮，如果属实，这自然是近来最好的消息。有仙问："这消息可靠？真人你从哪里听来的？"

纯阳真人道："我来时，司命星君告诉我的，错不了。"

这九重天上的天帝，膝下只得一女，乃实打实的天界之公主。这公主的封号，便是"情仙"。

情仙……

太上老君一把抓了纯阳真人的手："吕洞宾你要敢骗我，我可饶不了你！叫你把八百年前吃我的仙丹，全都吐出来！"

纯阳真人吕洞宾压力很大，他安抚着太上老君："老君莫慌，等公主归来，你当面向她告御状，不比什么效果都好？"

太上老君大把年纪，难得激动了，揉着眼睛转向众仙，然后被自家的神兽接走了。

众仙都松口气。

转眼又开始热火朝天地议论起公主归来的事，天界寂寞，难怪这群仙人都养出了一颗看热闹的心。

"若说公主，一直居住在南海，和菩萨一起。怎么说回就回了？"

　　"瞧北斗星君这话说的,天帝也去了西天如来那儿听经,最近天界闲散,敢情是过惯了自由的日子,北斗星君不习惯规规矩矩地生活了?"

　　"唉,失踪了那么多女仙,同为女仙,希望公主回来,真能把这事儿做个了断,也省得老君天天心里不安。"

　　吕洞宾道:"你们又不是不知道那位公主的性子,向来比天帝还不管事儿,就是以前在天界的时候,也见不到她出来。你们何必这么折腾老君?"

　　"我们那不也是想让老君宽宽心吗?"

　　众仙唏嘘一阵,各自散了。

　　只有吕洞宾,望着终南山方向若有所思,半晌,脚踏青云,朝天边飞去。

梦中琉璃

隐罗山早上泛起轻雾,我展开手卷,对着看了半天。

总的来说,是父君让我上天庭一次,言辞间说是为我安排了一门亲事。我有点摸不着头脑,顿时头大了,苦笑着把手卷上下又看了一遍。我父君这一代是天虚帝君,是千万年前天地开辟时归元帝君的重重孙。

父君说我年纪大了,拖下去耽误不得。给我订的这个亲,正是那位天外天的月留上神。

我与这月留上神,从来也没见过。父君贸贸然就给我订了这门亲,委实……也太不尊重我了。

我摸摸鼻子,心知这事就算定了,已经无可挽回。父君那个人,向来独断惯了。这月留上神,单凭上神二字,就够九重天乃至十里八荒尊崇的了。

所谓神仙,先神后仙,这上神,就更是尊贵到不能再尊贵了。就连我仗着先天优势,沾着父君的光彩,也只平白得了个"上仙"封号。

为此还没少被姑姑说教。姑姑叫麻姑,仙龄悠久,是仅比父君矮一辈的老仙人,是以天上的人都尊称她一声麻姑上仙。我磨磨蹭蹭地,不想回天庭去,可临到正午,又得到一封传书。

这次是从南海观音大士那里传来的书信,姑姑在信中殷殷劝我,说我三百年未曾回去,父君有事出行,我身为嫡女,理应为他分忧。若我再这么下去,她也不负责替我打掩护了。

我再次灰溜溜地摸了摸鼻子,仗着与姑姑亲厚,叫她三百年来谎称我在南海修行。但姑姑再疼我,若连累观音大士,我也不好意思了。

为了让我乖乖回去,姑姑还送了我一匹麒麟,我叫它麟儿。

我无可奈何,花了半天时间和神兽混熟,中午便骑着麟儿往九重天上去。

麒麟是头好麒麟，姑姑对我，素来大方。半个时辰后，重重雾霭便遮挡了我的视线。在云层里，逐渐出现一个海蓝色的屏障，将整个天际牢牢遮住。

我露出眉间金印，脚一用力，猛向上冲去。一阵光芒闪过，我穿过屏障，顺利到达天宇之上。

麒麟身上金片尽显，威风凛凛地直往前飞奔。

我来到北天门外，麒麟悠悠地停下了。

一般八荒九州来往的众仙，多数都走南天门，北天门平时就比较安静，只有一个负责登记的黄胡子仙人。

我将金印隐去，慢慢走过去。那仙本来正在开小差打瞌睡，每打一下瞌睡，胡子就抖一下。可是我一踏上北天门，他的眼立刻就睁开，直直朝我望来。

他揉揉眼，看了我好半会，才慢吞吞开口："没有诏，外路仙人一律不得进入天门。违者处罚，硬闯者打入天牢。"

这仙人看着糊涂，律令倒是背得挺熟。我淡淡笑了笑，道："我是观音大士座下使者，替她来传消息的。"

黄胡子仙人眼神更警惕，上下打量我几番，半晌说道："观音大士座下，不都是善财童子？几时多了个女使者？"

我正要答话，旁边麒麟叫了一声。

麒麟是极珍贵的上古神兽，也极少有人能驯服它当坐骑。仙人眼里闪出惊疑，瞌睡顿消，定定盯着我看。

良久，黄胡子才盯着我慢慢道："仙人进出，皆要有登记。"

说着递过来一本册子，我觉得有趣，便提笔在上面写了几个字，驾上麒麟，再次腾云而去。

结果——糟糕了。

远远地看见一个白袍男子站在弱水那里。我一直以为天界只有吕洞宾卖弄风情，没事就喜欢穿着白衣御剑飞行彰显潇洒，别的仙人根本不会穿那么素净的衣服。

我路过其后，出于好奇瞥了一眼，这才发现，那男子的脚，离弱水只有半寸之距。我惊了一把，这男子有什么想不开，非要跳弱水自尽？

要知道，弱水远不比天界其他的水，它一根鸿毛也浮不起来。谁要是跳下去，八百年也出不来。仙人也照样会被永远埋葬。

我前头刚这么想，那边男子已一脚跨进了水中！这一惊非同小可，我忙控制麒麟停下。

想我等毕竟为仙，看见有人轻生，怎么都要管一管的。

我忙不迭地带着麟儿俯冲过去，一伸手，就抓住了那男子的半片衣袖。男子踏进水中一半的脚收了回来，转脸看向我。

唯恐他再跳，我手中还抓着他衣袖，这一照面，我便看清了男子的样子。

嘻，想不到三百年没回来，天界竟出了这等相貌俊秀气质清雅的仙人？不知是哪一路的。

只愣了片刻神，我迅速清清嗓子，说道："想寻死不是这么寻的，你可知道跳进这弱水河里，连灵魂都会被禁锢住，那可是永生永世的折磨。"

白衣男子看着我，忽地笑了出来，清润如玉。怎么看也不像想不开的人。

我顿了顿，还是好言相问："你是哪一路的仙人？封号是什么？有什么想不开的事，还是过不去的坎？说出来，兴许我能帮上一二也不一定。"

唉，想为父君分忧，关心仙人是必要的。

男子微微侧脸，轻轻道："是公主殿下回来了？"

我一停顿，诧异他能认出我。想我一没显金印二没露行踪，这男子能一眼看出来，不管蒙的还是猜的，至少他眼力真是不错。

我和颜悦色道："你不轻生便好。"

他笑了笑道："刚才是我不注意，没想到踩弱水里去了，还要感谢公主挂念。"

我松了口气。也是，哪有仙人会干这种傻事的？

我不由点点头，招手挥过麒麟，冲他道："那我先走了。"

他颔首："公主慢走。"

我朝上飞起，低头看了一眼那抹素淡身影，那感觉，好生熟悉。

我在天上拐了半天，结果环视一周，这九重云霄上竟又建了许多座宫殿，各路都辨不清了。我讶然，这都是什么人的？难不成我三百年没回来，这里多了这么多上位仙者？

费了会儿工夫总算找到了我的离泽宫。还多亏我的宫殿没变化，能让我一眼认得出来。

但看门口的情况，我好容易才定了定神。

"老君，你先别急，公主很快会回来！"

一白胡子老仙就堵在宫殿门口，对众人边望边道："你们不是说殿下今日会归的吗？仙家不打诳语，我看你们都先自损三百年道行！"

太上老君在吹胡子瞪眼，众仙都又无奈又生气。"吕洞宾！你这言而无信的家伙！"

吕洞宾才叫冤屈，眉头皱成"川"字，向老君道："情上仙要回来的事，我也是听司命星君说的，你该去找他。"

回来就看自己家门口吵成一团，这是什么感觉？我的手放在麒麟头上，不作声。我沾了父君的光混了个上仙，掌世间七情，仙家一般都称呼我封号"情上仙"。

"可这都什么时辰了，也没见上仙影子，南天门那也没听消息。"其中一个仙，不紧不慢地说了一句。

太上老君拂尘一甩，果断地在门口盘膝，老僧入定般："我就在这等着，公主一日不来，我就等一日。"

众仙这下为难了，纷纷上前，吕洞宾劝道："老君，这里毕竟是情上仙殿前，虽然她不在，但我们这一大群围在这，已属失礼，万一情上仙回来看见，也必定不高兴。"

我在石阶后面点头，因为我已经看见了。

我从不知天界还有这么大堆烂摊子等着，开始大呼上当，皱眉心道，父君，你这是坑我呢。什么为我安排了亲事，什么让我回天庭，统统都是幌子。我原本想回家歇一歇的美梦泡汤了，如今就盯着门前一大群在扯皮的仙人。

太上老君抖着胡子说道："那魔尊是天上地下第一狡猾嚣张之人，你们可知他曾说过哪些混账话，他声称最大的心愿就是将咱们九重天上的公主送去为他暖床温被。此等无耻没脸没皮的淫魔，就该启奏帝君联合众仙把他打下十八层地狱！"

这真是回家还没喝上口热茶，就被当头劈下来的雷给炸了一般的感觉。销魂，委实销魂了。

麒麟神物，通灵性，当下似乎晃了晃脑袋，就朝我看了眼。我按住它的头，面色不动地继续看门口。我看了一眼仙群，大多熟面孔。

吕洞宾驾着仙剑想逃跑："老君，看你说的，越来越不像话了……"

太上老君拂尘一扫，卷住了他的剑尾，姜还是老的辣。

"吕洞宾，你那红颜知己白芍仙子，好像也私底下说恋慕魔尊逍遥的那张无双俊颜吧？"

吕洞宾面皮渐渐紫涨了，事实证明上了年纪的仙人惹不得，郁闷中的更加惹不得。众仙立刻对吕洞宾投以同情眼神，下一刻，面对浑身都是刺的太上老君，就都聪明地闭上嘴了。

可这吕洞宾还不比旁仙，他一直都是三界中闻名的诗仙情圣，那一手剑，一句诗，一个温柔的微笑，昔日都是迷倒众女仙的资本。当然，辉煌都是过去的。

我在脑中回想魔门的逍遥魔尊，我三百年未出隐罗山，不知很多事。印象中这个逍遥，好像是魔门的新君，还有就是，传言中他的确长相魅惑，为人十分邪魅。

吕洞宾被当面戳了痛处，一鼻子灰，慢慢道："老君，那么多位仙子被魔尊掳走，这事情，怎么都算大事。你就算今日不告状，帝君也绝对要管一管的，你又何苦急在一时？"

太上老君驳他："要是白芍仙子被抓去了，你急不急？"

吕洞宾头一扭，不说话了。

我见这么下去也不是办法，默默抓着麒麟，片刻，想了个主意。

我捏了个隐身诀，后退几步，五指霍地一张开，往上，掌心腾出彩色云气，慢慢朝天空伸去，不一会儿，天空中聚齐一大团的彩云，缓缓流动。

众仙当然看到这样的异状，脸上均一凝。

隔了半晌，文曲星君道："是情仙的云网，看来她已知道我们在此处，各仙友，我们还是快点离去的好。"

一会儿，吕洞宾也说话："堵在情仙门前毕竟有失礼节，老君，你先回去，等晚些时候确定情仙已归，再遵照礼数前来参拜吧。"

太上老君面色凝重，盯着我放出去的彩云看了半晌，才慢慢从我门前站起来。众仙不失时机，立刻伸手一拉，脚底生云，将他拉走了。

我松口气，拍了拍麟儿，总算能慢悠悠走进家门了。

众仙女都被魔尊骗走？我细细回忆着方才的谈话，若果真是魔尊所为，那还真不能等闲视之。刚想了一点，我已一个头两个大，心道，明天怎么应付众仙家，唉，父君啊父君，你怎能这样害我？

一道手谕把我召回，自己却依旧在听经，不理事务。

睡了三百年，还是处在困顿之中，我在家里床上睡得昏沉，麒麟很省心，就在我床边趴下。

百年光阴中，时常梦里会有画面，像天池的水镜照耀出来的那种片段，波荡来来去去，摸不清源头。

起身时我打了个呵欠，拍拍身边麒麟，看向它，顺了顺它的背。

九重天不分白天夜晚，只是偶尔云层厚一些，云气有时候会从窗户漫进来。我站起来朝门口走，麒麟立刻抖起身子，跟在我后头。

房门一打开，我站立四望，宫宇纷起，还就属我这地儿最冷清。打开门四面八方看不见一所宫殿，除了我这儿别无二家。三百年前，平时也不会有仙友串门到我这儿来，我懒散惯了，也图个方便，正好没人打搅。

我再打一个呵欠，正考虑是否要关起门再睡一会。天边一道剑影就飞来了，眨眼间，吕洞宾笑嘻嘻地从剑上下来，冲我拱手："参见情上仙，上仙早。"

我觑起了眼，盯了他半晌，他倒是知道我早，故意赶得巧。我慢慢道："纯阳真人，你也早。"

吕洞宾笑得更开，说道："我就说上仙肯定回来了，北天门那黄胡仙的册子上，一看昨日签名，我就知一定是上仙手笔。"

我看了他许久，才悠悠道："纯阳真人过奖。想不到你这么关心本仙，连本仙何等手笔都知道。"

"那自然，情上仙风韵，定要处处了解。"他煞有介事地继续说。

我扭过脸，不欲再和他打马虎眼。吕洞宾看看我身边，朗朗笑道："三百年，想不到上仙又多了只灵兽相伴，确是可喜可贺。"

我看他："三百年不见，纯阳真人的口齿还是那么讨人喜欢。不知您中意的牡丹仙子，同意跟您到月老那儿牵红线没有？"

吕洞宾脸上动了一动，道："天条律令，洞宾自当收敛心性，不动凡心。"

我和颜悦色，继续笑道："没事，纯阳真人你素来风流倜傥，只要你真的相中了，本宫可以给你特批。就让你跟牡丹仙子，做一对神仙眷侣。"

吕洞宾当即给我作了一揖，还在强撑脸面道："多谢公主，洞宾实在受不起。"

我挥舞着袖子，笑盈盈看着他。他对我的称呼由上仙转为公主，还真是有点敬意了。我大悟："哦，或者你中意的不是牡丹仙子，其实是白芍仙子？"

吕洞宾的脸微微泛青，我好整以暇地坐在麒麟背上，用一种很是宽容大度的眼神看着他。不管怎么说，我等身为上仙，处处都要有仙家风范。

吕洞宾忽然朝我施了一礼，神情肃然道："公主，洞宾有事禀告。"

我挑了一下眉："哦？是何事？"

吕洞宾看着我，正色道："不知公主回来这一日，可曾见过太上老君？"

我顿了顿，开口道："我刚回不久，自然不曾见过。怎么了？"

吕洞宾露出凝重色："近来那三界中的魔门，屡屡骚扰我仙家重地，那魔尊更加淫邪，掳走天界众多仙女不说，太上老君的孙女白玉仙子也被抓走，老君深受打击，一直萎靡不振。洞宾禀报此事，请公主能够出面安抚群仙，让众仙心里落个底。"

我眼珠转动："这么大的事，你们理应在第一时间，传信给父君才是。"

"是，君上说，让我们静心等公主，择日归来。"吕洞宾回道。

我心里像一股绳拧起来，父君，你至于做到这地步吗？魔门来犯你都不管，哪天天帝的宝座坐不稳了都不知道。

白玉仙子那小姑娘我见过，小小年纪天赋不错，长得水灵灵，太上老君捧得跟宝贝似的。听闻白玉被魔门的人掳去，我心里也有点难受。

吕洞宾许是看我迟迟不说话，他也感觉有点没着落，便一个人慢悠悠地似自言自语："也是巧，前段时间，帝君和公主都不在，众仙群龙无首，那魔门的人才敢这么猖獗。"

意思是父君或者我在就不会猖獗了是吧？我淡淡挥了挥袖子，焉能不理解这纯阳真人是在暗地里给我戴高帽子。沉默想了许久，我心里倒也没底，吕洞宾有一点说的不错，这魔门的人确实狡猾异常，魔尊更是不用说，狐狸都比不过他。

这事，即便我上门索讨，也未必能把那群仙子们要回来。没有抓到现行，这魔尊铁定也不认账。我很是为难。

吕洞宾举报魔尊虽然有藏私心之嫌，但他说出来的这件事，毕竟是有据可依的真事。想我没被太上老君堵住，已是万幸了。联想一下老君拽住我袖子哭诉的场景，我没来由抖了三抖。

我揉着额角，心想这管事的不好当。父君跑去西天听如来讲经的真正缘由，我开始有点怀疑了。坐在他的位置上，需得天天处理这些来自三界的事务，每日都有无数事务等着他，他要真的是因为怕麻烦逃了……

我立即晃了晃脑袋，不想抹杀父君在我心中英明神武的形象。

过了片刻，吕洞宾问我："公主，你看这事，怎么处理好？"

我看了一眼他，端然道："你且回去，我去嫦娥仙子那一趟。"

我看着吕洞宾御剑离去的身影，心里慨叹，所以，情敌什么的，真是不能小觑的。吕洞宾被魔尊逼急了，自己本事奈何不了人家，借刀杀人这种事，还是可以干干的。

我脚下的祥云刚落地，就听到广寒宫内传来一阵兔叫声，衣裳款款的嫦娥，抱着玉兔快速走出来，流苏曳地，仪态万千。

三百年没见，嫦娥既不热情也不朝我寒暄。而看见我身边的麒麟时，她立马皱了下眉头，紧搂瑟瑟发抖的玉兔，对我说道："上仙的麒麟是万山圣兽，灵气过重，我的玉兔害怕，刚才起就一直在叫唤了。"

我一愣，嫦娥的脸上很是怨愤，再往她怀中看去，乖巧可人的玉兔现下正寒毛竖立，吱吱叫个不停。我迅速低下头反应过来，竟没注意到这层，赔笑道："是我疏忽。"

立马挥挥手将麟儿隐在云层里，奈何看不见形体，气味还在，玉兔还是吓得直往嫦娥怀里缩。

我干干一笑，只得趴到麟儿耳朵边上说了两句，让祥云先带着麒麟走了。

三百年过去，嫦娥还是没变，将她家玉兔当宝贝疙瘩疼爱。

嫦娥这才悠悠地说："上仙到来，有何事吩咐？"

众仙大多都喊我上仙，而不喊我公主，源于父君曾特意交代过，在九重天都要以封号为称，不得喊乱了。

父君用心良苦，却也以此博得众仙爱戴。可惜深受众仙爱戴的他，此刻却躲得远远的，避世去了。

我一不留神就想得远了，笑着迎上："仙子多日不见，这神采风韵，简直脱胎换骨了。"

嫦娥立刻后退一步，抱着玉兔朝我福身："不敢，上仙驾到，寒舍蓬荜生辉。"

瞧这神态，哪还有方才逼迫我把麒麟放走的架势？

我眨了眨眼，径直往里走："嫦娥，许久没与你对弈了，你那月光棋子，制作得怎么样了？"

嫦娥在我身后跟进来，忙去取棋子。

我坐在清凉台上，与嫦娥对弈。

这才是悠闲日子，无人扰无人搅，和对座绝代佳人手谈。虽然这绝代佳人始终面若冰霜的样子。

"上仙这身衣裳，几百年前的了？"隔了不知几许，对座忽然冒出来一句，我拈着一枚荧荧亮光的棋子正在凝神苦思，冷不丁被这幽幽的声音惊了一下。

我定了定神，才有些茫然地低头瞅瞅自己身上的衣服。瞅过后才有些脸红。我在隐罗山睡得天昏地暗不知天上几何，这衣裳，确也三百年没有换过了。

想当初织女做成的罗衣，裹在身上飘飘如仙，如今虽还是白白的一块，但看上去，竟神似破抹布。

再看对面嫦娥，人清冷是清冷了点，那衣裳也素净，但剪裁独特，明显是织女的新手艺，再配上嫦娥美人的气度，和她一比，虽然我不至于自惭形秽，可委实……也太那个了点。

我自若地先放下一枚棋子，口中道："唔，我刚回，也没赶得及去拜访织女。先让她歇两天我再去。"

嫦娥在我棋子旁边紧跟着放下，道："上仙先到我这里，可是有什么事情要问？"

我手顿了顿，棋路有些不顺畅，扫了一圈棋盘局势，才缓缓放下："你这广寒宫，视野最是广，能看见天界四野，有个什么异动也都能立即发觉。最近，天宫可安宁？"

嫦娥瞄了我一眼："上仙的意思是？"

"听说，老君的孙女，白玉仙子不见了？"我眯眼觑着发光的棋子，慢慢问道。

嫦娥默了默，许久方言道："确有这件事。"

我望着她的脸："老君和众多仙友咬定是魔界的魔尊所为，你居广寒宫，可有发现魔门入侵的踪迹？还有白玉仙子，她失踪前的行为有没有什么异常？"

嫦娥眼梢挑起："天界失踪的不止一位仙女，何况早有女仙公开恋慕魔界至尊，这件事情，仙僚自然首先怀疑魔尊勾引，这点并无不妥。"

她说这话时目光略微向我扫了一下，我不知道她这一眼何意，也没放在心上。

听她继续道："别的仙子我不熟，或者有看上魔尊自己跟着跑的。但白玉，她一贯被太上老君教养长大，心性单纯。若说魔尊，也决计引诱不到她。"

我不置可否。

我也在想，到底是什么样魅惑的魔，能让众女仙都念念不忘？

嫦娥冷笑着说："想那魔尊不过一介宵小，再有魅力又能如何？我就不信他能让这天界女仙都为他迷障。不过都是魔门那些人蓄意夸大的鬼话罢了。"

嫦娥一贯有些清高，我往她看去："也是，倘若那魔尊真是见色起意之辈，像仙子这样的美人，怎还能安好无损？"我笑着。

嫦娥没什么表示。

我拧着眉微微沉吟起来，连棋子也忘了放下。直至片刻后，嫦娥仰望天际，忽地开口说了一句："上仙说我这地视野开阔，往常没发现什么异动，今天，确是着实发现了一件。"

我被她的话惊到，抬头问："什么？"

说完不待她回答，我也立刻顺着她的视线望去。只见东边天际，一窜冲天的火苗拔地而起，火势凶猛，仿佛只在陡然之间烧起来，火光照亮了大片天宇。

火焰灼灼，如我千年前在水镜中遇见的红莲。

嫦娥一拂棋盘起身，厉声道："着火的，是碧瑶仙子宫殿。"

我没有停留，双手将棋盘一合，站起身便腾起云气，迅速驾云向火势旺盛的地方飘去。

"我去探探，你在此留候。"

九重天云层深厚，即便被普通天火降下，也不可能烧到神仙的宫殿。更不要说会出现像这样冲天的火光。

祥云俯冲而下，靠近，我便觉得这火有股邪气，表面隐约飘着一种苍蓝色。

我惊诧，却无从解释这感觉，更是加紧往前飞去。

碧瑶仙子的宫殿前，已有好几个神仙聚集在门口。都是离得最近、最先赶到的。那几个仙人们，都在合力将各自法力灌注火中，显然是想奋力灭火。

旁边一裙钗女仙，犹有惊魂不定神色，看她额上头冠，应该正是此间主人，碧瑶仙子。

着火宫殿的主人安然无恙，我自然先松一口气，目光瞥见那群仙人都满头大汗，法力灌注进去，却依旧没起到灭火的作用，浮华琉璃的宫殿，转眼火焰已有越烧越猛之势。

此般情形迫在眉睫，也容不得我细思。我降下云头，悬停在碧瑶仙子宫殿之上，伸出掌心，从袖中飞出一条五尺素绫，团团圈裹在宫殿四周，阻止了火势蔓延。

只是这一瞬间，我能感到手下白绫在乱窜，里面的火，竟似很不安分。我心惊片刻，这火如此的邪门，果真不是一般天界的火！

"上仙，这是业火！"

底下早已耐不住的北斗星君冲我喊："是那魔君的业火啊！"

我低头扫了众仙一眼，唉，这实是我此番回天界最冤枉的一桩事。虽然我昨日才回的家，却是实实在在地今日才头回和众位仙家照面。

众仙家均是直勾勾地用眼睛盯着我，先前用法术抵挡业火的几位神仙也纷纷停了手，梗着脖子看我。我汗颜，等了片刻，干脆踩着云朵下降，来到他们中间。我想起父君常装模作样地说要亲近众仙，虽然他是装的，然我确是真心实意的。

"公主，此番公主回宫，尚未来得及拜见。"太上老君拽住我，开头上来便是情真意切的一句话。

那业火被我素绫困在中间，挣脱不得，当下就左窜右窜，明明是火，却撕裂出几分狰狞之态。我看了看不远处面色发白的碧瑶仙子，叹息一声，仰望着团团业火心想，不管今次怎么收场，碧瑶仙子这宫殿，眼看是保不住了。

众人巴巴望向我："上仙，这业火，该怎么灭？"

文曲星君青衫飘飘，捧着书册过来："倘若真是业火，听说菩萨的净瓶甘露水，可以灭九幽业火。"

众仙眼睛更加亮。我的心却陡然虚了起来，明白他们的眼睛为何会亮。

果不其然太上老君道："上仙不正刚从南海而来？不知随身可携带甘露之水？"

三百年前我叫在南海修行的姑姑替我扯的谎，而今就似搬起的一块大石头，砸在了我自己的脚上，还不能喊出痛，只能心甘情愿咽下。

我清了清嗓子，寻思怎么说既能保证风度又能混过去："来时匆忙，并未带来什么。菩萨的水，自然是宝贵，然则远水毕竟解不了近渴，这业火凶猛，所以众仙友需得另寻法子。"

太上老君乍见到我十分激动,目光直落在我身上说道:"公主,那魔君都骑到头上了,真可谓没脸没皮又猖狂,天底下找不到这等无耻浪子。我那孙女白玉什么也不懂,可怜见地就叫那魔头拐去,指不定会被欺负成什么样子……我……我……公主,你可一定不能放过那贼君!"

说完太上老君老腰一弯,要对我下拜。我被他弄得心惊肉跳,忙一把扶住:"老君,你我同为上仙,万万不可如此。"

太上老君憋了一天一夜的话终于能对着我畅快地说了出来,于心甚慰,脸色也好了许多。他对我道:"话不能这么说,公主谦虚,才自贬如此。"

我被他一口一个"公主"称呼得脸上都有点火辣起来,当即又扭头去看碧瑶仙子的宫殿,火势仍旧滔滔,即使穿不透我千年冰蚕丝打造的素绫,仍旧余威不减。

我挥了挥袖子,一道素绫再次冲出,步步封死业火去路。

我沉吟,恰巧这时候脑内灵光闪动,想着便说出来:"天河弱水是三界最轻之水,若引它来扑灭业火,恐怕也是行得通的。"

文曲星君当下低头去翻了翻手中的书,片刻抬头,对注视着他的众仙说道:"书里没有记载,不过,情上仙说的也有理,可以试一试。"

我汗了汗,不由得想我睡了几百年的觉,天上的神仙都变得有些生疏了。这文曲星君,三百年前我就与他有些交情,还一同在天池喝过姑姑的琼华酿,印象中,他没这么刻板的腔调啊。

人群中北斗星君终于转过身:"只是这弱水要如何引,还请上仙指示。"

弱水一直待在天河水镜之中,被水镜封住。那水镜通道还是上古时候女娲开凿的,起因就是弱水极为难缠,水量庞大,据说一旦倾泻有冲垮三界的危险。是天上地下,最麻烦的水。我心里也知道,弱水如果失控倾泻,不一定冲垮三界,但一定会将天界无数宫殿淹没。

所以历代天神,包括父君,对弱水的看管都是十分严格。

神仙想引弱水出来,得有足够的仙法,引动弱水共鸣,方能在最后,顺利把弱水再导回天河水镜内。

我捏着素绫站了许久,始终未下定决心,以我的修为,其实引弱水来,本也可以。但偏偏,自打我在隐罗山睡了三百年后醒来,身体里的法力,似乎就大不如从前了。

之前我还抱着是错觉的心理未曾真的在意,但刚才我使力放出素绫的时候,便真正感受到身体之内的修为,已完全不知流失到了哪里去。论常理,我睡了一场长觉,这样子的休养过后,自身修为理应升上一升,这样子不升反降,实在是意外。

况且这个降,好像在我不知道的三百年光阴里,发生了什么,让我元气大损,损到了极为深重的程度。这么说来,我这三百年不像是因为别的睡觉,反而像是在修补疗伤了。

直至此刻,我才终于发觉,我竟然真的想不起来,三百年前我为何沉睡。

我这厢为自己的突然失忆愣住,北斗星君已然高声道:"这里,只有情上仙修为最高,不如就上仙引路,我等从旁襄助。"

我被他粗豪的嗓音所震,转过脸去,有些茫然想,这也不失为一个好方法,只是我如果一招不慎,将弱水引偏了轨道,岂不等于是我害了整个天界?

因为干系重大,我也只好在众仙面前没面子地犹疑了。

众仙看我犹疑,也不催促了,只是那盯着我的目光里,却都或多或少带着殷切。

我犯难。

彼时我能想到的是,在天界,父君不在,能管事的几位上仙,或在清修,或在闭关。如今这乱成一时的场面,还真是主心骨找不到一个。

这也难怪众仙要把希望寄托在我这个不怎么样的上仙身上了。

在我渐渐有些焦头烂额,正要不顾一切做出引出弱水的决定时,头顶的天似乎晃了一下。

没错,千真万确是头顶的天。

九重天之上,还是有一层天的。仙家称之为天外天。

天外天异动,众仙都是大惊失色,齐齐仰起脖子。一道极亮的银光,自天边倾落而下,我与众仙犹豫甚久不知如何去引的弱水,已是缓缓从头顶露出的一层天空流出,在我等毫无准备的时候兜头浇了下来。弱水倾泻,就好像一条雪亮的瀑布。

几声惊呼,众仙驾云而起,四散飞去,都离碧瑶仙子宫殿远远的。以宫殿为中心，包括呆愣很久的碧瑶仙子本人，都火速驾起云头，避免被弱水波及，成为自古以来死得最憋屈的神仙。

要是被弱水淹死，那真是连魂魄也不得超生。和那九幽地狱，有的一拼。

弱水突然从天外天流出，真真吓破了众仙的胆。但很快，从源源流出的弱水中，飘出了一个仙影来。

我前头已说，弱水乃八荒九州最轻之水，百物不浮，没有人能从弱水中浮出来。可眼下，我就亲眼看到一个白衣纤纤的身影，从弱水河中，悠然无比地走了出来。

那是个男子。在天界，有仙驾云，有仙驾着坐骑，而这白衣身影，脚下飘着的是一卷书。

一卷很大的书。

男子就站在书上，浮在弱水河之上。他宽大的袖袍轻轻挥动了几下，只见那弱水，从我的素绫上飘过，卷动成群，我素绫包裹下的那团业火，被弱水一卷，啪啪几下，便无影无声地灭了。

我的素绫也飘落下去。

火熄灭后，碧瑶仙子的宫殿也露了出来，烧了大半截，断壁残垣。男子并拢二指，向后一滑，盈盈光亮的弱水，便立刻飞跃起，从那天外天的缝隙，重新回到了水镜中。

一场天界灾祸，消弭在这白衣男子挥动的手腕之下。

我深信，我绝对没有这个能力。

我还信，父君可以这么轻易间挥灭业火。

可这男子不是父君，他能做到如此，也就是说，他的身份，有待考量。众仙并不比我清楚，我抬头看那被男子踩在脚下书影的时候，认出了那书的本质。

书上无字，乃无字天书。

天上地下，八荒九州，拥有无字天书，敢于将天书踩在脚底下的，连父君都不是，这天地间，便只有一人。

来自天外天，上神公子，月留。

月留在天书上低头，发丝微拢，脚下天书翻涌，如风行浪。

他衣袖鼓风，带着丝缕清香，缓缓停落在地上，抬头，扫向众仙。那一眼顾盼，便在琉璃异彩的天界，平生了不少辉芒。

众仙或许都不认得，九重天仙家虽多，但天外天，亦向来是神仙止步的禁区。天外天上神公子，多数只闻其名，真正见其人的这里估计并没有一个。

一时众仙心里只有猜度，单只这气度，又从天外而来，白衣公子是何人，呼之欲出。

上神，位属天外神邸，地位超然，按理不管天界事，亦不插手三界。红尘轮回，皆不与他有关。基本到了这个分上，是否管理琐碎俗事，皆属上神的自由。

我活了几万年，这也是第一次见到如此年轻的上神。说他年轻，也是真的年轻，年轻到初次见时，我不以为他是上神。

月留落地后，那卷被他踩在脚下的天书，便迅速缩小到普通书本那么大，飘起落入他手中。白衣广袖，粲然其华。

他转脸的刹那，我承认心底深处好像被细小的爪子挠了一下，一丝波动，好生熟悉。堪堪与他对望上半天，我脸上大红，他竟是昨日归来途中，那位我以为跳弱水河轻生的白衣仙人。

我深觉丢人，却又只能呆站着不动。我活生生将堂堂上神认作欲跳河轻生的抑郁仙人，还跳下云层对人说教一顿，现在想想，难怪人家当时对我一笑，这正是给我留面子吗？

众仙面前，我怎么也不能做出欲哭无泪之表情。面对上神应该行什么礼节？已经丢过一次人，我深深地感觉自己不能再失礼。

我还在寻思，其他众仙人已是一拜到底，听声音颤抖程度，显然又激动了："恭迎上神！"

"恭迎上神驾临九重天，我等失迎。"北斗星君低沉的声音响起来。

这可比刚才见到我时的礼节隆重多了，显而易见，也激动得多。我左右看了看，很是感到老脸微红。这可不就是实力引发的差别待遇？若是我父君在此，三两下把火灭了，他们也能三跪九叩。

上神拢着书，如淡淡的风，拂过鼻尖："起来吧。"

这把嗓音如华羽，轻然悠世，我到底怎么会认为，拥有这把好嗓子的人，会是普通的仙？我乍然想到这月留，正是父君在信中，说为我指了婚的那个人。

刚才发呆已经呆过了，这会也不能再继续呆，我拢着袖子缓步上前，来到他跟前，只闻一缕花香沁入，我抬首看了看他。又是沾了我那父君的光，面对九天独一无二的上神，我不用叩拜行礼，但应表示的尊重还是要的。

只是，若这是我与月留上神头回见面，那我自是自然淡定悠然大气，但有了昨日一段插曲，我怎么都觉得，我嘴角的笑多了几分干巴巴，这一番对面，弄得我好生尴尬。"方才多谢上神出手相助，这火才及时地灭了。"

他又是对我那么一笑："不妨，也是缘于天书上记载，近来九重天会有异动，我已查寻了多日。因我正站在弱水旁，骤然见到此处起火，便随手引了过来灭火。"

原来人家站在弱水旁是在查探异情，并非轻生。我更是脸红不止。一边暗道侥幸，幸好是上神在此，将业火化于无形，也免了许多的祸患。

当下更垂目道："还要上神分心管九重天的事，打扰上神清修，实属本宫过失。"

上神公子翩若惊鸿，看我一眼："帝君临行时，嘱咐我多照看一下九重天，公主不必多虑。"

我却见他唇角，流露一缕笑意，似是和风推开水波，几缕温柔在其中，真是个无双男子。

撑不住地偏过头，我活了几万年，想当初什么样的绝色仙人没见过，向来面不改色风范依旧，哪想到会有这一天，被人一笑就险些晃花了眼，要是这窘迫还被众仙看出来，实在丢面子。

我佯装淡定，回头却意外发现众仙目光都流转在我和他之间，露出恍然大悟的神色。

我被惊得一身冷汗，不知父君那指婚的手谕，是专门送给我知道，还是在这九重天上宣布了的？

转念又想，依父君独行独断的个性，他又怎么可能拿了一道根本没宣布的手谕让我知道？想着想着我就自我否定，实在不该。那这群神仙们，岂不都是揣着明白装糊涂的行家？

我定了定神，不怕死地岔开话题："这业火，不知上神可知从何处燃起？"

能将九幽业火明目张胆燃到天界，委实狂妄。我暂时将个人情绪抛到脑后，如此这般感慨地想。

"那就要看这宫殿之内，有何魔尊想要的了。"月留轻然低首，勾唇浅笑。

魔尊想要的？我挑了一下眉，那魔尊，他还想要我们天界的什么？

碧瑶仙子一把扑到我面前，生怕别人误会她跟魔尊有半点瓜葛地表忠心："上仙，上神，小仙静心修身，足不出户，与那魔尊更是一丝儿瓜葛都没有。如今宫殿还被一把火烧掉，万万请上仙和上神为小仙做主……"

我被她抱住双臂，这碧瑶仙子小小玲珑身姿，想不到腕力还不小。我几乎苦笑，这六道魔尊淫魔的名声，真是直达九天，弄得是个想清白的女仙，都急于撇清关系。

"引动九幽业火非比寻常，那魔尊不会随随便便就放一把火来烧天界，而且看他的目标，也并非其他仙人的寝殿，他如此作为，定有文章。"月留轻轻垂眸。

我深觉有道理，说道："自古仙魔有别，谅逍遥魔尊再猖狂，也不会无缘无故就对天界挑衅。"

眼看众仙可能把她和魔尊扯到一块，碧瑶仙子已是泫然欲泣，我虽与众仙大部分人相处不久，但亦非铁石心肠。

一时间陷入沉默的众仙，也颇感觉为难。半晌，还是那北斗星君抬头冷不丁说了句："上神有天书在手，天书记载三界事，无一错失缺漏。何不翻天书一阅，岂不什么都大白了？"

此言一出，众仙又是一默。

我扭头看了看静默的月留，看看众仙家，斟酌了片刻，道："上神虽然奉天命，一直执掌天书。但天有天规，百万年前归元天君亦曾明言，天书除了上神可以翻阅外，任何其他神仙不得企图染指。本宫理解众仙急切的心情，但既然为仙，还是遵守天条要紧，诸位，也莫要让月留上神为难。"

这是唯一父君没有给我特权的，纵然我身为天宫帝女，也同样看不得那本天书上的任何内容。天机不可泄露,当真是丝毫不漏。

月留看了我一眼,目光里露出感谢之意。眼含春风,似水流波,我的心有了点荡漾的意思。唉,果然缺少几百年修行,定力就不够了。

众仙再次一默,片刻,均看向我满含深意道:"公主果然宽容大度,甚是体贴上神。"

这话里……我马上扭过头去,嘴角抽搐。

此时,还是碧瑶仙子突地抬眼,目中光芒闪现:"上仙!上神!白纸神杯,帝君赐予的白纸神杯,正是在小仙寝殿内!"

这碧瑶出声十分突然,以至于引得众仙都朝她望去。我有些不解,再度小声询问身边的纯阳真人。

一提白纸神杯名号,我略加思索,便回忆起来。我知道白纸神杯,是天界五大秘宝之一,由浮山仙翁看管。但又怎会到了碧瑶的宫里?吕洞宾不愧是诗仙情圣第一人,第一手八卦消息最为精确,当下答我:"上次群仙宴,帝君称赞碧瑶仙子舞跳得好,白纸神杯刚好在帝君手边,就被帝君赏给了碧瑶,说以后杯子都由碧瑶看管了。"

这一提,众仙纷纷也都想起来,一时皆变了颜色:"碧瑶仙子,你是说百月宴上,帝君赐你看管的神杯?"

碧瑶仙子清影一晃,冲入已成废墟的宫殿,在杂乱中来回翻找。

片刻后,她的身影才缓缓从宫殿中出现,两眼无神:"丢了,神杯丢了。"

事情出现这般突转,实属众仙没有预料到,都愣了起来。月留沉吟半晌,缓缓道:"显然是已被魔尊,用移魂之术,从业火中把神杯取走了。"

碧瑶仙子伏在断壁上,红了眼圈,脸色苍白:"帝君交给小仙的事,小仙没有做好,实在罪该万死。"

我咬牙再三,终于下了个重大决定,我对众仙说道:"那好,我此番就专程下界查探一番,若那不长眼的魔尊真在暗中行事,我定将他拖上天庭来,让仙友们抽筋,叫那目中无人的魔尊好生掉一掉面子!"

我看众仙这情绪,也到了爆发的边缘。所谓憋久了也不好,万一这群老人家一时激动,真跑去魔门做出什么惊天动地的事来,到时候乱成一团,要是太上老君这些上了年纪的仙人再遇点什么不测,等父君回来,我都交代不过去。这些老人家，个个都金贵得很，若干年下来，论威望论辈分，天界还真的没有他们不行。

所以我宁愿现在把事儿都揽到自己身上，麻烦是麻烦点，总归不会出乱子。

显然我睡迷糊了三百年，头回说出这么有气势的话，众仙都一脸惊喜地望着我，望得我颇觉汗颜。

"公主，我就知道没有信错你！"太上老君握住了我的手，还是一激动就叫我公主。

我假装镇静地笑，显然众仙这么兴奋，是都想着我能把那魔君拖上来任他们鞭打呢。我不禁抬袖子擦了擦额头，可惜我虽不识那魔尊是何人，更不清楚他有什么样的本事，而且我睡过觉后这脑筋反应还慢了点，却好歹知晓那能被称魔尊之人显然不是善茬。某种程度上讲，他与父君都是君，而他统领一群狰狞冷血的魔，比父君统领一群清心寡欲的神仙，我私心以为要困难多了。

要让魔界的魔臣服，需得更冷酷，更霸道。那手腕魄力，缺一不可。

这么一想，我对那魔君，更是好奇了。

众仙也就纯阳真人还冷静点，看着我说道："情上仙能出手调查，自是好事。只是上仙要下界，却是颇凶险。凡间虽名为中立之地，仙魔皆无法触及。但说到底，由于天道疏远，所以还是魔门的人更接近凡间一点。上仙身份特殊，恐怕不宜独自前往。"

吕洞宾虽然平时不靠谱，但关键时候还真数他最讲情意。

意见有分歧，我将目光投向身边的白衣身影，殷殷问："上神呢？意下如何？"

月留清音悠悠："白纸神杯是圣物，虽不知魔尊要来何用，却也不能任其流落。公主要将其追回，也是很必要的。"

我一顿，说得在理。

纯阳真人立即又道："既然上仙执意下界，那么不如由洞宾陪同。洞宾对人间颇熟，能为上仙分忧。"

我望着他，众仙也表示赞同。

月留此时却插言，说了一句："公主一人，确实势单力薄。就让我陪同公主，一同下界。众仙留在这里，静候帝君归来。"

吕洞宾顿时一哑。

我忙开口："这怎么行？"

月留的目光轻轻在我脸上停了一下："我与公主一起，尽快找到神杯下落，顺便追查失踪仙女下落。"

我在他的眼神下便是一哽，又是这种熟悉的感觉。

太上老君看了看我们，道："公主与上神同时离开，天界如何管理？"

月留轻然说道："这倒无须担忧，我与公主，按常理，最多不过耽搁一日。这一日光景，有众仙照管即可。"

我又想起天上一日，人间一年的道理，便在旁配合地点了下头。

不管如何说，若我身边跟着的是一位上神，那效率，怎么都比和吕洞宾一组高。

我是站在客观事实考虑，哪顾虑到之后的千千万万变数？

临行时我对吕洞宾悄声道："我给你一个翻本的机会，重振情圣威名。安抚碧瑶仙子，交给你了。"

吕洞宾看我一眼，冲我翻白眼，他没那个胆。

我与月留在众仙仰望下腾云驾起，看了看月留，我觉得有必要为刚才的失态解释一下，便斟酌词句，说道："其实我方才见上神，紧张了些，实是因为觉得，上神于我实在面熟。"

这倒不是谎话，从昨日到今日，我统共见他没几面，已有三回觉得面熟。

月留在云端冲我回首，白云过隙，他淡淡一笑："或许公主，在奈何桥头曾见过我，转世的时候，忘了喝孟婆汤。"

我被口水噎住，目光呆滞地望着他的脸。

走时我还去织女那儿做了件衣裳，换下了我那身被嫦娥嘲笑的古董衣裙。

其实我待的隐罗山，也是处在人间与天界交接的地方，处在交界上的山还有很多，对神仙来说，这种地方可以静修，而且规矩也少，不少散仙都喜爱停驻在那些山中修炼个几百年。

人间最接近天界的山，便是昆仑了。若非群玉山头见，会向瑶台月下逢。

我骑着麒麟和月留上神一起落在一座山头，看着山明水秀，陡然一股陌生又清新无比的感觉朝我扑面而来。

人间，红尘万丈地。

月留轻轻指了指我脚下麒麟："公主，它这个样子，出现在山下，是不行的。"

我下意识低头看了看麒麟，人间有阳光照耀，我这才发现我脚下这一头，竟是那奇珍无比的白羽麒麟，身上羽光华溢，观之好不晃眼。

我自是又惊又喜，想不到姑姑对我，不仅大方，更是用心用力。一边却也渐渐担忧起来，看着月留犹豫道："那上神……可有何办法？"

月留目光落在麒麟身上，沉吟半响，道："麒麟通灵，给它变个样子吧。"

白羽麒麟就是放在天界，也是难得的异宝。通灵性，便也能变成别的样子。

我点头道："那敢情好。"只是这白羽麒麟究竟可以变成什么样子，我却也无从下手。

月留伸出手来，轻轻搭在了麒麟的头上，昆仑山云雾缭绕，一道蓝光笼罩在麒麟身上，片刻，月留把手拿开，蓝光渐灭。

我瞪大眼，看着出现在眼前的，水灵稚嫩的小男孩。

男孩的模样真是俊俏，肤白若雪，目若点漆，穿着松垮的小褂，就是表情呆了点。乍然看脚边威风凛凛的神兽化作纯然稚嫩的小男孩，这差距大得委实有些适应不来。

我盯了半响，张嘴道："这个样子自是极好。"

月留道："走吧。"

到了一处山村，已是傍晚时分。我承认，在天上待得久了，是很难分得清白天晚上，都忘记这世界，还有地方有白天与黑夜。

凡间的街市，与九重天的冷清完全不同，飘着人声与喧嚣。在凡尘行走，平时叫的封号多有不便。

于是,我唤他月留,他叫我梦璃。

我与月留皆不愿先打草惊蛇,简单对视后,便决定歇息一晚再行动。走进一家挂着客店招牌的店里,我与月留站在柜台前,依着凡间的规矩开始要房间。

老板娘眼睛直盯着月留,两腿站不稳直打战,脸红耳赤半晌才结结巴巴,好不容易地说出话来:"这、这位……公子,我家有一女,年方二八,尚未婚嫁,不知公子肯……肯……"

我一瞧心叫不好,上神魅力太大,迷得老太太不知人生几何了。我从后面探出头,拿出和悦的神情对她说道:"老板娘,还有空房给我们吗?"

老板娘目光顺着他望向了我,随后一震,顿时身体前倾凑了过来,眼里发着光:"这位姑娘,我家……我家还有一儿,二十有三,尚未娶妻,不知你……"

我立即一窘,还是把脑袋缩了回去,半晌悠悠道:"老板娘,我们只住店。"

老板娘似乎备受打击,收回身子目光来回扫在我和月留身上,半天才回过味来。又见到门口呆呆站立的麟儿,又开始满面堆笑:"我老板娘眼拙,二位,是一起的吧?"

我一听,我和月留可不是一起来的吗,遂点点头。

老板娘像是终于恢复常态,麻利地打开账本,喋喋不体:"我就说瞧二位的品貌,就是一对神仙眷侣啊。果然,是夫妻吧?"

我再次被口水噎住,很是惊讶。

月留轻语一道:"嗯,尚未有夫妻之实,所以老板娘,给我们两间房吧。"

我又尴尬了。

老板娘笑眯眯地说:"要两间房,只剩一个在楼上,一个在楼下,没有挨在一块,两间房隔得老远,你们要住吗?"

再远又能有多远,能有九重天八千万里路遥远吗?短距离一个移形术,就到了。

真是十分方便。我脑海中乍然闪出"偷情"二字,又呆站住了。

"孩子跟谁啊?"老板娘悠然出口,再度语不惊人死不休。

　　我瞅瞅身后麟儿，娃还是呆呆站着，半点表情也没有，落到老板娘眼中，说不定更是别样的乖巧。我犹豫了半晌，看向月留。

　　按照麒麟现在幻化的，小男孩一个，理应跟着月留合适。

　　月留轻然转头，看我："就怕他不愿。"

　　我立时转身看麒麟，娃现在什么也不会说，却连蹦几步，到我跟前，把我的一只手牵住。

　　做完这一切，脸上还是木头人一样。

　　我脸微红，这姑姑教养的麒麟也太好了。还没跟我主仆处几天，已经忠心耿耿。

　　没办法，我和月留分别拿着天字一号房和地字一号房的钥匙，我上楼梯。

　　老板娘在后面嘀咕，虽然她真的是嘀咕，声音非常小，但神仙耳目非常，那句话我还是听了个一字不漏："还以为孩子都有了呢……"

　　堂堂天界帝女上仙我，居然脚下不稳一个趔趄。

　　我从不知凡间的人，已经拥有如此热乎的八卦心了。

　　带着麟儿进了房间，我先四下里看了看。张望着头顶的房梁，九重天住久了，看到这种小小的房子，倒也颇有种新奇有趣之感。我坐在床上，捏着床垫，招手让麟儿也过来。

　　我不知道麒麟变成人形还懂不懂坐这个词，反正他呆呆站在我面前，一点坐下的意思也没有。我比较挫败，忍不住伸手去揉他头发，竟软软的与一般男孩无异。我玩心大起，揉了几把道："麟儿不识好坏，堂堂上神要和你同住，你都不愿意。你知道那是多少人求都求不来的好事。"

　　岂止求不来，便是认真修行几百几千年，功德积得再厚，也没这种福气啊。

　　麒麟呆呆的，不会说话，也不会眨眼。

　　神兽通灵，他应该都能听懂我的话，可是就是不能给我回应。

　　我把他放到床上，给他盖上凡间的棉被，他任由我动作，乖顺得一丝也不动弹。我忍不住露出微笑。

闲下来我就开始回想，我一定要记起三百年前发生的事情。我因何在隐罗山陷入长眠，之后又出现一大块记忆空缺。如此显然，我睡着的原因绝不是我累了。

神女丢失记忆，并不是什么好事。一瞬间我也怀疑，我是不是被司命星君洗脑了。

神仙的记忆往往几十万年都不会有偏差，万一疏漏，出现了影响到各自命格的重大事情，稍后这个神仙，就有可能被更改记忆，保证命星的安全持续。

我盘腿坐在床边，入定潜修。探测我身上的法力，究竟还剩几何。在天上，太上老君以前，最喜欢说我的一句话，便是公主生下来就是上仙，命格幸运，别的仙都要度无数天劫，涉无数险阻，才能到上仙这个位置。而公主，不费吹灰之力，便几万年顺顺当当过下来了。

其实他说错了。我虽为父君唯一的女儿，身披五福祥云降生于世，被父君的法罩护佑。然而，我也需要度过天劫，并且，我的天劫，比其他上仙都要艰难危险得多，只有度过了，才能成为上仙。

其他神仙修行，只需经过九十九道天雷。我的天劫是九千道怒雷劈，是其他神仙的百倍数。九千道雷劈，在我刚出生的时候，就要应劫在我的身上。

那是父君的法罩，也无法完全庇护的灾难。度过了，我就是神女，此后的万年，都会安然无事，拥有上仙的高深法力，在天界自由过活。

想了太多沉重的往事，搅得我心情都有点沉重了。手指抚了抚眼睛，环顾四周，想起神仙是不需要睡觉的。上神待在人间的小床上，指不定正在入定清修。

反正法力流失得厉害，能修回来一点是一点。我也就再次闭目，索性悠悠然进入太元虚空境界，捕捉散落的真元，填补自身法力。

直觉我还没有清修多久，就被床上一阵猛烈的摇晃弄得不得已睁开眼睛。窗外已是黑漆漆的，一缕月光透进来。

只见被子还披在麟儿的脑袋上，他，不，它却已经恢复了原身。威风凛凛的麒麟站在床上，庞大的身躯占据了整张床。

黑夜中，白羽麒麟的眼睛出现琉璃紫幽幽的光亮。

床摇摇欲坠，我脸容一整，立刻站起身。只见窗户微开，冰凉的风从窗叶吹进来。麒麟骤然低吼一声，身子一跃，从床上跳下去。

床，彻底被压塌了。

我已发觉这晚上，气氛里添了丝诡异。丝丝缕缕的，说不出的不对劲。我袖子一捏，耳朵里，四下皆无动静。

我抚摸它的头，呼吸轻轻："麟儿，怎么了？"

麒麟如一道九天惊鸿，猛地掠出了窗外！

一转身，白衣华羽的上神，月留已出现在我屋内："梦璃，我们出去看看。"

我立刻点头，身影一晃，从屋内消失。

街道上清清冷冷的，这个集镇夜间竟连个打更的也没有。我幼时读的凡间志异，也知道在这夜晚，总该有个敲着铜锣报时间的人。此刻没看见，便觉更加冷寒异常。

这集镇，似乎与白天全然两种模样。

隔了半晌，月留清雅的嗓音道："白天老板娘说这里是青花镇，这个镇子其实还有个名字，叫朱仙镇。"

我不觉有点蹙眉："朱仙镇，听这名字就不舒坦。"

魔门的人，个个用心险恶，所有的嗔痴都是他们引申出来的，排挤天界，独断行事。那逍遥魔尊，更是好不到哪里去。在街上转了半晌，只觉这镇子里周围，都飘着一股腐朽邪气。与白天，竟是大相径庭。

麒麟恢复原身站在街上，幸好没人来，但显然也不宜久待。"上神，我们还是……"

我转头，乍然发现他离我极近，我的鼻尖，就要碰到他的脸。

他发丝在轻动，我暗自咽下了口水。

我本是想说，我们还是隐了身到别处去查探一番。但话哽在喉头，怎么也吐不出了。月留目光集中在长长的街道，随后看了看我："梦璃，你看得这么专注，是发现什么了？"

"上……"我喉咙里压了半天，才挤出一句，"月留，你可有发现？"

有生以来，我第一次如此尴尬。

他看了我良久，目光专注得让我更窘。他却一挥手，把麟儿变回了人形："说了不打草惊蛇，不能被人一引诱，我们就露了行迹。我比较好奇，公主在想什么？"

站在清冷的街头，我实在觉得有点不自然，垂下眸。

半晌我捏着袖子冲他清幽一笑："三界皆传那魔尊形貌，是第一美男子。女仙也及不上。本宫倒是觉得，无论那魔尊长的何样，月留上神你，倒的确是本宫所见，古今天下无双男子。"

身为上神，月留的相貌当属绝顶。这个绝顶，绝无虚夸。就我万万年所见男子、女子，也没有任何一个人，比得上月留。

三界都把逍遥魔尊传得太过邪乎，以至于失真了。我想他相貌即使再出色，也不会盖过月留。毕竟月留，极少出天外天。天界的众仙，多数也是第一次才见到他。月留的面貌不为三界所知，也是自然。

想到这，我不由嘴角一翘。

抬眼看见月留还在朝我看，我又是一红脸，暗怪自己想得太不小心。

月留露出轻笑："六道魔尊，掌管着三界的六欲。他是万千人与神仙欲望的根源。梦璃，你在天界，是掌管着七情，七情与六欲，无异于干柴与烈火。所以公主，你以后遇到魔尊，一定要小心为上。"

我一挑眉，陡然想起自己掌管的七情这东西。魔尊掌管六欲？这我倒头回知道。七情六欲，纵然我修行修得再不理世事，也知道这是道拦在凡人与神仙间，最大的一道屏障。

我一笑："好，我就时时跟在上神身边，见到那魔尊，也不上前。"

月留目中微光粼粼，低首清浅一笑。

美人笑颜一展，胜得过点亮一万盏天灯，刹那伤逝流光，白骨城枯。

我也被晃得一池春水，低头咳了声，挥了挥袖子："麟儿，走，回去。"

唉，我这上仙的面子，说挂不住就挂不住了。

上神倒是上神，大度得很，很是维护我的情绪，两手将袖子一拢，便慢步往客店的方向走。

我也觉得自己屡屡对月留动情绪有些不寻常，按理说，本仙不该这么没定力。就算月留委实花容月貌，我也不该会这么几次三番地露出破绽。

回到房间，我越想越是心里不安，看了看呆头呆脑的麟儿，我犹豫纠结半天，终于还是站起来走到他身边，一拍他脑袋，道："麟儿，我们回一趟天上。"

有坐骑就是有这等好处，特别还是八荒九州中最得力的坐骑。不用自己辛辛苦苦腾云，而且速度还快得多。难怪那些个仙人都费尽心机看管坐骑，生怕丢了。

在一阵云雾飞舞过后，我在一片云朵中停住。眼前红线缭绕，一座小小的仙界宫殿出现在眼前。

月老低头在那里打着瞌睡，白胡子一晃一晃，很是投入。我感慨，这一瞌睡，也不知错乱了多少姻缘。难怪有乱点鸳鸯谱一说了。

我攥着衣袖，驾着麒麟轻飘飘地出现在他面前，无比和颜悦色地冲他一笑。

月老迷糊着睁开眼，扫了我一下。陡然间，两腿一哆嗦，立刻直起身，道："公……公主，您怎么来了？"

我和蔼地拍拍他的肩膀，对他说道："月老，把你的姻缘谱拿来，本宫瞧一瞧。"

月老脸皮一颤："公主要姻缘谱作甚？"

我眯眼一觑："你说父君一向闲得没事，懒散了得。他怎么想起来为我和上神指婚？"

月老直擦汗，半晌，才说："公主年纪大了，帝君关心你，也很正常。"

望着他的汗，我脸上越发促狭："三界姻缘皆属月老你掌控，莫不是你对父君建议什么了？"

月老很迅速地纠正我："不是三界，魔界的姻缘，我就控制不了。"

我不欲多言，抬手一伸，到他脸前。

月老眼珠子溜动了半晌，才相当不情愿地把姻缘谱递到我手上。

我拿过来，翻开就看。

月老在旁道："公主在隐罗山日久，不知何时回来的？"

我心想这月老还真的两耳不闻窗外事，看样子连九重天上发生的业火烧宫也不知道。不过月老仅住在一重天里,若是九重天的神仙在我和月留走后一心封锁消息,也怪不得月老。

想着想着我就看到了一处,眼睛盯住了。

此时,月老在一旁悠悠说:"公主与上神,乃天作之合。七世姻缘,环绕在你们身上。公主啊,帝君一心疼爱你,你千万不要辜负了帝君心意。"

我自然辜负不了他的心意,他赐婚赐得那么爽快,根本也没给我辜负的机会。

我盯着姻缘谱,脑海里想着月留。乖乖,难怪我见他几次就脸红心跳。原来不是我修行不够,是这冥冥中还有这种事。什么七世姻缘,我只听说过而已。似乎织女和牛郎,也才区区三世的缘分。

月老凄凄地望着我:"公主,小神私自借出姻缘谱,已经犯了天条了,现在您看也看完了,能还给小神吗?这姻缘谱要是一乱,小神的帽子也保不住了。"

月老人老,就爱作怪,小小一件事,给他说得多么严重。天界什么神仙都能没有,就是不能没有月老。

我将姻缘谱塞还给他,心中因为知晓前因后果而大定。我拍拍裙子,决定哪天去跟织女探讨姻缘的事。我悠悠道:"七世姻缘,神仙极少投胎转世,上神更不可能,这十世姻缘,从何而来?"

月老赶紧把姻缘谱揣进了怀里:"这小神就不得而知了。"

我一瞪眼。

月老立即道:"公主与上神的姻缘,姻缘谱虽有记载,却不像其他凡人的姻缘一样,可以任由小神更改。所以小神实际上干涉不得的。"

见他不像说假,我也不逼迫了。懒懒地坐上麒麟,我不免发愁。

月老此时悄声建议:"公主,说到底,我月老虽然负责牵线,但姻缘的七情,还是您掌控的。所以这七世姻缘究竟为何原因,还得看您自己,才有可能弄清。"

他这么说我更头疼了。

低头叹息。

放眼天界,再找不到比我更不靠谱的上仙了。不仅因为睡了三百年而修为大减,如今更是被卷进魔门之事。

脑子里不自觉映出月留的身影,那一双眉眼,朝我看来。我心绪骤然大乱,连坐都坐不稳了。

七世姻缘,可能解释我怪异的熟悉感?

我维持着面上淡定,告辞了月老,立刻又驾着麒麟爬下云头。

早上的时候一开门,看见月留长身玉立,拢袖站在我面前。他眼微眯,一笑:"梦璃昨夜才说处处跟着我身旁,就独自跑了。"

面对他时忍不住脸红耳热心跳,我定了定神,表现还不如我蒙在鼓里什么也不知道时自然。半晌,我才只好讪讪地道:"真是什么,也瞒不了上神。"

月留有天书在手,自是什么也瞒不过他。

月留凝视着我的脸,想我梦璃当公主当了多少年,第一次出现手没处放的尴尬窘境。

身后嗒嗒响声,麟儿穿着拖鞋,面无表情走到门口,站到了我旁边。

老板娘的大嗓门居然在这时候响起,解了我的无措:"楼上的姑娘,下来吃早饭呐?"

我陡然想起凡间的人都是要吃饭的。月留携了我的手,正要下楼,等等,我脸一红,他有天书,那岂不是连我去找月老问什么都一清二楚?

这么一想我更是窘得无与伦比,心中暗暗说要淡定,淡定,不能太失态了。

月留此时低低说:"帝君赐婚你与我,严格说,我便是你夫君。梦璃,你大可自然些。"

如果此时没有凡人在旁,本宫一定驾着麒麟就逃到十万里开外了。

我干脆豁出老脸,道:"上神,你别说话,你一说话,我就紧张。"

管它是七世还是八辈子的姻缘,错综复杂缠一块,月老这红线牵得太猛烈了,猛烈得我这个上仙都吃不消了。

月留似乎人美,性子也好,好说话。用句我在凡间志异上看见的话,就是那叫一个温柔。

我活了万万年,里里外外遇见的仙妖都待我不错,可就没人让我感觉到温柔。温柔这感觉,说奇妙也实在奇妙得紧了。

给我这一说,他真的就不出声了,沉默地携着我的手,缓步下楼。我眼睛不由自主落在我与他交缠的手指上,可惜他不讲话,我更尴尬了。

看着看着我还真就移不开眼了,话说这月留的手指真美,修长白润,好像广寒宫的月光,绕在我手背上比千年的白玉还要光滑漂亮。

这样的人,这样的脸,这样无可挑剔的形貌,我简直要怀疑,他其实就是女娲娘娘千年前留下的神作了。

幸亏这人是天上清修的神仙,若生在了凡世,怕就是那戏本子里唱的,倾国与倾城,倾覆天下的颜貌。

老板娘摆了筷子上桌上,仰脸看月留:"姑娘,真是好福气,这位公子大清早就去叫你了。"

我点头,生怕她再说什么出来,忙在桌旁坐下了。我不吃饭,月留暂时没动弹,麟儿更是不会对饭菜有任何反应。九天麒麟吸的都是仙气,靠九渊精华长大。

过了会,还是月留拾起筷子,轻轻夹了一块青色的叶子,放进嘴里咀嚼。

我大惊,忙看着他。他似乎吃得慢条斯理,还将碗里那团白花花的一粒粒组成的东西,缓慢放进口中。老板娘在侧,我不能说出什么,默默念起清音诀,慌不迭向月留发问:"上神,这凡间烟火食,听说吃了,要损修行的!"

月留的筷子没有放下,老板娘两眼早就直盯在他身上,为自己的厨艺被欣赏而激动感动着。

月留的话,过了半晌,终于缓缓传进我心里:"……梦璃,你我早已修行过了千年,这种烟火气,是损伤不到我们的。"

我:"……"

月留的眼风清悦地向我扫来:"你只管吃,莫担心。"

我悻悻地拾起筷子,夹了一筷子菜,放进口中咀嚼。回去以后,本仙一定要把凡间志异再读上个千儿八百遍!

老板娘很是开心地凑了过来:"对了,昨晚上,我还忘记交代二位一件事。"

"是什么?"月留开口问。

老板娘拿起肩膀上手巾抖了抖:"这晚上啊,尤其是夜里,咱们青花镇的规定,是不能出门的。"

这回,两双筷子同时停下来。我与月留对视一眼。

"这却是为何?"

"这个呀。"老板娘擦着不远处桌子,噗地一笑,"夜里有黄毛妖怪,专拖女人,大闺女。"

顿闻此言,我心里一时有了着落,面上不动声色,看了看月留,便悠悠发问道:"什么黄毛妖怪,还只拖走女人?"

老板娘停下动作,瞅了瞅我的脸:"姑娘,你可别不信,一点不作假,我们这镇上,真正失踪好几个女人了!"

我挑挑眉,转头故作惊讶:"那可奇了,我最喜欢抓妖怪,老板娘信不信?"

其实我说的,实乃实话。

还是月留正正经经地插了一句嘴:"都失踪了些什么人?"

见月留问,老板娘笑得如花儿:"西街的黄家闺女,北村的崔家小丫,还有东街的李大娘……"

我怔了怔,问:"这李大娘多大了?"

老板娘答:"五十四。"

我一转头,短短一日又一次觉得气血涌动。

月留还是淡然地问:"这妖,连年老的也不放过?"

老板娘挺了挺胸,脸上突然露出难以形容的笑:"听看见的说,这妖怪,还不是一般妖怪,那长相,听说还特别地俊,比镇上所有小伙子都俊。人家都说这妖怪,是缺女人来着。"

再缺女人也不能这样,我乍然有股惊悚的感觉。长相特别俊的妖怪,看老板娘这反应,似乎对这妖怪还有点那什么兴趣。

心里我基本已认定这便是魔尊所作所为,于是满含叹息,这八荒九州传闻的逍遥魔尊,掌管什么六欲,莫非真是欲望太多了,不挑不拣,只要是个女的,老少通吃?

再遇魔尊

——第一章——

我对月留道："魔尊，至于这么饥渴么？"

月留不紧不慢，片刻传音："不一定是他，先观察。"

凡间小菜滋味杂芜，我吃得了无兴趣，我在心里说我是个亲近三界众生的仙人，既是亲近，免不了要多了解，千万不能先失去耐性。

老板娘脸色挤出几抹红似少女的桃红，盯着月留，说："二位听说过戏子楼吗？"

月留手指一绕，指尖天书，就化成一把折扇。

这还是在我的建议下，月留变了个模样。虽说是变了，路边那些个少女姑娘还是笑着偷眼看，冲他指指点点。

月留在戏子楼下，盯着那群莺莺燕燕好久，才转脸对我说："梦璃，我觉得这里，不适合你这样的女儿身进入。"

我亦强自镇定，目光盯在门口挥手帕的好几个人身上。打扮光鲜，像鲜嫩的天界蜜桃。我尽力用凡间的标准去看，这几位，大概可称为"美人"。

人间风气之大胆，委实出乎我的预料。

盯了半天，我仍是不甘，挣扎了片刻说："不然，我变个男人进去？"

虽说我等天界人，不拘泥于凡间这些小节，然而身在红尘，本宫总不好表现得太过另类。人呐，七情六欲，真是想尽了法子地放纵。

眼前这什么什么场所，真应了那什么词，白日宣淫。

月留沉默半晌，道："也好。"

我顿了顿，还无动作。他看向我，我也转头看着他，眨下眼："你说，我是变得比你好看，还是变得不如你好看？"

月留再次默了一把，忽然用扇子一指街边卖荷包的："就照着那样的脸变一个吧。"

我拍拍衣裳,寻个僻静角落慢条斯理变了身。我发现,月留人是温柔了点,可唯独这幽默感,有些欠缺。

进了戏子楼,那些姑娘小倌瞪月留恨不得把眼珠子都瞪出来,我穿着凡人的衣服尚有些不习惯,料子真粗,不如织女的云朵。

一个头上插满花的女人忽然扑了过来,热情程度不亚于客店的老板娘,满头鲜花都在她的脚步下晃悠:"哎哟二位爷,看着眼生啊,头回来吧?"

我看看月留,觉得不能事事都让他挡在前面,立刻跨前一步,拦住她。估摸她就是此间老鸨,我淡笑着开口道:"这儿太吵,有雅间吗?"

我想在凡间志异上,不管开的什么店,总是会有雅间的。

老鸨脸色意味深长起来,看了看我:"不知二位想找哪位姑娘作陪?"

面对着月留我不行,对个凡间的老鸨,她的眼神再犀利都难不倒我。刚才换衣服时我也花一文钱买了把扇子,当下晃晃悠悠打开,对老鸨柔柔一笑:"不要姑娘,只要一个雅间,我与他。"

在我意料之外,这个"我与他"显然把大片人震到了。老鸨看我的眼神登时多了几分耐人寻味,良久说道:"其实,如果要小倌,我这里也有的是。不仅招待男客,也招待女客,就是为了服务大众。"

我握住月留的手腕,点头道:"不要小倌,我一个就够了。"

老鸨的眼瞪得更圆。出来一趟尽是被人瞪了,身后伸出来一只手,上面托着一锭黄澄澄的金子,送到老鸨眼底下。月留轻描淡写地说:"劳驾。"

不管怎么说月留似乎真的比我更懂凡人,有钱使得鬼推磨!我牙根发痒,后悔刚才怎么不多拾几片路边树叶变他个满屋子黄金。

我俩带着众人深重的误会步上了雅间,我袖子一挥,那扇门便合起来。

我心想,戏子楼,名副其实的男女通杀。我望着一脸泰然自若的上神公子:"月留,我觉得,刚才我们弄颠倒了,应该是你变作女儿身,我俩一同进来。"

也看看老鸨说的招待女客,是怎么个招待法。

月留含笑看我一眼,语意轻悠:"不变更好。"

老板娘所说,戏子楼失踪姑娘最多,原来烟花之地,不被人关注,最容易出事。至于龙阳什么的,都是浮云。

本宫知道自己是女的便好。

我如是这般安慰自己,低头看看一直待在身边的麟儿。可惜了,这么漂亮的孩子,这楼子里的人,怎么被选择性无视了呢?

月留忽然微微侧首,说道:"没错,就是昨晚的那个邪气。"

我马上把四周扫了一扫,先推开窗户往下望。

来时老板娘说月留这样的可人儿来戏子楼,铁定能被那群小姐姑娘们活剥了。她不了解,月留虽然人长得柔了点,但根据我在父君那儿了解的以及九天上下对公子的尊崇,这位爷绝对是个不好惹的。

那究竟有多不好惹,这还得我日后有机会亲眼见识。

那月留可人儿,现在就先威武了一把,说:"楼下那个老鸨,正在准备卖姑娘。"

我一愣,反应过来,掐指一算,道:"人命关天,这些个罪孽以后都要下油锅炸的,她们怎么敢?"

月留道:"凡间女儿有些身似蒲柳,命比纸薄,公主该多了解一下民间生存。"

我看了看他,目光里透出一丝若有若无了悟:"公子,你不是第一次下界吧?"

月留顿了顿,柔顺的双眸里起一层水雾,道:"我每百年,都会下界历世。"

他的回答让我这个自以为体贴众生的公主又窘了窘。

我一扭头:"先不多言了,那姑娘在哪?我们先救。"

"怎么救?"月留冲我一笑,问。

我望着他:"你不是有银子么?就用那个,让老鸨顺从。"

本宫很是得意于自己的急智。

月留默了半晌,说道:"你是让我,用银子买那位姑娘?"

"不,"我十分胸有成竹地道,"有更好的办法。"

帐是绮罗帐,暖雾纱。锦绣鸳阁,精致非常,老鸨摇着扇子,鼓动着她的大舌头喋喋不休,说得床上那位姑娘不住低头垂泣。

真是好一幅逼良为娼的戏码。

戏子楼今日花魁开苞，争相竞价，自然价高者得。我隐在暗处打量那姑娘，不愧为花魁，确实漂亮。那姑娘鹅蛋脸，半坐在床沿，眼睛红肿，和老鸨僵持。梨花带雨的绝代佳人，我见犹怜，可惜青楼的老鸨竟没有一颗怜爱之心。

老鸨最后一怒，气了："翠娥！"

名唤翠娥的花魁缓缓抬头，眼里最后的希望湮没。

"翠娥啊，赶快收拾收拾，这都什么时辰了，误了贵客来寻欢，我要你好看！"

"翠娥不值钱，不如，卖我吧。"

我从房屋暗处现身，一把揭掉了身上盖的粗布。

灯花晃晃，老鸨被我一惊，马上转身查看是谁人闯入。我抓住时机，对她盈盈一笑。

毕竟本宫的笑，还是能称得上盈盈的。

老鸨脸上如映了春花，灯光下开成一朵水莲。她冲我笑："姑娘，你打哪儿来啊？只要你肯跟了我，我保证把你捧成花魁，银子使劲儿赚。"

我冲她笑，说道："今天卖我，只要能为我找到意中人，银子可以都归你，我分文不取。"

老鸨喜不自胜，眉毛都要飞到头顶上。她忙不迭点头，生怕我反悔："成，成，姑娘爽快人。不知姑娘想要什么样的意中人？"

我不假思索道："记住了，不管今晚来了多少人，出价多少，我的意中人一定要身穿白衣，白衣飘飘。"

"姑娘好雅致，成交。"

翠娥姑娘在翠楼沉寂，我披挂上阵。

我就穿着白纱裙，坐在帷幔后，手里握着一把老鸨给我准备助兴的团扇。本宫今日首次被人买卖，感觉委实新鲜。老鸨还特意为我找了块面纱，我懂，欲拒还迎，若隐若现，朦胧美，凡人就爱这套。

半晌，帷幔被掀开。

场下本来一堆人在起哄，笑声此起彼伏。可惜帷幔一开，顿时声音都没了，好半晌都安静无声。

我等了等，嗯？怎么？莫非本宫姿色太平庸，竟没被瞧上？

就在我尴尬的时候，就像刚才突然安静一般，此刻也突然爆发一阵吵嚷，声音之大，让我的仙耳也震了一震。

老鸨慌忙挥手，帷幔只打开一会，就又忽地合上了。

底下便想起激烈的叫卖声："一百两！"

"一百五十两！"

"我出三百两！"

"八百两！"

……

如此热烈，老鸨脸上笑得比刚才还要欢。我心满意足，瞧着阵仗，本宫委实魅力无边。

人群中，我看见月留静立的身影，他也穿透帷幔看着我，目光切切思思，我的心，又荡漾了。

"一千两……"

"一千五……"

月留轻缓喊出价："一万两。一万两，我为这姑娘赎身。"

老鸨的脸变化得精彩多端，她刚要说话，月留又在后面加了两个字："黄金。"

我对人间的金银没有太深的理解，不过看四周的反应，大抵也明白一万两黄金非常值钱了。这个喊价一出口，震惊了戏子楼上下。男人的尊严，在一万两黄金下土崩瓦解。

老鸨仔细瞅了瞅月留，看他一身白衣飘飘。

旁边的麟儿，漂亮得不像话。

老鸨最后看看我，我牙一咬下唇，就要示意点头。

座下席间一声轻笑："我出十万两。"

话说我在天界晃悠的日子里见到的世面其实并不多，哪个男仙要是仰慕哪个仙子，隔三岔五去百花那儿求两朵玫瑰两朵百合，还得看人仙子脸面仰人鼻息。

像凡间这样赤裸裸喊价的，本仙回去后，这一番经历，也有的和嫦娥唠嗑了。

当下我正经地看向那人，敢于出十倍价钱强压月留，想不到青花镇地方小，有钱人不少。

一看，我心弦如被一扣，打对面看到一张柔魅的俊脸，那个男人穿一身白衣，衣裳裹着他玉长的身段。百样的姿态，一腔风流。

特别那一双眸，眉飞入鬓，眨出的光彩，怎一个勾魂？更重要的是，这个男人也穿白衣。

我再惊，不明白我是怎么回事，三天两头看见俊男便似丢了魂，起码怔上一怔。莫非真是睡了三百年睡傻了？

那白衣男子冲我露出一笑，说不尽的欲语还休。我大出乎意料，登时后退了一步。

老鸨激动地上前一步："这位公子……"

我一看事态发展已然不好，赶忙补救。其实我选择代替翠娥，有两个原因，其一就是最主要的。老板娘曾介绍说，曾在三日前有个姑娘在城隍庙前被扒光了身子，丢在庙门口。

这个事件的严重性又与那些失踪的女子不同性质。虽然我一直不明白，为什么民间传说的妖怪一定要是黄毛，妖怪善伪装，什么毛其实都能变。不过掳走女人，和扒光女子衣服的，很可能不是同一个妖怪所为。后者更下流。

而那个被扒光衣服的女子，正是出自戏子楼。

戏子楼前任花魁春月，才被人买去赎身，第二天就被发现曝尸荒野。

故此，引蛇出洞，本宫我就当了这个引出洞的引子。

老鸨转回头望我，两眼光芒："姑娘，这位出价十万的公子，也是白衣潇洒，你中意不？"

潇洒是潇洒，可怎么看都不如月留正派。

我睨着那男子，忽而缓缓一笑，问他："不知这位公子，叫什么名字？"

男子的眸子仿佛盛了写墨，藏着邪笑，黑色晕染开："等姑娘成了我的人，在下，自会告知姓名。"

真是直白。

我定了定神，再次看他，竟觉得他一双春眸，甚是柔情，缱绻情思，慢慢滑上眼角。

我有些呆住了，与他静静对视，一时间，竟像找到了契合点，身体的能量流动，都在向那个男子靠拢。这种感受，仿佛阵阵酥麻传遍全身，越来越强烈，慢慢起了阵战栗。

男子冲我一笑，如在极乐的云端。

场内响起轻轻的咳声，切断了微妙暧昧的气氛。我被这一声清咳震醒，立时清醒了过来。

月留拢袖站在不远处，目光定定地看着我。在这种氛围中，我很是尴尬，勾魂引！稍加思索，我已明白过来。看那白衣男人，不动声色地使用这种迷魂术，难以想象我竟被人用勾魂引戏弄了一把。常年打雁，却叫小雁啄了眼。恍惚间我想起月留说的，我司掌七情，魔尊掌管六欲，若我与魔尊相遇，无异于干柴遇上烈火。

刚才那阵奇怪的涌动感，我转动眼珠，暗自思忖，怕便是了。我的心立刻重视了起来。

老鸨看我犹豫，生怕到手银子飞了，忙可劲吆喝："十万两，十万两，还有没有愿意出更高的价？否则，这位天仙似的姑娘就归他了！"

凡间夸女子美貌，总以天仙作比，今日是被我瞎猫碰死耗子了。

场下的人神情都有些松动，可惜无人吱声。那男子晃着扇子，低低笑说："姑娘，还是跟我走了吧。"

老鸨狠狠将手帕一甩动，便要满口答应下来。月留将麟儿的手一牵，上前道："我是带孩子来找娘的。"

此言如春日里的一声炸雷，如和风细雨里的一道狂风，不仅老鸨脸绿了，在座众位也都脸黑了。就连我，也流汗了。

麟儿呆头呆脑，被月留卖了也不知道。周围的人自行想象，一对父子寻亲的画面。

白衣男子嗤笑了声："不是说价高者得？这姑娘我买了，不在乎她是不是黄花闺女。"

　　众人一听，连是不是黄花闺女也不在意了，哪里来的这冤大头？老鸨扯着我裙子，扯开嗓门干号："姑娘啊，你怎能害我啊？我戏子楼十几年的招牌，哪一次花魁不是清白身？你说你都嫁了人，怎的事先也不跟我说清楚呢?!"

　　上下嘴皮一搭，她成了受害者。我盯着人群中的月留和麟儿，无语凝咽。

　　她有什么好哭的，我万万年的清白也毁了。

　　月留仰头，眼中貌似深情地凝着我："阿璃，跟我回家吧。"

　　他来这么一出，配上那一汪如水嗓音，套用民间折子戏上一句极煽情的话，就是怎不叫见者伤心，闻者落泪。麟儿呆头呆脑，此时竟然眨了眨眼。

　　见钱眼开的老鸨，盯了我半天，忽地，抬起袖子擦了擦眼角。

　　我张大着嘴愣在了那里，糟了，一招引蛇出洞，活生生唱成了抛夫弃子的闹剧。

　　白衣男子忽然排开众人，朝我走来。我看他面貌，甚是清朗，只是在接近我身边的时候，他身上飘出了一丝气味。

　　我这个上仙就是再不顶事也不会辨不出，这是魔气。

　　我当下立即睁大眼，手立时将团扇握了个紧。我扫向他的目光发亮，引蛇出洞，钓的大鱼终于来了。

　　我不知凡间的人何以对金钱的执念痴迷如此之深，但照现在这样下去，从老鸨眼中的狂热便可以预见今晚我是不能如愿了。贪嗔爱欲痴，贪字当头，难怪这个地方，会被魔尊盯上。

　　我打算在他靠近时出手，他却在离我几步远的地方停住脚步。那一副尊容，硬生生叫我再次升起似曾相识感。

　　我额角冒出冷汗，他冲我遥遥拱手，笑得轻佻："姑娘，你方才不是问我姓名吗？在下名逍遥。大荒七州，唯有逍遥，逍遥游，静夜思卿。"

　　哗，如久远记忆被打开，耳边有一个动听的声音，是何人，多年前的嗓音如诉，对我说，大荒七州，逍遥游，静夜思卿……

　　我的手发抖，这也是迷魂术作用吗？

　　我坐在床帐内，等着为我出十万两黄金的恩客。

感觉类似凡间女儿出嫁,姑姑说,做新娘的机会只有一次。因为月老的姻缘簿上,真正的天作之合,得到祝福的姻缘,只有那么一双。

想不到我还未嫁给月留,先体验了一把。

按照那凡尘的规矩,过了今晚,我就是把我买下的那个人的人了。老鸨激动地在我耳朵边念叨了几千次,称我是好福气,这是多少姑娘求都求不来的赎身。而且那人还难得不计较我已经不是清白身,便宜我了。

我汗了又汗,本宫活了这么大岁数,被册封情仙,还第一次有人说便宜我了这种话。

我又想起月留说的,凡间女儿身似蒲柳的话,顿时心有戚戚焉。

本宫也觉得很是乌龙,上神娘子还没当,先成别人的人了。虽然本次也非本宫所愿,乃情有可原,可这要传到天界,本宫心里仍觉得有一丁点对不住月留。

想起八万年前,与姑姑在隐罗山的时候,姑姑曾与我聊天时提起过这逍遥尊者。魔界的至尊,邪恶俊美,冷酷嗜血。十万年前才登基,按照魔界历史来说,也算得是十分年轻的一任魔君。

彼时倒未听说这逍遥风流滥性,没想到我睡了三百年,这人已是欠了一身风流债。唉,魔心变化之快,委实叫人难堪。

本来月留想用隐身诀,藏在我的房间内,来保护我安全,免得我一人面对那面目不知的对手出什么不测,但被我给坚决劝住了。

隐身诀风险大,虽然月留是天界上神,如兰公子,法力高强,隐身诀运用起来,自比其他人不容易发觉。但魔界人面前,还是不要托大的好。

况且今天买我的恩客,也不知是不是魔尊,但瞅着老鸨堆在我房里的半箱金子,我算是叹息着确定一件事,魔界的人就是钱多,纸醉金迷,只等闲。

我静静等着,目光看着摆在前面的水鸳鸯屏风。我手中拽着丝绢,拉一拉,再拉一拉,本宫我破天荒地怯场了。

我只祈祷,今日一切顺利,能对众仙有个交代。我这个公主,也算没白做了。

良久之后,我都错觉到有冷风吹进屋内了。虽然本宫是神仙不会困,可神经紧绷得久了也会乏累。所谓恩客久候不至,我起先认为恩客定是大鱼的想法，又不禁动摇了几分。

想起今日月留在人群中间说的话，炙热火辣，当时来不及脸红，现下独自一人想到这些，我可算是忍不住耳根红透了。心道，这上神公子，也是演戏高手。

就在我因想到未来夫君，一时恍神，再抬头，竟发现水鸳鸯的屏风上，淡淡投出了一个人影。

我几乎立刻一惊，暗自攥紧手，定定盯着屏风后。

房门不知何时被打开来，真的有几丝凉风吹进来。本宫不怕冷，心里却有点紧凝。乱影恍神间，觉得屏风后那抹修长身影，有点眼熟。

这便是那个恩客？我心中试探地想，何时进来了，竟丝毫不知。

我在丝绸床面上泰然端坐，屏风后的那人，也不动作。我更是讶异，仔细盯着那身形，很高挑，隐隐还有发丝在动。

这身影……似乎不像白日开价买我的那位？本宫犯疑，又僵持片刻，眼见那人抱定了不动如山。本宫终于决定豁出老脸，先清了清嗓子，学着话本上女儿娇柔的腔调（这里乃尽量学习）试探开口："是恩客吗？"

还不见那人动作，本宫愈挫愈勇，再试。正要开口，却听屏风后的人笑了一声。

低低轻笑，宛如留扬，带着一丝缱绻，一丝暧昧。

本宫心里一跳。

这笑声委实够惑人，只不知，来者是谁。

这四面八方，布满了月留画下的法阵。只要有魔门的人踏进，用月留比较斯文的话说，保准有进无出。按理说这是本宫与月留建造的一个瓮，专门捉魔门这只鳖。

我决定演戏演到底，送佛送到西，一抓丝绢就站起来，主动朝屏风靠近。

屏风这东西，是个好东西，朦朦胧胧，遮掩了不该遮掩的，便让人想一探究竟。反正不管来的是谁，就是那风流魔尊本人，我和月留联手，本宫绝对有信心。

可本宫将姑姑万年的教导都忘到爪哇国了，脑后浮云飘荡，又是姑姑恨铁不成钢的脸。人，尤其作为一个神仙，是切切不能骄傲的，更是不能太胸有成竹的。以为什么都在你掌控中,就是大错特错,最后你变成人家的鼓中玩物,憋屈到死。

我走到屏风前,鼓足勇气一伸手,就要把屏风推开来。

就在这当口,听到了在耳边轻笑的声响,呵,好像有人在本宫耳边吹气似的,近在咫尺。

我浑身一悸,手颤抖着猛地把屏风推开,那后面人影,却也迅速地转开去,我闻到一缕快速消逝的魅惑香气,人影却是不见了。

本宫怔了怔,自打出生起,挨了那么多道天雷天闪。虽然父君和姑姑,依旧千不满万不满,但本宫对自己,一直是很有自信的。

今儿这是遇见的什么人,面儿还没见,居然就能在本宫眼皮底子下,躲得无影无踪?

等我冷静下来,就想,除非是幻形术,难怪太上老君一众担心魔界担忧得要命,那些妖魔的法术,竟精进至此?

本宫尚在为自己找借口,脑后一阵阴风吹过。我挥袖要出门:"月留!"

伸手一推,却发现房门纹丝不动,也未锁住,本宫再使力,却是怎么都打不开。

脑门血上冲,我一阵惊慌,本宫这是被困住了?

我后退几步,对着房门先是轻轻喊了声:"月留?"

少顷,无动静。

我提高了音量,不再畏缩:"月留,你听见了吗?"

怪事!

本宫额角冒了汗,什么阵法屏蔽得了月留?! 他听不见我叫唤,于本宫来说,简直是顿时失了着落。

我立定脚步,几番冷静。开始在房中转悠,这间房最后连角落都被我翻过了,可以确定,除了越来越浓烈的冲天魔气,本宫竟连一根妖精毛也没找到。

本来本宫还打好了算盘,镇守方圆,固若金汤。现在设陷阱的,反倒入了陷阱。

大乱当前,定有蹊跷。

　　忽地，本宫看到了一些幻象。那是一些很奇怪的东西，错错疏疏在我眼前，我立时并起二指，在额上扫过，开了天目观看。

　　竟是那阴兵幽使。黑气覆面，阴火笼罩周身。

　　本宫在天界降生，在瑶池成仙，就还没遇到过幽界之影。司命星君簿子上，凡间大多只有将死之人才会见到幽使，拿着勾魂锁链一绕，这些凡人的一生命数就算去了。这些在幽界当差的使者，就是天庭神仙，也都尽量疏远。

　　本宫与这些幽使面对面，看它们拿着灰突突的锁链，竟一股脑儿往本宫身上缠绕。

　　本宫跳起躲过，憋屈得心肝都疼了。看他们额间黑印，分明是受制于人。

　　幽王老儿，等本宫回去，定要好生在父君座下参你一本。叫你管教手下不严，受魔君引诱。

　　本宫堂堂一上仙，身负父君金刚罩。自是不会惧怕如斯小角色，只不过这些幽界的使者，却能组成如此厉害的阵法，其中凶险，我也心底为虚。

　　眼见幽使数量众多，本宫脑额汗多，终于觉得易守难攻，这么多幽使加起来，本宫双拳难敌四手，现今又没有极厉害的法器将它们统统驱散，于是本宫只得先守住自家为上。

　　忽地又想到，我在这厢受了困，不知月留怎样。

　　魔门的人要对付，定然不止对付我，还要连同月留也受累。我心下不禁隐隐有点担心。

　　刚才还说没有妖魔鬼怪，一下就窜出了这么多。我飞身旋转，衣袖轻挥，却终究不能彻底摆脱。在这阴阵之下，竟能衍生出许多阴气，我一看见中间那旋涡，心里就一凉，阴气聚魔，这阴阵，最后可别再生出什么不得了的东西来。

　　麟儿不在我身旁，我身单力孤，苦苦周旋在众妖之间。

　　"放肆的无常，给本宫退下！"我皱眉，现出额间金印，袖子一挥，驱散了逼近我的一团白影。

　　阴阵中心阴气越积越多，最后竟形成一个挥着大斧的黑面虎须，虎须将斧头向我头上劈来，我默念，这厮疯魔了！砍了本宫，叫你永世不得超生！

我手指捏诀，正要不管不顾后果，降一道闪雷劈死虎须。

却在这当口，腰身被一只手臂环抱，本宫身子顿轻，被一臂温暖胸膛包围着，飞离了阴阵中央。

"来迟了，公主没事吧？"熟悉的声音在耳边响起。

我热泪盈眶，仰起头，看见月留淡雅的一张脸，本宫哆嗦着："月留……"

"阴阵凶险，你要小心。"月留轻轻道，低头目光看住我，"我被外间一道屏障挡住，进不来，你叫我，我听到了。"

本宫心里更不是滋味，低下头，看着正在对付百妖的麟儿。

麟儿身上瑞光冲天，顿时将一干见不得天日的幽使，照得灰飞烟灭，入地无门。本宫心里顿时如清风吹过，又吐气了，瞧瞧，这就是普照大地的神兽，多威风，多有气派。

我听到月留在我耳边轻笑了一声，我扭头看他，他望着我笑："今日你受惊了，早些回去歇着吧，魔门狡猾，早该知道抓住他们不是一朝一夕的事。你也不必急在一时。"

月留若清风的话语，听得我鼻子酸溜溜的，我干涩的嗓子低哼了声："嗯，本宫岂有那么容易受惊的。"

月留轻笑，没再说什么。

麟儿是天上第一瑞兽，祥瑞化身，幽界幽使遇见了，只有躲的份。它其实才是最适合的阴阵破解者。

闻着月留身上的味道，本宫自是心里不宁静，遂一直低着头，不曾抬眼去看四周。

回到客店，本宫仍略略心有不甘。对于本次的出师未捷，应该说我很是失望。魔门之人狡猾的程度，实在出乎本宫预料。我与月留在房中坐着，本宫一时不察话多了些，不由将苦恼多倒了几句。

月留好生劝慰我几句："梦璃你心意已尽，许多事情是机缘未到，也别太责怪自己了。"

他掌着天书，说些机缘命理的事也容易取信。我才好些。

月留略坐了一坐，也回了房。

有一点叫本宫百思不得其解的事，何以魔门对我的计策了然，还特意设下了这般的陷阱，委实叫本宫丢面。

我等仙家，修行护体，可以不眠不休，但仙兽却是不能不睡的，它们每隔一段时候，都必须休息。

麟儿这几天跟着我，却着实没休息过，我一弹指，让麟儿睡了过去，见它呼吸平稳，我又挥了条毯子给它盖上了。

我一个人在房中，左右无事颇觉无趣，忽觉心念一起，便想要瞬移到月留房中，看他在干些什么。

本宫又心想，虽然仙家无禁忌，但本宫这样贸然到上神房中，到底有失本宫仪态。思来想去，干脆到院子里，直接敲门吧。

本宫最近，春心颇动。

我立刻闪身便到了地字一号房院外。住在地上，有条好处，就是有院子。

然而，却闻到一股极为难闻的味道。

本宫讶异地睁大了眼，且不说，月留在天上，有如兰公子的雅称，他住的地方，怎么也不该发出来这种味儿。

我再仔细嗅了嗅，却赫然觉得，这像那修炼了千年女妖的味道。

我一激灵，见月留房中有一缕昏暗的亮光，细瞧却瞧不见。走到门口，里面传出窸窣声，本宫呼吸吐纳，好半天才按捺住那颗怦怦跳动的心。

自打来了这朱仙镇，就没安宁过，成天价不是妖气就是魔气，我倒想看看，哪个不长眼的妖精，胆子大到敢来勾引上神。

我开了天目，推门一脚踏进房门。

闪瞎了本宫的一双眼。

可不是那千年妖精，身上的一股股腥臊味把整个屋子都熏臭了。那妖精拖着的黑色海藻一样的长发，将她半边脸盖住。我手中捏着白刃，想也不想劈下去："妖孽！"

那女妖也发现不对，立即挥手，就看一大团蜘蛛网扑向我，我立刻后退躲了过去。原来是个蜘蛛女妖精。

女蜘蛛精看见我，娇媚一笑："你是什么人？"

这年头妖精都嚣张成这样了，月留一个有赫赫威名的天界上神，平时连妖王发觉他的气息都要绕道走，这女妖竟敢夜半潜入房内？

月留看向我："梦璃。"

那女蜘蛛精神色一变，忽然之间有些不信地看过来："你，就是天界公主？"

我好整以暇看着她。本宫不是公主，难不成你是。

蜘蛛精抿抿嘴，忽然对月留一笑道："奴虽然比不过公主漂亮，但公主这样配给神君，奴实在替神君委屈。公主心性是那般朝秦暮楚的人，一边爱着尊上，还要绊着神君你，委实太过分。"

这毁谤真是天降一口大锅，让本宫忍无可忍："你说本宫爱着谁？你说的是哪家的尊上？"

蜘蛛精瞥眼道："公主又何必揣着明白装糊涂，万妖皆归魔尊统领。能让奴称之尊上，自然是他。"

本宫头顶如乌鸦飞过，虽然本宫从隐罗山醒来时，就时刻提醒自己，维持风度，维持气度。可此刻，被这妖精几句话说的，委实有些沉不住气了。什么叫本宫扯着她家尊上，还绊着月留？本宫几时跟那个风流鬼魔尊有过牵扯了！

蜘蛛精倒乖觉，目光又恋恋地盯着月留："奴曾见过我家尊上一次，颜魅惑吸人，很是勾人。却未曾想，月留神君之容，也，竟也……真叫奴身不由己。"

我提了个法诀，决定她要是再身不由己下去，干脆把她劈去幽王殿修行。

月留叹道"你走吧。我与公主姻缘七世，自有天命。也不是你三言两语可以挑拨的。"

我听到挑拨二字更是气愤，这些魔门中人，就没有一个好东西！

那女蜘蛛精叹息："上神若是改变了心意，可到十里山蜘蛛洞府找奴家，奴家绝不像那公主，一定对神君一心一意……"

我直接一道白刃劈过，说时迟那时快，这一瞬间，女蜘蛛精直接扭身飞扑出去，在我眼皮底下消失无踪。

空中还留下妖精那嚣张的咯咯笑声："上神,你守着这三心两意的天界公主,到底有什么乐趣……"

本宫气得胃疼,恨不得再追上去把这妖精的嘴巴撕烂。

本宫一天中被诬蔑两次,还都是被诬蔑心猿意马朝三暮四,枉本宫在天庭万年形只影单了,居然被此等妖精泼脏水,实在低落,很低落。

房间那股腥臭味久久不去,我挥了挥袖子,转了个身。

脸上犹有怒气。

月留轻轻拂了一下手臂,袍袖带起微风,顿时,房里气息一阵清爽,腥臭味逐渐被遮蔽,换上一丝优雅香气。

月留问我："这样可好?"

我颇觉窘迫,道："我来的不是时候。恐怕打扰公子了。"

月留一笑,笑容如沐清风,说："不要在意那女妖的话。"

我心头微暖,却还故作镇定抬头看了看木质的天花板,哼了几嗯,道："本来是想跟月留你说说今番阴阵的事,以为你也不休息。也罢,这会子天还没亮,本宫先回去看护麟儿,明日我俩再谈。"

"不妨事,"月留看着我开口道,"反正也快天明了,梦璃你想说什么便在这说吧。"

我张了张口,半晌,还是轻叹道:"你先休息一会吧。"方才被那蜘蛛精缠了半天,我看他也有了倦色。

看他衣服还那样扯着,不复平日温雅,倒隐隐有些狼狈。

我怜惜心发作,竟不自觉地走过去,伸手将他的衣裳抚平整。手停留在他胸前,我吸了几口气,片刻又不禁看着他笑:"这可怎生是好? 如此秀色可餐的上神在这,要是再被人窥伺,有个三长两短的,等回了天上,定成了本宫保护不力,过失重大。"

月留道:"与你有什么关系?"

我一本正经说道:"天界可以没有公主,却不能没了上神。"

不知为何,在听到我这句话的时候,他身子颤了颤,抓住了我的手,抬起了头看我:"既是不放心,你便留下吧。"

我开始以为他开玩笑,不由露出笑说:"留下干什么,与公子共枕夜话?"

我真恨不得咬断自己的舌头。

本宫修炼百年，这定力不如从前，倒是脸皮比从前厚了不少。一张嘴就说些不过大脑的混账玩笑话。

月留看了我半晌，缓缓露出一丝笑："你也累了，既要休息，你我便一道在这里歇一歇吧，顺带聊几句，两不误。"

我一时没反应过来，看着他，硬是问了句："歇在哪儿？"

"公主说共枕夜话，自然是……"月留朝床上摆着的枕头瞥了瞥，又一顿，"其实躺下去，即便不用如凡人般入睡，也颇有一番意趣。"

我嘴角牵扯了一下，扯出一个极难看的笑容。

闪电般缩回了自己的手，我转身，踏步："我去看看麟儿怎样了……"

本宫不做那忸怩的神仙。

月留在我身后道："麟儿不会有事，它是神兽，妖魔不敢近它身。"

我心里明白，这却是实打实的实话。看麟儿在戏子楼的表现，威风八面，就算它这只麒麟还没有成年，嗯，额，这还是月留他第一次用麟儿这个称呼。

嗯了半天，我道："还是去看看，放心。"

月留道："那我随你一道去吧，也睡不着，免得再有什么异动。"

本宫听闻此话，立刻转身，盯着他脸上，从嗓子里挤出话来："那我一定要把公子守好了。"

眼里看着那张床，心道，本宫素来大方。

衣袖一扬，坐到了床边。

和月留并排躺着，感觉真是无法用言语形容，我看月留："你晚上都是这么睡的？"

"嗯。"真是贴近百姓的上神，"你呢？"

我道："睡了三百年，对睡觉一事实在没感觉了。"

月留默然。

半晌，我轻笑一下："听了刚才蜘蛛妖的话，我越发觉得，这三百年，我确是被司命星君洗了记忆了。"

月留朝我看来，低低地问："为什么这样想？"

"也许我百年前犯了什么不得了的事儿,让父君联合司命,不得不让我忘却。"我边说着,边觉得大有可能,于是笑了起来,"神仙不会失去记忆,不管活了多少年,除了灰飞烟灭,否则记忆永存。我此番屡次忆不起往事,除了受过天条处罚,别无其他解释。"

月留动了动:"梦璃……"

我一笑,主动翻了个身。躺在床上的滋味,委实与打坐清修不同。凡人都爱偷懒,但这偷懒,却又何尝没有许多神仙享不到的乐趣。倘若我果真在百年间受过天罚,那么月留身为天书执掌者,也定然胸中一清二楚。那么他此番在我身边,又是为何?

月留的声音朗朗传过来:"今日那阴阵,没伤到你吧?"

我心里笑了笑,他果然知道我法力已大减。我道:"没有,我想不通,为什么魔君的人会知道我们的行踪。"

停了停,月留道:"天界公主下界,怎么也不算小事。定然有哪走漏了风声。"

我顿了一下,又翻过身,笑道:"说不定是冲着你来的,上神公子下凡来,妖魔都想亲近亲近。"

月留的脸近在我眼皮底下,他轻笑:"那就我俩同舟共济吧。"

本宫掩面低低一笑,转过脸假模假样睡了。

次日早晨,月留丢给我一样物事,骨质润泽,濮光如玉。

我拿在手心,翻来覆去看了看,终于有所醒悟,道:"这好像是骨镯?"

月留颔首:"你看看内侧的刻纹。"

我闻言,翻开端详。里面一圈水纹似的雕刻,像一条尾巴,十分稀罕。心底啧啧称奇起来。

月留语气略低,道:"这是昨晚那蜘蛛妖身上留下来的东西。"

我一时有些不解,手里掂了掂,看向他。

难不成他是舍不得丢弃蜘蛛儿身上的东西?

月留公子话音缓缓说:"通常万妖千魔,其主皆有所凭证。这个骨镯制的手环,我今早已特别确认过,的确是真物。"

我终于有些明白与动容,眼里亮了亮:"你是说?"

月留不紧不慢地站定拢袖,看着我悠悠道:"昨晚那只蜘蛛,身份应当就是北冥妖后,藏花。"

风水轮流万物变生,人和妖都不能轻看,我捏着骨镯停了那么一会儿,才发出声音:"是统领北界群妖,地位显赫的无颜地杀,地界三妖之一,北冥妖后?"

月留看着我,端端正正道:"正是。"

在他的目光下我生出了几分压力。到了凡间就多的是狠角,本宫禁绝天迹,对三妖事迹也有耳闻。要真是这样的话,这北冥妖后可是厉害角色,我想到人间是欲望聚集,也成了妖的温床,比九重天众位上仙大仙还要卧虎藏龙。

我顶着压力地道:"我昨天轰走了她,可别被记恨了。"

月留这才笑出,目光流露一丝清许流暖:"你难道还怕她记恨?"

话里暗中的抬举我很受用,我正了正色,说道:"明枪易躲,暗箭难防,我怕强龙压不了她这地头蛇。"

想想昨儿那只妖眉眼风情的模样,联想到妖后身上,形象陡然就颠覆了,立马不一样。藏花,我在司命星君的簿子上一眼瞅见过这个妖冶的姓名,当时想这是个女人,而今就成了女妖。

我道:"你待如何?"

月留还是无明显情绪,声如浮云道:"无论如何,我必要去看看。"

隔这么半晌,我点头:"好,你去吧。我留在这里看护。"

于是上神公子天书一挥,身形隐去。

我在楼下喝老板娘的肉粥,味儿香醇,确然美味。

我不由得想,怪不得天条上说,神仙不得流连人间烟火,敢情,这也是个劫。不大不小的劫,怕神仙坠入口腹之欲了。

本宫难得滋润一回,自然放开量吃。奈何这些年连仙界果子蟠桃都很少吃,胃实在不大。我在天庭自由晃悠,父君对我的拘束最少,日子一向清闲。现在才明白,原来有些神仙思凡,是有道理的。脱离天宫的规矩,那句话当真反过来讲,神仙最不快活,凡人才快活。快活似凡人,而非神仙。

我又想起下界时,吕洞宾伸着脖子,欲和我一同前往。此刻想来,这厮竟不是关心我，恐是他自己凡心动了，想借由此际，一偿夙愿。

天界众仙就属这厮最是勾三搭四拈花惹草。

惹上魔尊，可算让他有了血淋淋的教训，暂时不得不消停了。不然那在我的殿上状告勾引仙女的罪人恐怕就是纯阳真人本尊了。

脑中还在盘点吕洞宾当年惹下的风流债，老板娘在旁问我："姑娘，还好喝吧？"

我回过神，看着面前见底的肉粥，点头赞道："美味。"

老板娘又笑得甜极了："要不要我再给姑娘盛一碗？"

我摸了摸肚子，舌头转了几圈，还是咬牙忍痛道："不了，我已经饱了，多谢老板娘招待。"

心里叹气，唉，这神仙啊，做得真是不爽快。

老板娘低头笑眯眯收拾着碗筷，片刻，似乎随口问了句："姑娘，那位相公几时回？"

我明白她问的是月留，凡间人都管一些男人喊相公，弄得我开始好一番误会。我顿了顿，道："应该快了。"

楼梯吱呀呀响，我和老板娘均抬头，漂亮无表情的麟儿，穿着我昨天街上给他买的单衣，这娃终于睡醒了。

天气有点转阴，风倒是没见一丝，老板娘仍是把窗户关起，做生意的人，难免谨慎些。麒麟睡的时辰怎么也比不了天上，脸容恹恹的，苍白地站在我身边，我摸了摸他的头。

少顷，老板娘要关门了，我看看外头，天色昏暗了。

天界的日子过久了，只觉凡间时光如流水，阴云蔽日，是下雨的征兆。老板娘伸长脖子往门外左右看了好几次，我仰头，动指算了算，少说也过了四五个时辰，月留竟还没有回来。

风雷雨声隐动，我放下勺子，冲老板娘说："暂时别关门。"

我起身过去，伸手拉开两面的门，哗啦灌来的风就将衣服吹起来。

正欲出门，一人却拦住了我的去路。斜倚门边，那人微微眯了眼睛。锦衣玉带，清俊眉眼，脚蹬高底靴，一动不动把门堵住。

我退了一步，眼睛也眯起来，心里怦然一跳，见此人，不正是戏子楼买了我的"恩客"？

老板娘赶紧跑过去："客官我们关店了。"

敢情误会了人家是登门的住客？我偏头望了望老板娘，果然人不可貌相，对月留那么哈腰的老板娘，居然能狠心对这么一位美男子下起逐客令？

"恩客"却不甚在意地耸耸肩，没留神，似乎仅是一晃眼的工夫，他就到了门内。我和老板娘都没看清他是怎么动作的。

他大大咧咧在桌边坐下，道："来碗芙蓉汤。"

我可是暗自心惊了，老板娘一介凡人早已目瞪口呆，眼看那人在桌旁坐下，也硬是发愣没反应过来。

"恩客"玩弄着腰间美玉，仍旧一股风流，却与当日戏子楼时，判若两人。

老板娘终于回神，迎上去说道："客官，我们这里的的确确没有芙蓉汤，大酒楼里才有，那都是精细菜，稀罕物，小店哪里做出来。"

"恩客"眼睛晃着瞄向我，半晌，嘴角勾出细细的笑纹："此处，连天仙都有，还有什么是稀罕物？"

这一对眼间，本宫瞥了他手中的玉佩，冷光闪动，我忽觉有点眼熟。

老板娘不知道我去戏子楼卖身的事，花魁娘子本宫着实当了一把。今儿与恩客面对面，确实有口难辩。

我一挥衣袖，坐到了他对面桌上，展颜微笑："这位爷……"

与其尴尬，不如自己主动来搭讪招呼。

"恩客"挑了挑眉，轻嗯了声，表示疑惑。

我才把剩下半句吐出来："……的玉，很眼熟。"

神仙不打诳语，实话就实说。我是说玉眼熟，不是说你眼熟，你究竟是何人，本宫还没决定好到底认不认这笔糊涂账。

那人没露出什么表情，慢慢摸起了桌上茶杯，喝了一口。

"这是他山玉，无价无市，姑娘喜欢么？"他缓缓说道。

要是他山玉，岂止是无价无市，我笑了笑，点头："好物。"

我见他一派从容自在，缓缓低头摸了摸麟儿头顶。要知道，麟儿就站在我旁边，万山神兽的灵气，足以令天下鬼哭。

他就算变至人身，灵气却不会消失，扩散在四周。凡人察觉不到，妖魔秽物却接近不得。

而"恩客"，却近在咫尺不受影响。

他又喝了口茶，小店茶粗，看他模样好像捧着狮峰龙井碧螺春似的，细酌讲究。本宫心底不由得唾弃，喝的就是一个附庸风雅。

恩客忽然笑了笑，有点温柔，他摸了两把袖子说："姑娘，在下掏了十万两黄金。"

结果竹篮打水一场空，赔了夫人又折兵，啥也没捞着。

终于还是绕到这里了，我维持微笑："那些银子不算什么，我可以奉还。"

"恩客"又道："这不是银子的问题。"

我端然轻笑："那是什么问题？"

月留在这几日的时光中曾说，在人间有条铁打的规律，不是银子的问题，那就不算问题。人间的金银不是以稀为贵，是越多越好。

显然"恩客"的境界不在人间此列，对金银的态度也挥之如土。本宫发现仙人和魔门一个共同点，视金钱如粪土。

而且那晚从阴阵脱身回来，月留说之所以判定开价买我那人是异数，最关键一点，就是他毫不在乎金钱。人间自有万贯的财主，但真正把金银当作土来填地的，一个也不会有。

本宫不得不赞佩月留的洞悉力。

我笑道："连他山玉都有，我想恩客也不会在意这点碎钱。"

对于我的话，"恩客"没表态，他一根手指轻点在手心上，半晌说："我刚才，好像看见了那位相公。"

我的目光瞬移到他的脸上。

"恩客"不紧不慢，又以品尝碧螺春的姿态喝了口淡茶，说："白衣如雪，很是柔和的一缕气息，令人一见难忘。"

我问："他去哪了？"本宫苦候不至，委实按捺不住一腔担忧。

"恩客"轻轻说道："他像是掉进了什么陷阱里，一时半会爬不起来。"

本宫吸了口气，平静了下来，也道："那位相公本事大，什么样的陷阱，天罗地网，也困不住他。"

手下已抓紧衣裙,握住了麟儿桌底下的手掌。月留要是出事,我不得不带着麒麟一起,去捅了逍遥尊者的马蜂窝。

"恩客"道:"话是这么说,万一出事,你也很担心他。"

"这个自然。"我正色。

一道来的,叫我如何能不关心。

"恩客"此时目光幽幽地停在我脸上,轻声说道:"与其等候一个不知何时回来的人,姑娘不如应了我。"

汗,这脉脉的眼神,本宫都要怀疑他和藏花妖后是一伙的,分工明确,各干各的。一个抱上月留,一个拖住本宫。

我拉了拉裙子,咬着牙将手转移到桌上明处,慢慢地摸了几下麟儿的头。片刻目光直视着他说道:"月留不会有事,我也不希望他有事。就算中间出现什么变数,也一定是心怀叵测的人陷害,故意设的埋伏。"

心里明镜一样,魔门真是好家伙,怪不得月留迟迟不回,恐怕不是不回,是不能归。我和月留处处受阻,到处掣肘,好像被无数双眼睛盯上了似的。

轰一声,雨哗啦哗啦总算下来了,闷雷滚滚传来,声震小店。我有一瞬间的想法,决定和麟儿联手,先发制人,抢占先机,不管这人是谁,拿下再说,抓上大殿,上刑拷打。

本宫挠了挠麟儿的后脑勺,死命压制着他的暴动。

贪嗔爱欲痴,人间有古训,父君说凡人的善恶一念间,往往是我们神仙修行几千年的劫。魔尊引人堕落,魅颜引人痴狂,仙子尚会身陷囹圄,何况人呢?

本宫一面沉稳如山地喝着茶,一面在心里掂量自己的斤两,论动手,本宫近来流失不少的修为和深不可测的身手,似乎还是无十足的把握。

"恩客"道:"上次说是玩笑话,但其实我乃真心。我待你,定然比你现在想找的人,好一千倍。"

本宫万年没有听过这般的肉麻话,忍不住起了一身疙瘩。我寻思三界内谁能把肉麻话说得如此水到渠成、脸不红心不跳,想来想去还是昭然若揭的那个答案。

风骚勾人的魔界君上,头疼的三界流氓。

我将茶杯放到桌上，一本正经道："明人不说暗话，何必藏着掖着！"

他一双如琉璃的眼睛盯住我看，良久不动，开口却问："你觉得，是当公主自在，还是当凡夫俗子开心些？"

这人似乎总想用大钟砸我的脑袋，说的话晕晕乎乎的，隐约卷了前尘三界多少过往。可惜本宫虽然睡了三百年可并不糊涂，不去绕他的圈子，打岔道："当日启动阴阵的，可是阁下？"

一边说着情话一边干着缺德事，这大概也是魔门的本事之一，看你如何应付本宫的质问。"恩客"却不说话了，摇着他的扇子，喝着他的茶。

外面风雨声欲急，本宫却不能再等了，忍耐的定力到了极限，我刷地站起来，"把月留交出来，否则……"

关键时刻却要命，威胁要怎么威胁，本宫着实一点经验没有。

"恩客"微笑着，还是那样不紧不慢："否则？"

我厉声道："否则本宫他日，踏平你魔界尸骨河。"

我眼睛觑着他，今儿本宫真是仙落平阳被犬欺，若是本宫没有睡了三百年丢失大部分法力，一定不能放过这厮。尸骨河相当于天界的天池，只不过里面尸横遍野，是真正的三界地狱，魔界的命脉。

"恩客"冷笑了声，冰冷视线盯着我脸："看你这般样子，倒真似对他上了心。你连我是谁也不记得，就在这里放狠话。"

本宫一时语塞，他把杯子向前一推，道："罢了，跟你多谈也无益，看样子，你也不可能改变主意。"

就在这当口，本宫忽然心里一动，拦住他去路，试探道："拿我，换月留、天界众女仙，这笔交易怎么样？"

对方不愧是老狐狸，脸上表情未动，片刻，道："虽然你舍己为人，但这笔交易，不成。"

本宫由高处跌落到尘土里，最后还是冷静下来。那句为什么还未问出口，对方已擦肩掠过："你要踏平我尸骨河，那就来吧。"

我气结。

临走时他还留下一句似是而非的话："你不记得许多事，那你听过玉桓吗？"

　　我愣愣盯着门口半晌，直到被风吹溅了一身泥水，老板娘早就被那人一指封睡过去，歪在板凳上大会周公。

　　我实在是觉得胸口堵得难受，眉头拧得死紧，一挥袖子，正要出门追过去。身后却凭空闪现一缕余香，手腕被人一拉，向后倒去。

　　本宫撞在一人手臂上，耳边听得询问："你想干什么？"

　　仰脸向后，月留眉心微蹙，疑惑地望着我。

　　顿了顿，本宫忽地抓紧他衣袖，凑前探望："月留，你可无事？"

　　月留神色轻然，手掌碰了碰我的肩："你以为有什么事？"

　　我松开他，恢复如常。我就说掉进陷阱的事不靠谱，果真那厮是在诓我。我道："你怎的去了这许久？"

　　月留的目光却扫视了一圈，最后落到老板娘身上，他微疑地问我："有人来过？"

　　我不做声，管自个儿拿了茶喝。月留拂袖，也坐到我对面。

　　半晌我放下茶，看着他认真问："那魔族君主，可有何特征？"

　　月留目光一闪："刚才来的是他？"

　　我低头："八成是。"

　　早知月留平安，我也不费那许多工夫。

　　月留慢慢拢着袖，目光盯着麟儿眉间的煞气，若有所思的模样。

　　我道："他山玉是不是被他佩戴着？"

　　"他山玉？"月留拧了拧眉，才道，"不曾听说魔君有这个。"

　　我原本就是多此一问，对月留这样的回答，也不多做追寻。

　　今天着实是累，看着月留和麟儿都在，我便想早些回去歇息。把老板娘记忆给改了，今遭的事就当没发生过。

　　月留的手腕却一翻，堪堪送到我面前："梦璃，你瞧这个。"

　　我朝他手心望去，白莹莹一块东西，边缘剔透，衬着他那双修长手指，倒真是相得益彰。可是重点不在于此。本宫看着看着，目光就被吸住，这莹莹发着浅光，呈现杯子的模样。

　　本宫是个不长进的，对父君座下瑰宝知之甚少，但根据传言以及那字面意思，白色的杯子，此时又被月留拖在手中，莫非，正是那白纸神杯？

月留望我："如何?"

我略显激动地伸手抚摸那杯子,触手更是滑腻,问他:"你从哪儿得到的?"

话问出口我再次抬头凝视着他。

隔了会,月留的回答出乎意料:"我去往幽冥,魔君刚好外出,青玉案上摆着这样物事,我随手牵的。"

我眨了半天眼,从牙缝间挤出字:"你偷的?"

月留掂了掂手中东西:"这不是你九重天的东西? 我不算偷。"

我定了定神,道:"你还给本宫带了什么惊喜?"

他拢袖在我面前,不语。罢了,他好端端在我身边,就是最大的惊喜了。本宫上下眼皮直打架,高度集中的精神头也开始衰退,我想倒头就睡个好觉。居然,睡过三百年那么长久,这么快就又有了困顿之感。

月留一把拽起我的手,在迷蒙间说我:"回天界再睡吧,别在这睡了。"

我发困时又被惊雷劈醒,眼睛睁了睁,困意顿消,转头问:"你说什么?回天界?"

月留道:"不错。"

我眼睛凝视他:"虽说神杯找到了,但是女仙们却无下落,为何你此时就要回天?"

月留缓缓道:"回天界,从长计议。"

我心里隐隐有不祥的感觉,道:"计议什么,还有什么需要计议?"

我驾着麟儿,麟儿踩着浓腾腾的云直往天际,和月留站在九重天宫门前,我依稀还沉浸在思虑中迟迟清醒不过来。

周围云飘雾缈,我身子略微有些发冷,眼前也一股脑儿地发黑,月留在我耳边说话,却也不能带给我一丁点暖意。

最后,他紧了紧我胳膊,低声轻道:"我走了。"

他自回了天外天。说到底月留职责重大,天外天是守卫重地,他不得擅离,此次陪我下界几日,不知让元始天尊顶了多大压力。

还是那个天门,我脚步虚浮地往前晃过去。守门的黄胡子仙这下认得我，眼睛意味不明地瞅了我半天，毕恭毕敬地喊了我一声："公主。"

我苦笑了一下，只觉难过又心酸。

白纸神杯月留交予我，我踩着云来到天帝大殿上，将白纸神杯摆到了案台中间。打量着四处清净无人的玉华宫，我慢慢在父君的椅子上坐下，手里摸着扶手，罕见地哀伤起来。

玉华宫是父君的寝宫，也是我八千年长大的岁月里，生活修行的地方。八千岁以前我与父君住在一起，父君疼我甚深，我千百年不知天外事，只被父君护着，知冷知热。八千年以后我也常赖在玉华宫，我那离泽宫建起来后，亦空了好长一段时间。

此刻，无端地思念父君，想他在如来那儿听经，不知听得怎么样了。我睡了三百年，也不知他是不是常常思念我这个女儿。

再想本宫就要伤春悲秋了，我赶紧用袖子擦了擦眼角。恰这时，远远的人影飘飘，我以为是老君过来，忙屁股扎针似的从父君御座上起身。本宫辜负了众仙家期望，其他仙人还好说，这趟回来唯独最怕见到太上老君。

我脚下生云一个劲儿躲出宫外，往前飞去，那人影顿了顿，竟也直直朝我追过来。

我脚底如抹油，一个劲地猛飞，背后传来轻飘飘的声音叫我："公主，急着上哪去？"

我一刹住，片刻，扭过了头。本宫太过紧张，看岔了，御剑飞来的不是老君，是纯阳真人。

吕洞宾飘飘然地在我面前停住，收了仙剑道："说是去一天，不料这才半天，公主与上神，就回来了。"

是他我就放心多了，赶紧挥了挥袖子，皱眉道："虽说九重天清静无事，你也太没规矩了些，御剑到处晃荡什么？"

其实本宫素来和善，今日也实在是因为心情不佳，语气也难免重了些。

吕洞宾倒还从善如流，浅浅向我作揖赔了个不是。说着，他双手捧着递给我几颗仙桃，水嫩晶莹的，显然从树枝上刚摘下的。"蟠桃园里刚好有几颗桃子熟了，公主尝一尝。"

本宫甚是欣慰，也不同他计较了，抓起桃子，便咬下一口。许久未吃蟠桃,这滋味甚妙,说人间菜色五花八门,酸甜苦辣,极大地满足了口腹之欲,但仙界唯有这蟠桃,是不输于凡间的美味了。

本宫是极好说话也是极好相处的一个人,和纯阳真人也算有交情,他此番作为,我便也有些不好意思了,说道:"辛苦真人费心摘桃了。"

吕洞宾道:"公主这却谢错人了,看管桃子的其实是文曲星君,本真人也是借花献佛。"

文曲星君。

本宫略思索了下,记得我回来之日,一群吵嚷的仙僚之中,青衫飘飘的文曲星君,最是安静。本宫在心里点头,嗯,这印象就好得多,没有随波逐流,瞧着是很斯文的一个上仙。

我把嘴里的桃核吐出来,说道:"文曲星君不是掌管着文书的吗,几时去看管蟠桃园了? 这么个上仙去做那等琐碎事,真是屈才了。"

我原想着是父君一时糊涂又颁下的什么旨意,正打算英明地纠正这个错处,想不到吕洞宾却说:"看管桃园,是文曲自请的,他说桃园清静,正好他也无事,便揽个活儿做做。"

我甚惋惜。

吕洞宾的眼神三番朝我飘过来,便有些意味深长地安慰我:"公主,许多事情不是那么容易做的。像仙子失踪这事,虽然表面没牵出什么,但暗地里,定然牵连甚广,公主此次寻回了神杯,对我天界已是幸事。"

呵,这厮口气刁的,修为不怎样,倒来安慰起我来了。

我将桃核甩给他,转身去远了。

就连那神杯,其实也不是我寻的,我这个上仙,忒没用了。其实要是在以前,我还能炫耀一下,我修为不比父君不比上神,但劳父君多年心血培养,亦将我成为九重天上仙中的翘楚。

可一场大梦醒来,什么都不一样了。

我伏在案上,将终日苦楚,醒来以后的种种艰难,全部写在一张纸上,托青鸟传给了姑姑。显然姑姑收到我的信后,又会像以往一样,奚落我懒散,耽误了修行。但现今我只想找个人倾诉,便是姑姑嘲笑,我也觉得亲切无比。

月留说，他在八荒九州，遍地寻不到仙子的下落。哪怕用天书，都是一片混沌。倘若魔尊有那本事，堂堂上神都不能在他的地盘找到蛛丝马迹，用最后月留劝诫加敬告我的话说，就是抓住逍遥的把柄，会很难。

他说，梦璃，你可知道，从天地两界纷乱如今的两界互不相犯，中间倾注了多少神仙的多少努力？

月留语气带了丝沉重，但我懂他的意思，倘若轻易和魔界撕破脸，后果就不是一个公主和一个上神下界那么简单了。父君不在九重天，我没有那个权力，将所有仙友带去拼命。

只要明面上滴水不漏，我们就只能无奈回来从长计议。月留静静地开口，说，魔尊打的，或许就是这个主意。

我拥着被子叹气，直直看着前面，脑海里冒出一个名字，玉桓。

玉桓。

玉桓大概是我这三百年，唯一留在记忆中的一个人了。还是那一年，父君去西方听讲经，我摒弃三十八位引路宫娥，去姑姑的琼华山逛。

琼华山处云雾之巅，在交界之上，靠近一重天。

本宫当时还没有麒麟，只得自己辛苦驾云，飘忽上来又飘忽下去，结果当时没在意，路过隐泉的时候，底下一个人倏地冒上来，本宫被溅了一身的水。

隐泉是姑姑挖的池，聚琼华山之灵气，十分好泡。本宫年少时期常爱在里面嬉戏，灵气能入肺腑，本宫有如此修为，很大一部分得益于姑姑多年帮助。

本宫那时仍年轻气盛，气哼哼就要找人算账，我拧了一把被打湿的衣裙，低头去找罪魁祸首。

想不到，晨起雾轻时，隐泉泛幽光，一个修长的身影，就跃了出来，站在岸边，拱手跟我道歉。

我一瞧，那人的发丝还泛着如玉光泽，我看不清他相貌。他先道歉了，本宫的火就消了一大半，降下云头，敢在姑姑池子里泡澡，除了本宫还没有人有那个特权。

我想，这人定是背着姑姑偷偷来泡泉水的仙使。

他抬起了脸，看着我笑，说，原来是公主，是玉桓眼拙了，冒犯之处，烦请见谅。

我常来姑姑琼华山四处转悠，这些人认得我也不奇怪。

本宫读遍了话本子，凡间那些佳人才子，才子唐突佳人，开头总是这么一句，冒犯之处，烦请见谅云云。

当下本宫就有些促狭地眯起眼打量了他，一表人才，的的确确一表人才，比卖弄风骚的吕洞宾强得多了。

不过，就算仪表再堂堂，我还是站在姑姑这一边的。他敢偷进姑姑的泉水，就等于变相侵犯了本宫的特权，本宫怎么都要叫他尝尝厉害的。

玉桓站在池边，许是一时也拿不准本宫高深莫测的眼神，便没有擅自动弹。

看在他一眼认出本宫，眼力还算可以的份上，本宫饶他一饶。

稍后，我便眼睛下移，他腰上挂着的璞玉，正是他山玉。

本宫这几万年来，在父君的玉华宫生活了八千年，各路神仙群妖献上的礼物，奇珍异宝，我趴在父君的案台上，可算看了个遍。但那之中，也没有他山玉。

他山之石，可以攻玉。

亘古难见、难求、难寻的异宝，传闻只是长在五岳万山中，仅有一座山的山腰，才能孕育出的绝世美玉。他山玉，莫说人间，便是八荒九州，放眼六海八荒，这块玉石也是极少见的。

因此本宫眼睛一瞧上，就挪不开了。

本宫用手一指玉桓腰眼："那是你的？"

有生第一次，本宫起了以权谋私的念头。心想一个仙使，八成是姑姑赠他的贵重宝物，我权且先取了过来，反正姑姑总不会舍不得不给我。

想不到，接下的发展出乎我预料，这"仙使"挺有气节，任凭怎样威逼利诱，也不肯将他山玉转让与我。

后来我终于急了，怒不可遏一卷池水，衣袖卷着道道水流，兜头向他浇下。我心说他要是敢躲，敢动手，我非告他侵害上仙的罪名不可。

没错，本宫那时候的心里，确然十分阴暗的。

后来玉桓睁开眼，身上已被我淋透，指尖也有水滴下来。

本宫愣住，心里渐渐地意识到似乎做得有点过分了。这时候，玉桓他就冲我一笑。

笑如春风，笑如桃李。

本宫可算能用话本子上的戏词，套用在一个活生生的仙人身上。

那一时，我心里万千的怨愤不甘，好似都化在了这一笑里。原来还有仙人的笑，能有这般魔力。

他没有怨怪我泼了他一身水，但也没有把他山玉交给我。

我们各自抵消，本宫也就不向姑姑告他的状了。

后来我与玉桓去各处闲逛，他对三界倒是颇熟，张口就来，很有侃侃而谈的气势。本宫一直将他当作一个有仙籍的神仙，仙友同僚，见面自是万分和气。

我说他去姑姑那里偷偷泡隐泉的泉水，是想增长些修为吗？

他笑了笑，也没否认。

本宫自发现与玉桓此人颇投缘以后，自是将不快都抛去九霄云外，左右我不过一个挂名上仙，无正经事做，玉桓恰好也很闲，他便提议带我四处走走，各处玩一玩。

本宫便宜得了个引路的，自是满口地答应了。平时虽然常走动，但本宫实则是个路痴。

我与玉桓也一直话很投机，几乎什么都能谈到一块，上到太上老君今儿炼了什么仙药，下到幽界幽王对谁动了什么凡心。八卦的力量永远存在于两个闲人的舌尖。

直到有一次，我在西山抓了只狐狸。

准确地说，应该是个作乱的狐妖，我抓住她时，她正欲吸一个法力低微的小仙真元，被我瞧见，我一掌雷劈向了她的天灵盖。

这一下更叫我料错了，这狐妖岂止有些修为，竟连滚几下，躲过了我的雷。我眉梢轻挑，妄图杀害生灵者，同罪，要以命来抵。

我是按照幽王的法簿上的律令，执行这狐妖的生死。

可是想不到，玉桓出手阻止了我。

他救下了那狐妖,还把狐狸抱在了怀中,狐狸是最狡猾的动物,见这里有人怜悯她,便死命地往玉桓身上贴。

我自是生气,威胁玉桓把狐狸放下,我定要取那妖孽性命。

玉桓不肯,最后说:"你乃公主,公主理应宽怀仁慈,怜悯众生。"

本宫活了那么大,耳朵聆听姑姑教诲佛祖诵经,还第一次有人直眉直眼地教训我,说公主你不够慈悲,你应该更加怜悯众生。

我当时真是气昏了头,觉得玉桓也昏了头,一向与我颇为投缘的玉桓,今日居然维护一个狐妖。我牙齿咬得死紧,大半天还是按捺下自己脾气。无论如何,本宫也不能在一个狐妖的面前丢人。

彼时我还是很有气性的,咬牙笑道:"本宫做了上万年公主,不需要你来教我怎么当公主。"

说完我转身,驾云便头也没回走了。

印象中,本宫头一回说出那么气势磅礴的话。

我当时心里发狠,决心再也不理睬玉桓那个混蛋。

回到九重天本宫的离泽宫,我左想这么气,右想还是这么气,终于哼哼地倒在云被子上,把头脸埋住。

辗转反侧,奈何满腹心事果真还是由不得我。玉桓那张脸就老在我面前飘,我气恨得在眼前双手狠狠挥舞了一通。我觉得玉桓这样是非不分,不问青红皂白的人,不该让我再记住他。

于是闭紧眼睛,努力将他排除。

却不想一转身的时候,只见窗外,寂寂天宇中,一个身影孤零零站在那里,一直朝着我离泽宫看。

那身影显然站了很久,始终一动不动,只那双明眸,直直望着我的宫殿方向。

那一瞬间,心底仿佛就被什么撞了一下。我睁了睁眼,觉得眼睛渐渐模糊,隐约有点发涩。片刻,玉桓似乎发现我瞧他,便冲我笑了一下。

我心性又起,吸了吸鼻子,顿时翻了个身,将背对着窗外的他。心想本宫偏生就不想见你。

可惜那个时候,我的心里已经有些软了。心烦意乱兀自僵持了一会,还是没忍住，转过了身。

玉桓还在那里站着，披了云霜，只是望着我。

我强自装起的冷硬心肠，再也扛不住，抬起袖子狠狠地一抹眼，便顺着窗户跳了出去。

玉桓笑得还是如春风轻漾，我半是薄怒地站在他面前，我的宫殿位置四处无仙，没有第三双眼睛。我于是愠怒道："大胆，居然敢窥伺本宫寝殿。"

玉桓眼里动了动，忽地笑起来，双手把一串水晶果子捧到我面前："别生气了，好不好？"

本宫心里万千的不满怨愤，又一次在他软语下无影无踪了。只是依旧嘴硬："本宫素来度量大，几时与你生气了？"

玉桓将果子塞到我怀里，站在对面朝我笑。

手臂里抱着水晶果子，我认识到这是一笔敲竹杠的好机会。我再次仰脸，看向他身上的他山玉，道："那玉，你当命根子似的，难道，一辈子都不打算送人了？"

玉桓起先听到我提"他山玉"，神色僵硬了一下，半晌，脸色有点缓和，却又似陷入沉思。

我吸吸鼻子，又觉没趣。

玉桓此时才抬眼轻笑，眼波流转，缓缓对我道："除非是聘礼。"

本宫眼睛瞪得驼铃一般。

玉桓见捉弄得手，轻扬的笑声开始回荡在九重天外。

本宫我慢慢便低下了头，这才觉得耳根渐渐升温。

唉，想当时本宫年少，只是喜爱看司命星君编写的人间命运的话本子，多少年待在天际，冷心冷清的。恰逢玉桓这种男子，本宫便如那话本上说的春心荡漾了。

躺在床上，本宫辗转反侧，心里一颤儿一颤儿的，才想起玉桓他其实算是本宫的又一春。

我和玉桓一同去姑姑的隐泉里泡水，姑姑去了东山那儿，着我看管她院子。

但姑姑晓得我散漫脾性，不完全放心，于是把仙鹤童子也给留下。哪知离了主人的仙鹤童子更不靠谱,直接在云雾顶呼呼大睡了。

于是本宫乐得自在,勾搭上了玉桓,去隐泉提升修为。

玉桓那曼妙的身段,在水中活似一尾鱼,看得我很是眼热。玉雕刻的人儿,怎的长这么标致。我盯着水中交错的两个倒影,忽然就红了脸。

本宫如此大方的人,居然轮番地几次脸红,真是叫人扼腕。玉桓也委实是一个妖孽。

他山玉在水中泛着更加柔和的光彩,本宫手痒,用手狠摸了几遍,玉桓驳了我面子,倒是不阻止我摸玉佩。玉佩光滑,我摸得狠了,不小心一错手,竟摸到了玉桓的腰眼上。

那一刹那觉得手感奇妙,玉桓的肌肤竟和玉佩相似,一般的柔滑清凉,本宫一时没忍住就又摸了几下。

摸完才僵硬住,意识到手底下这不是他山玉,是玉桓的皮肤。

玉桓看着我微笑,我看着玉桓发愣,见他脸上全是红色。

本宫镇定地缩回手,评价道:"唔,不错,肤感很好,很柔滑。"

玉桓低头咳了一声,这才抬眼道:"泡得差不多了,我们上去吧。"

我立刻点了一下头,托起手臂身子就扬了上去。停在半空中的时候,本宫才觉察自个儿的耳朵根渐渐火烫起来。

那天我俩都没敢再多说什么,一路上,玉桓努力地在没话找话,我就顺着他话头,装作欢喜地应几句,两个人都竭力地当刚才的事没发生过。可本宫这心里头,却是一清二白,明白了在隐泉里险些铸成大错。

要是我和玉桓真在泉水里做了过分的事情,被姑姑知道,纵然她疼我,想来我也是要被扒下一层皮来的。

玉桓那次问我,说:"公主,你是司掌天下七情的仙?"

本宫点头称是。见他面有疑惑,我还特意补了一句,告诉他,本宫这个仙,据说是出生时就定下来的,司命星君专门同我说,我的命格对应七情,正是合该天生掌管这个。

好吧,本宫也不强人所难,既是天定,我也乐哉接受了。

玉桓笑了笑,却说过情关,渡情劫。我这个情仙,肯定是要应劫的。

神仙都要应劫,这点本宫倒是不否认,但玉桓说出来,我偏偏就不大高兴,他话意思难道他是我的情劫,便斥他不说好话。

玉桓也就缄默。

我又欺负了一回老实的玉桓,很是心里不安,于是扯扯袖子,用别的话题引开他注意力,本宫一向宽厚。

之后我与玉桓各自回家。

父君没多久听经回来,带来了许多路途上的仙人赠献他的稀罕玩意,我不失时机地去他座下当了一把孝女,混回好多东西。我心满意足地抱着宝物和美味果子回去,堆在了我的琉璃大殿。

我在里面发现一个月老送的编绳,小心眼里便想着玉桓把编绳穿在他山玉上,佩戴在腰间。我喜滋滋地拿着东西,准备去琼华山送给玉桓。

结果等我到了琼华山,姑姑已经回来,居然四处找不到他了。我拽住仙婢询问,玉桓在哪?

仙婢居然一脸莫名,对我说没听说琼华山有这号人。

本宫一腔热血被冷水浇灌,自是恼怒,不信邪地跑去问姑姑,姑姑去了趟东山有些倦容,被我一问立刻皱了皱眉,半晌,才开口说她琼华山从来没有一个叫玉桓的仙使,问我是不是曾看到过外人闯进山里。

本宫站在云雾顶峰上,从头到脚都透着嗖嗖凉意。那时我的眼睛直勾勾地盯着她,姑姑见状不妙,把我拉下山顶,说她和我许久未见,劝我晚上同她一起歇息,顺便再住几天。

我却甩开她的胳膊,驾云跑去了天外。

我是从来没问过玉桓的职位,没问过玉桓的来历,玉桓这个名字都是他自己说出来的。那是因为本宫从来没往那里想,不怀疑,也就没有疑问。更没想过玉桓他也会对我说谎。

我没日没夜地在天上与交界处寻找,也不知出于什么心理,只是想,玉桓要是有所隐瞒,就算打架我也要亲自动手。

姑姑担心我的安危,在后面使劲叫住我,风声呼号,她的嗓音也掺着焦急。

平生第一次觉得,因为一个人,心中有了不能容忍的事。

最后我是在一处无名的交界山顶找到了他,那里也有一池水,他侧对我坐在水边。

还能看清他的身影有多单薄，侧向我的那张脸有多哀凉。我一瞧见他这模样，满腔的质问和不甘都刹那化灰。什么疑问都忘了，只想弄清他不开心的缘由。

本宫那时也慌乱意识到，或许情，便是这样的。

最后我还是坐到他身边，扭头，看到他把他山玉在手里把玩，手指仿佛与玉色融合在一起，有种浑然天成的质朴。

他转头看到我，眼里有可疑的东西动了一下，嘴巴迟疑动了动："公主……我，要成亲了。"

他说此话时配着悲怆的表情显得甚是凄凉，池水在我俩面前波动荡漾。本宫心里就是咯噔一下，被吓住了。有些脑子弄不清楚，这才几天没见，玉桓他怎么就要成亲了？

我张开嘴，说话也结巴了，唇角僵硬一扯："你方才说了什么？"

玉桓不语，只是用他那双暖玉似的眼睛盯在我脸上，朦胧浮着一层微光，表情显出哀怨。

我抓他胳膊，晃两下，说："你最好同我说清楚，你怎么要成亲，谁又准许你成亲的了？"

玉桓嘴角的弧度变深，更显苦涩，他越苦涩，我火气越是上蹿，玉桓的性格可以柔和可以体贴，但不应该在这种时候还欲言又止。我问他是何人逼他，然而无论如何，玉桓却绝口不再言语，也不回答我。

这家伙，敢几次地诓骗我，分明是可恶极了。

我忍着怒，拎起他衣领，最后问他："你，愿意成亲？"

玉桓表现出一副极为为难似乎有万千言语却说也说不出的那种表情，看得我登时就火了。磨磨唧唧，不像个男子汉。

我立即站起身来，盯着他的眼珠转了转，心里的怒气淤积着排遣不出去。想着我有意冷他一冷，亦算给他点颜色。脸上片刻露出了一个冰冷冰冷的笑，嘴巴张开了几次才说道："既然如此，那你成亲去吧，我恭喜你，就这样……"

我转身欲走，果不其然在话音落下的时刻看见玉桓瞬间变色，也不再淡定，一双眸略带着慌张地朝我看来。

我素来不关心天界外的事，但玉桓的这道霹雳让我清醒不少。他欺我诓我，这口气我首先不能咽下。因此硬气心肠，不顾他盯着我的目光，脚底生云，朝天上行去了。

事实证明我是自作孽，不可活，这句俗语是非常对的。

图一时之快把玉桓骂了，到头来自己还是不能痛快。只是这时候我的窗外看不到玉桓守在外面的身影，空荡荡的天际，除了云还是云。

我第一次觉得父君把我的宫殿独立建在脱离众仙家的这个冷清地方，有多么居心叵测。

我翻来翻去，一时想他把他山玉当宝贝似的不离身，一时想他站在我的宫殿外，微微垂头悄声说的那声"聘礼"，叫我心乱如麻。

滚了一觉后，仰脖看看窗外玉桓这厮竟真的不再来找我了，我仍是咽不下胸口的气，脚尖一踏云，就去找南极仙翁询问。

南极不比司命，司命星君的簿子条条框框，条框之外的死脑筋司命也难以知晓。但南极的消息就广阔多了，南极仙翁活的岁数极老，见多识广，一双招风耳名副其实的耳听八方。

南极仙翁的耳朵好使，眼睛就不大好使。盯着我瞧了老半天，才把我认出来，此乃我的长辈，我也只能耐着性子等他把我从上到下看完。

看完后，南极拿好酒招待我，香醇遍布了他的仙翁岛。酒毕，南极偷偷附耳告诉我，说，经常有个年轻人喜欢上仙翁岛来采灵芝，一来二去，眼神再不好的南极仙翁也能认出他了。与他两人也混得颇熟。年轻人也告诉过南极他的名字叫作玉桓。

我端着酒杯，只管不动声色，上南极仙翁这儿采灵芝，玉桓是什么样人，竟能跟南极仙翁这样的怪老头攀上交情。

南极仙翁向我透露，玉桓，乃是被人逼婚。

当天玉桓在西山救的那个狐狸，我原先瞧着很有些道行，居然是那狐族的九公主。真是无巧不成书，这九公主当天晚上回去，就思慕起玉桓来。开始唆使她那狐王狐后的父母去给她提亲，狐王在妖界中威望高深，等于是妖界统领一方的大人物。狐后更是美貌绝色，脚下倾慕她的妖孽甚多。

狐王狐后动用八荒九州关系，这一提亲，不知怎么中间又有谁推波助澜，真就成了。

于是，就有了玉桓再不情愿，也要和狐九公主成亲的事。

我心想玉桓这人，怎么看也该是背景庞大高深的一个，不至于沦落到被动地做些身不由己的事情，怎么就那么轻易就推给了狐族九公主。

南极仙翁特高深地捋着胡子说了一句，山外有山，人上有人。

说什么咬文嚼舌的，就是上面有人压着玉桓。

南极仙翁摆长辈的谱，一想拦着我，意有所指地规劝，玉桓此人来路不简单，他与狐族公主成亲，说白了也是与狐族的牵扯，我最好不要横插一杠子进去。

我呼吸几口气，气愤难平，一弄清玉桓并非自愿，再也忍不住一腔激越，也不顾南极仙翁劝阻乘风而去。我的心就开始如翻浪般突喜突忧。

那狐族九公主清离，披着大红嫁衣，满面堆笑还要强装矜持，得意得跟个什么样。如愿嫁给了心尖尖上的玉人儿，她怕是做梦都要开心死了。

本宫冷眼瞧了场面半晌，我在她春风顺意情正好时，持着素绫撞开了她的大门。

清离见我，略带惊慌的神色划过。

她再惊慌也没用了，本宫今天，翻脸无情。

玉桓看见我，神情又喜又忧。我看着他身上同样穿的大红喜袍，觉得分外扎眼。玉桓平常喜爱素淡的衣裳，我也习惯了他那种模样，如今乍看他鲜丽的外表，陡然就像在本宫燃烧的心里浇了一把油，恨不能立刻撕了他的喜袍才好。

还好我还顾虑着此刻站在大庭广众下，给我，也给玉桓留了些面子。

我抬眼，视线冷冷扫了一圈人。宁拆十座庙，不毁一桩婚。本宫今天，偏生就不顾这个了。

我只用素绫指着玉桓，对他一人道："你要娶你心爱的女人，我不反对。四海八荒最贵重的聘礼，我也能捧到你面前。但是玉桓，你敢欺我骗我，我决计不放过你。"

我话说得很明白，我相信玉桓能听懂。

清离气坏了，颤抖着一双手抬起来指我，连声吩咐左右将我这闲人撵出去。

只是她想撵我这闲人，恐怕也得费番功夫。我昂头，只是盯着玉桓看。

最后闹得僵了，引出了那狐王。

观礼人群里，有的认出了我天界公主的身份，最后大门一开，白影出来。

我看那狐王，妖媚无双。披着头比雪还纯洁的头发，身姿一缕柔魅。

狐族的王，他那双琉璃蓝色眼睛，出来就盯着我看，将他大吵大叫的女儿九公主拉回去，对我说："天宫的公主，今日事本王尽可以当作无事，玉桓公子你可以带走，算我狐族眼拙，得罪了公主殿下，只望公主海量包涵。"

狐王很懂理，识时务。

玉桓，这时面色终于如冷玉破冰，出现波动，他转脸深深看着狐王，问："陛下此话，当真？"

狐王道："我好歹是狐族之王，绝无反悔。"

玉桓终于有了一丝笑。

现在想来，本宫那时候是多么意气风发。

玉桓将大红喜袍一甩，便朝我走来。对我一笑的时候，恍惚间又是平常那个玉桓公子。

狐王一双冰眸，就注视着我们。

清离眼内怀着不甘和恨意，我淡淡扫了她一眼，小狐狸骄纵狠毒，年轻又放纵，将来铸成大错，是它狐族的劫数。后来清离挣脱她父亲的手站出来，冲我吼："你们注定没有好果子！"

她的眼里仿佛有幸灾乐祸，压着明灭不定的恨光。

我拽着玉桓就走，任凭千丝万缕，只庆幸玉桓没有娶到这样的女人。

当晚，玉桓采了八山的莹玉七色紫萝花，编成花环，亲手送给了我。本宫自是高兴，心中大悦。

七色紫萝被我拿在手里，我望着玉桓的脸，他跑了八座遥远的山头，额头上都有着汗珠，却在我望向他的时候，冲我微微一笑。

算了，看在他赔罪态度殷勤的分上，我就不同他计较瞒着我成亲的事了。

他低头，眼底隐约还是如以往一样的神色，以往我参悟不到，在那晚，我却彻底看清楚了，那一丝辗转的碎光，是温柔牵念，也含着遗憾。

他的痛心，他的悔意。

但我美好的回忆，和同玉桓那么些日子相处的温柔也都只停留在了那一晚。只记得那一晚之后，我疯狂地寻找玉桓，却真的再也找不到。大起大落，我接受不了这样的现实。玉桓的解释只有只言片语，是他犯下不可挽回的错，已不能更改，说他终究不是我的情缘。

什么叫不是我的情缘？我想破头也想不出的道理，丢下似是而非的言语，玉桓自此在我心底留下第一道情伤。也可以说，是我从没有想过的伤。

原来成亲时，不是他的退步，那时他就去意已决。

他的确不是我的缘，只是我的劫。和狐狸，和妖为伍的，理应是魔。是我顾自蒙蔽，选择不见。

公主，你是情仙，将来注定是要历劫的。

这个劫，必定什么劫都可以。不管来自哪里，不管是何人。

姑姑将我抱回去，说天道殊途。南极也说，不是一条道，不走一条路。玉桓他不是神仙。

一个有着神仙气质的魔。

我慢慢悠悠醒过来，这觉不得了，还能做梦。这一梦忽悠悠，梦回了不知是百年还是千年的事了。玉桓这个名字，几乎烂在了我的心里，如今扒拉出来，筋骨肉都在痛。

初试情劫，委实永生难忘。

想那几日我夜夜噩梦，姑姑将我安置在同她一间的软榻上也不顶事。可算是伤极了。当初真是被那狐九言中，一语成谶，怕什么来什么。我们的确没有走到一起。

终于意识到了是在我离泽宫床上，迟迟不愿睁眼，便好似还在梦中。将玉桓的过往都回忆了一遍，却在结尾的时候模模糊糊的，怎么也记不起来。玉桓的一张脸却甚为清楚，猛然地跳了出来，把我的心又割了一下。

我猛地睁眼，满头大汗瞅着床边坐着一人，折扇轻摇，我定睛看了好一会儿,才发觉他很有在人间那时候的风范。

月留已经敲了一下扇子,一双眼温柔地看着我:"公主,你总算醒了。"

听到他的声音,我茫然眨了好一会儿眼。是啊,和玉桓这么一桩称得上刻骨铭心的事,我之前怎么竟像是都忘了? 若不是今日一场似真似幻的梦,我连自己是不是拥有这段记忆,都有些不大清楚。

我这不顾时机地一愣神,还愣了好大会儿,月留刚以为我清醒,看我又在神游,免不得又皱皱眉。

他一拍我肩,轻声道:"是不是还在想着?"

我陡然一激灵,这句话让我回过了神。渐渐地,眼神转为发虚地看着月留。看到熟悉的人影,闻到熟悉的香味。

这是月留。

想月留现在是什么身份,明面儿上,他是本宫的未过门的夫君。有没有神仙或者戏本子上哪个凡人试过这种情景,方才才做了场无边无际的梦,事关风月和其他男子,睁眼看见本该是自己正牌夫君的人坐在床边。

这本该是温馨安慰亲切无比的事情,就因为本宫做了个梦,因此而变得……至少我觉得不甚自在……

我扯动嘴角一笑:"公子,你怎么坐在这儿的?"

本宫没说什么梦话吧? 回到天界,称呼又都变回来了。

偏偏月留一双眼幽幽的,用那话说,就是甚为深不可测。谁也摸不清他究竟知道还是不知道。我又心虚地想,他有天书在手,应该是没有不知道的吧。

月留静静望着我,片刻说道:"看看你的脸色,这么不好看。"

本宫干干地笑了笑。可惜手边没有镜子一类物事,不然本宫也想瞧瞧,此刻是什么鬼模样。

他把一盏茶杯塞我,嗓音低沉:"先喝水。"

我觉得嗓子眼是莫名其妙地紧涩,想不到做梦还有这个后遗症。我遂低头喝了一口,润了润喉咙。

放下杯,赫然觉得月留在盯着我,我怔然和他对视,他眼波微动,问我:"你是不是还在不情愿,我劝你回天界的事儿?"

我盯着他。

心中也着实不明白。

他见我不语，将我拽起来，眼睛盯着我的面色道："麒麟就在外头，你若不忿，我便同你再下去一趟。你实在想找魔门算账，不在乎翻脸，我也陪你。"

他定定望着我，我愣愣地，他目光里闪着一丝淡冷直直戳到我内心深处某一抹东西。我乍然缩了缩拳头，握紧满是汗津的手，总算清楚了他所说的意图。

我看着他，颓然垂下手，黯然轻轻道："算了……"

反应过来嘴角渐渐掀起一丝淡笑，天界都尚有一摊烂摊子没解决，我哪有资格做梦。

"我想起来了，还有一个人。"自床上坐起，我手臂撑着床榻轻轻说出一句话。

月留默默看我，他一直不发表什么意见。

我目光在双手上，我想起来的人，正是狐九。若说除了魔尊，还有谁对天界怀有深仇大恨的，莫过于这姑娘。这事儿委实，说不准还真跟魔门一点关系没有。

想到这，我看看旁边的月留，我讪讪地一笑，说道："上神，天外天不忙吗？"

月留就盯着我不动，甚低柔地说："我在天外看着你沉睡不醒，你这样叫我怎么办？"

这话说得我更有点尴尬，脸渐渐发白，别过眼，看到床榻挂着百花仙子送我的花环，和玉桓那个一般无二。

月留道："有什么我能帮的？"

"有。"我扭头看他，一抓他的手，说道，"跟我去狐狸窝。"

我一直不待见狐族九公主，不仅因为她强嫁玉桓。说到底玉桓这档子事我隔了多少年也都忘了，主要是看狐九这姑娘眼梢，心地十分不正。

这么些年过去了，也不知这姑娘习得了什么诡秘邪术，又干了哪些缺德无良之事，是不是又强抢了哪家的良男给她当相公。

我拽着月留一路沿着当年的路寻到了狐狸山九阴宫，宫殿还是那个宫殿，高大恢宏，雪白的瓦片看起来格外漂亮。

我也没有客气，到了地方，松开月留的袖子，便祭出一道素绫，轰开了九阴宫正门。

灰墙土瓦抖索下来，经年未见的狐族九公主清离的容颜便出现在我眼前。

清离显然早有准备，在门内望着我笑，只是她的笑，也委实清冷了些。

我继续拽着月留，一脚跨进了门内。

清离扬了扬下巴，笑开："公主殿下大驾光临，清离我可没有再成亲，也没有场子再让公主殿下大耍威风了。真想不到有朝一日，公主殿下的仙足，还有机会踏在我狐宫的地上。"

狐族妖媚，九公主风情，我仰头道："本宫的仙足踏不踏在你的地上，也取决于九公主干了哪些事儿。九公主你怎么说也是狐族尊贵人儿了，怎么也不为你族的上下人等脸面顾及一下，再让你爹给你收拾烂摊子，就丢人丢大发了。"

左右本宫想起了这出事，也就不怕跟她耍嘴皮子了。只是可惜了，月留被我这般无辜拖进来。

我原先是想着，仙女尤其是以百花为首的一些仙子，常年有个任务要去采集天地露水，那些露有灵气，对各仙子的修行有很大帮助。其中这狐狸山灵气最深，乃因狐狸一直都是妖族最有灵性的生物，司命的簿子上也说，狐生九尾，一只狐仙抵得上其他妖的万年修行了。

狐九若是在露水上动了歪脑筋，以她的阴沉心性，真真什么歪点子都能想得出来。我又想，既然她能够出主意把众仙女绑来，中间定然掺杂了不可告人的厉害手段，至少一招栽赃嫁祸就不简单。

不管怎么样，事关天界，兹事体大，我如果一个人不要紧，若是连累众仙女救不出来，就糟了，所以当我醒过来，前后思虑通畅之后，我也不敢托大，一个人来狐狸山要人。

是以，才偕月留同来了。

　　然而，我心里亦清楚，此番是为了天界仙女安危的大事，但将月留牵扯进这桩往事，实属不应该。

　　清离眼睛看了看月留，冷哼一声，道："公主殿下多年不见了，仍是这般貌美，难怪当年玉桓君二话不说，就肯跟着公主走了。"

　　我料想她要挑拨离间，挑拨离间向来是狐族的拿手好戏。如今她一口一个公主殿下，淫邪的目光却不断地往月留身上扫。我担心月留也沦陷在她魔爪之下，于是一挺身，挡在月留的身前。

　　我挥开素绫，指着她鼻子，说道："清离，本宫也不与你兜圈子，你趁早把我天上女仙的下落交代出来，才是正途。你干了这般弥天错事，就是狐族上下，也不会放过了你。"

　　清离看我的眼珠子里总怀着敌意和怒火，想是多年积累下来，已成了习性。她说："公主殿下不必唬我，当初你抢了清离我的夫君，不也照样活得好好的？我清离就算干了那种大逆不道的事呢，怎么也不会太惨的。我瞧着这位白衣公子，倒挺俊，怎的脸上覆了张面具？"

　　月留脸上戴了张青面獠牙的面具，遮住了他那张柔情百转的脸。但是我却能感觉到，听完清离的话后，他的目光转来看我。

　　我勉力定住心神，与他相望，他的目光闪着细光，我又转回头看清离。

　　我心中其实有些喜，我原还担心她这只狐狸狡猾，若是同我诡辩不承认掳走仙女的事，我还真不好办。如今她痛快承认了，我心底起码松一些。也幸亏月留罩了张面具，不然，难保这只小狐狸不会又瞧上，同我揪揪扯扯没完没了，和几百年前一样费神。

　　清离脸色一变，骤然冰冷得逼人，她对着我道："公主殿下如今说来要人就来要，当年大闹婚礼的事我却也难消心头恨。那时公主对玉桓那样真，如今不也有了新欢在侧，还与他来我宫中要人？"

　　她说的新欢自然是我旁边的月留。月留是父君指婚给我的人，现下我也不能说小狐狸给我扣帽子。

　　只是我脸色已不大好看，她在月留面前提起玉桓，料想她不会罢休，我沉下脸道："清离你想怎样？"

　　清离绕着手指头上的冰丝，望望我道："公主你如此大义，不知肯不肯牺牲一个,保全其他?"

她笑得温柔又动人。

我还在怔神,凝视她那张笑脸好半晌,才终于恍恍惚惚回过其中三昧。我大怒间,心头觉得这九公主是恁地可恶。

我正欲发作,却听得旁边一道清音,带一丝冷意:"谁的命都是命,公主的命也一样。"

我转头看月留,他双手拢袖,已然站在清离的面前。

月留伸手,捏向了清离的脖子。

清离明显不知,立刻露出了一张惊慌失措的脸孔。月留的身法,自然不是她这等修行的妖,可以看穿。

她岂知道,方才她那一番话,等于已经是承认了伤及我天界一众仙僚的性命。在我天外天上神大人的面前,亲口承认了她的罪行。

上神大人月留的手纤长,捏在清离的脖子上,格外鲜明。

所以说身边有强硬靠山,感觉就是好。

这也是我把月留带着的重要缘由。不管是上次下界还是这次,月留永远不会让人失望。

我瞧着他,心里甜滋滋的。

清离瞪大眼珠看他,一副被气坏也惊骇到的样子。

本宫不同她一般计较,话说这小狐狸年岁比我小很多,于是我理理衣裳,再次站直了。

我对月留手中的清离开口:"清离,你大小是个公主,你做错事,万万别连累狐族,免得你爹到时候,也气恨得很。"本宫对那狐王印象一向比较深,因此教训清离之时嘴里便不知不觉会带出来。

我天界丢失神仙不是小事,如今她既亲口承认了,那我也不客气。传到三界去,就怕她狐族担不起这干系。

我那父君说着是去听经去了,他只要一回来主持,把这事一奏禀,我想父君虽慈爱,却并不是好脾气。

狐族九公主只要稍微懂点事,都不该这样。

想不到清离却狠狠一咬牙,嘴唇都被她咬出血。我一时也有些被她这个狠劲震住，愣了愣，看她还在发狠，整张脸都陷在气愤里。

我暂时不言语了，清离脾气硬，想不到却硬到这个程度。叫我怎生是好，如果月留也制不住她，我还有什么法子扭转乾坤？所以小孩子的性格真的不能从小惯，太易偏激。

清离往地上啐了一口，满嘴的血，她真是不介意把自己的舌头咬烂。

我越看越不对味。

再定睛往她看去，清离的嘴角却微微翘出了一个有些诡异的笑。可以说是种本能，或者是种感觉，本宫隐约好像看见清离眼里有鬼，看她吐在地上的血，亦是十分扎眼。

这当口，月留如触了电般，他眼神一厉，手指便想加力捏上清离脖子。

清离一睁眼睛，伴随冷光闪烁过，也不知她怎么动的身子竟逃过月留的钳制。她用手抓向月留："你还是管管你自己吧！"

月留身形一旋，避了过去，但清离却也趁他松懈如游鱼一样逃脱了出去。

我端望月留，见他身影晃了晃，手撑在九阴宫墙壁上，有些摇晃。

我极怕清离使计，立刻挥动衣袖闪到了月留跟前，张大眼俯身注视他，冲口而出也忘了许多顾虑："月留，你可无事？"

月留抬起头，被面具遮着看不到脸，我也顾不得许多，抬手就把他面具揭了。月留定定地和我对视，他那张俊脸上血色尽失，不大让人安心。

我心惊肉跳，还想搭一下他脉门，却被他悄悄阻止了。月留冲我默默地摇头，本宫更加气急。

但月留沉默又坚持，笃定不让我碰他了。

清离擦着嘴角一丝血迹，这时，目露得意地扬了扬脸看着我们。我这才看清她脖子里有道血红的印子，挂在她白皙的颈子上，初时看就像是挂着什么项链一般，难怪我之前看错了。

我心里一惊，更一凛，厉声抬头冲她喝道："红莲血印，这是魔门的禁术。你一个妖族公主，怎么会有这种东西？！"

清离不理睬我，兀自转头走回她的椅子上，坐下后，又冲我胜利女王一般微笑。

其实她的微笑真的不美,有点像蛇的毒汁那种味道,至少本宫看了很不喜。我一挥袖子,真正沉下脸:"你偷拐女仙,又与魔门有染,这次,我是断断不会放过你了!"

清离脸白了几分,又清幽幽说:"看这公子相貌,的确是清离料错了。想是公主的未婚夫君,那位上神了。清离斗胆不敬,实在过意不去。可惜血印一旦种上,就解不了,也只好委屈上神了。至于公主说我和魔门有染,我也没甚好说的。左右再有染,也抵不过公主你的万分之一。罢了,如今公主既然亲自上门做客,都是老相识,清离就做个人情。久闻天界有天池,可观尘世,我九阴宫也有水镜,可看往生。我看公主稀里糊涂,索性让你看个清吧!"

她哇啦一大串话,我半句没听真。就见她长长的袖摆一拂,一块浑圆的镜子从她座椅下面翻出来,她把镜面对着墙壁,抱在怀里就看到对面墙壁有投影。

狐族有块水镜观往生,这我倒听姑姑说过,但也不过过耳即忘,从未真正去到心里。现今清离把这给我摆出来,我倒真愣了一下。

月留脸色却一厉,居然手臂伸到我面前,一边朝清离喝道:"清离!你擅动天机,仔细遭报应!"

清离眼色一扬,尾音发尖:"她抢我夫君都没有报应,我怎么就会有?莫非真因为她是天界的公主,就要处处占先吗?"

他们争吵间,这当口,我已经看到了水镜画面流转,往事启动。

本宫也很好奇,这小小一面镜子,能映出本宫的往事往生?我当了万年神仙,既是神仙,便不该有所谓的轮回往生,镜子里能照出什么来?

看得出清离是真恨我,不惜动用她族的秘宝,还顶着触犯天条的危险。

我看那水镜的画面转啊转,转到两个人身上。

风月情浓,两个挨个贴着的人,一男一女。男的体态风流,乌发倜傥。待转过身,自是与我在凡界遇到的"恩客",一般无二致。

这个时候,本宫已经有些噎住了。

乃是这场景,实在熟悉。不瞧仔细,我还以为是前番下界的场景再现。

只是女子绮色罗裙,看那身衣裳,怎么好像是本宫的一件裙子。因那裙子我印象深刻，算是我爱的一件物什，以往什么重大场合，比如开什么天界大会，本宫都爱穿那身裙子。是特地交代织女，花了一年做出来的。这世上，理当是没有第二件再相同的。

男女两人耳鬓厮磨，情意正切时，女子在本宫吊起的心中转过身，看到她脸时，我傻眼了。

本宫这张脸天天被风吹雨打成了习惯，算起来本宫也有几百年没有照镜子了。但人的心里就是很奇妙，自己的脸哪怕日夜看不到，要是陡然出现个一模一样的，总会有所察觉。

我开始看到水镜中那张脸，便以为是这么个心态，想着这究竟是出现了个谁，像是跟本宫长得有点像。

可是水镜的脸很真实，真实得好像就是我烟云的过往，当那个女子，顶着一副我的脸，我的眉眼，靠在那个男人的肩头，唯独那个羞涩的神态不像我。

我震惊了。

清离此时好心地柔声道："看见了吗，公主大人？您和那魔门的魔尊，牵扯才叫甚密呢！我没有骗你……"

我立刻举起素绫指着她，手臂却略抖了抖："你弄的什么劳什子水镜，叫本宫看的又是什么幻象？你这狐狸心肠歹毒，我说你与魔门有染，便弄出这些个来诓弄本宫！真真好大胆子！"

我势要震慑住清离，却不想她倒挺能扛不被我震慑，仰了仰头道："瞧公主殿下这色厉内荏的，也莫要看不起我们妖族，谁都知道我狐族的水镜是不会说谎的，照出来的确确实实就是公主的那桩事，可不是公主如今说一句不知道，就能糊弄过去的。传到三界去，公主的脸面，怕是也搁不住了吧？"

饶是我也被她这一番唇舌说得有些动摇，我握紧素绫，却无法再朝清离挥下。

清离见状，继续道："你天界的司命星君可以抹掉你的记忆，就真能当这桩往事从此不存在了吗？须知你们得罪的这位，可是魔界的魔尊君上，他岂是能受你们随意糊弄的人物？"

我虚虚地道:"听你言谈间,倒对这魔尊君上相当渴慕。"

想到她对玉桓也殷殷的,我正准备回敬她变节也变得十分快,她却陡然朝我望来,语出惊人:"当初我与玉桓的婚事,便是这位君上亲口应允的。本来我可以和玉桓鸳鸯同枕,都是你跑来破坏!你一个天界的仙,为何偏要来插手我们妖魔的事?"

听她最后一句质问实在尖锐,不知饱含了多少对我的恨意。从她口中滑落的"鸳鸯同枕"实在让我抖落了一身鸡皮疙瘩,我也愣在原地,玉桓的婚事是魔尊允诺出来的?

如同被金钟罩当头砸了一下,本宫自打来这九阴宫还没待多少时辰,头却已然晕了十八回。暗想这九公主确实不简单,抛出的一下比一下还狠,就冲这狠劲,当初她没顺利得到男人暗里地定是咬碎了无数口的银牙。

这时我听到旁边一声沉闷的咳嗽,不由转头,只见月留伏在九阴宫壁上,压抑地捂着嘴咳嗽。尽管他捂着嘴,但那指缝间,依稀可见血丝透出。

本宫脑中嗡地一下,思考回路都暂时停止,只管冲到月留旁边,伸手将他一扶,他却好像更加不舒服,眉头皱了几下,竟冒出汗珠。

在月留脸上出现汗珠,可不比其他什么神仙脸上的汗珠。他一介上神公子,法术高强,等于这世上除了真正厉害到父君那般的人物,是不会有人能压过月留的。这也是为什么上神不是白叫的,上古神祇的虚衔能照耀八荒九州。

可是眼前,月留的光芒显然没有照耀到清离这一个小小的狐妖。就算那只狐狸偷用了魔门禁咒,也不应当让月留受这样的重创。

这都是出了哪门子的胡事!本宫深恨极!

我拉月留来,我没事,月留却趴在墙角动不了了。这事说什么都太不着调,此刻颜面扫地的屈辱最是让本宫难以招架,忍不住就想喝清离一声放肆!

素绫出手,我捏着一端缠绕上清离脖子,我乃气红了眼,据说哮天犬咬吕洞宾的时候也是由于被吕洞宾撩拨得急眼了,诚然我和哮天犬不是一个层级,本宫更有修为,更有城府,更心神气定。因此本宫才忍到了这时,直到看到月留吐血才发作。

我觉得月留吐血一事自是有蹊跷,其实在我眼中,就算我法力丧失再不济,也还没有把清离看在眼里。对付她,我不需要太费功夫。我脚一踢藤花凳,将它扫向清离那张清丽却叫我看着很是可憎的脸。

清离见我终于动手,立刻足尖一点,急急离开了她坐的椅子。本宫劳心费力,焉能让你坐得舒服?

我素绫再次一裹,便和她缠斗在一处。

不得不说清离有两下子,但她这两下子我也不曾受到多大干扰。近在咫尺看她怒瞪着我的嘴脸,我忽然就失去了耐心。

素绫一挥把她扫落一边,看她挣扎着爬起来要找我纠缠,我看着她冷冷道:"你不悔悟,作恶也无畏。那好,我就把你绑上天庭,反正天庭的天牢里也许久没新人了,让你去充充数,给仙人们解解乏。"

清离被我三言两语激怒,梗着脖子又朝我扑抓过来,看她从袖子里亮出短刀,看架势就像要和我拼命。

我站着并不动,冷眼看着她发疯。准备她一近我身前我也就真不用再客气,倘若她没有伤了月留,我还不至于这么生气,现在我便是亲手把她结果了,也无所谓。

我素绫都捏在手里了,可是清离没有近我的身,从九阴宫门外,适时飞出一道雪白的绸缎,将清离一卷,把她整个人都重重地摔在了墙壁的角落。

门外虚虚飘进一人影,我斜目看去,缓步踏进来的狐王,清冷如昔。

我一直觉得清离不配有狐王这样一个父亲,至少他父亲是个绝色人儿,真正绝色大气,气度雍容。清离终日在这样的人的教育下,却仍是长成那般难以入目的样子,委实是她根基差到极致。

狐王进来,果然先向本宫客套招呼。随后盯向清离,薄唇里再没有像百千年前那样护短,轻轻吐出两个字"逆女"。

我心想真不容易,好像闹腾了这么久,真正主事的才终于出来。

本宫也只好暂时收敛戾气,肃目一缩,目光凉凉地望向他,正欲问他。

狐王抬头又看向我,张口说:"逆女无状,屡次出言得罪殿下犹不自悔,我代她承罪。"

类似的话多年前我都听狐王讲过了,当下也只皱眉,内心并不欲和他扯些废话。于是我一扭头，盯着狐王似雪雾弥漫的狐狸眼，欲质问他水镜的事。

我扶着月留，他状态很不好，我越看越悔，直悔得肠子也拧起来。早知连累他如斯，说什么我也不那么干。

本宫刚有些软乎的心肠看到他这样子登时又硬了，凉凉地看狐王："狐王虽说的好听，但您这女儿也忒不省心了点，今儿若是没个了断的方式，我想无论本宫和上神，谁也不是冤大头。"

狐王自是垂眸，雪样风华。他家女儿得罪得大发，两个她都得罪得彻底。本宫千年前抢玉桓似乎抢得理直气壮，但对这狐族清离心底也存些歉意。被人抢了相公这事儿，三界中是个女子都会受大打击。本宫初时，也不是不能理解清离。

但直至她做事做到这般决绝，我也恨到了心眼里，势要找狐王给个公道。

狐王很会避重就轻道："天界的女仙，被清离锁在迷雾池里，仙体尚完好。"

什么叫仙体尚完好？本宫眼内光华一现，心已沉下去慢慢笑出来："我听说狐妖最爱吸人精魄，你这女儿也是有前车之鉴，本宫亲眼见过她要吸小仙真元，此等损人利己。若是我天界女仙的真元此番有了损伤，狐王，你也知道，绝无可能善了。"

说出此话前我心里已做了最坏打算，看连狐王都露出不干脆的样子，不知后果多严重，也不知被清离搅成什么样的浑水。

想到此我不禁又冷冷看了看清离，她仍在不甘心地叫"爹"，此刻她真是叫天皇老子也没用了，为了她一个狐女，本宫搭了十几位的女仙还不算，如今还要赔上月留。

狐王凝重看着我，半晌，才缓缓朝我道："清离并无那样的本领，可以吸掉许多女仙的真元。我可以以狐族上下老小赌咒发誓，众位仙子的真元丢失，罪魁祸首是那八荒九州的逍遥尊者，和清离无干。"

狐王真是能说会道，他说无干就无干，当真是狐族最有出息的一个王了。改明儿本宫应该去查查狐族的族谱，保证再找不到这样一个了。

"无干?"我冷笑指着地上清离,"她会魔门禁咒,还在言辞间颇是推崇狐王说的那位尊者。您的这个九公主,真的就那般清白无辜?"

清离说什么,都不可能清白的了。我把她拷上九重天,等的是仙家刑罚。

狐王是个好父亲,到此时还抬眸和我相视,说:"至少人,的确不是清离伤的。诚如殿下说的,没有魔门在背后撑腰,清离根本掀不起大浪。"

本宫轻笑一声:"狐王知道手心手背,罪责同等。何况您的这个女儿,更加可恶。说到底还不就是互相勾结,倘若您这女儿真是朵白莲花,我想也招惹不了苍蝇叮身。"

狐王终于仔细看了我足有半盏茶,才轻叹:"公主,争辩这些其实用处不大。如果我是你,我一定先顾着身前这位公子的安危。"

狐王的确是个聪明人。

话都说到这份上,他还能找到此刻本宫最大的软肋,并切切实实戳在上面。碰上这样的对手,又一心护短,本宫岂能有所马虎?

我对月留半拉半抱,本宫长几万岁还没试过这样的姿势,他越来越糟糕的脸色,我心底不知道已是抽了几抽地再次看他,忽地我转向狐王,仰头轻笑出来,片刻吐出一句:"左右我天界女仙的命不能白白葬送,你让我拿着没了魂魄的仙体,如何对众仙人交代? 大不了狐王不管,本宫和上神今天也一同折在你这九阴宫里,狐王坚决不给说法,那就等日后,我天界众仙亲自来找你讨要!"

本宫担心月留安危,担心得心都揪起来了。默念希望他没事,也希望一切不曾发生。可是在狐王的九阴宫里毕竟什么都发生了,我便是鱼死网破,也不能叫他随意将这桩事再遮盖过去。

狐王沉沉道:"公主这般性格,对自己认准的绝不回头。倒是和多年前那次一般无二了。"

又是一番没头脑追忆。没工夫和他闲扯过往的我挥着素绫,还是冷笑出口:"狐王若是舍不得,本宫很乐意代劳,这样还更能泄本宫的心头之恨。下手之后您的女儿是死是活还是灰飞烟灭,都不过她咎由自取。"

披头散发的清离头靠在墙壁上狠狠盯我:"你这女人! 明明所有的因果

都是你自己种下的，现在却来怪我！你栽赃……"

她越说，我对这女人的厌恶感又添了一层。

狐王干脆利落地雪袖一拂，清离被无情地扫落地上。妖族感情淡漠，在狐狸一族更是薄得不剩下什么。狐王护清离，左右为一个亲字，从这些看，狐王做的已经很有情了。

看来今日有狐王在，我是一定动不了清离。

"清离做下这等错事，定有天谴，自会有责罚。何必公主再出手？殿下你救人心切，依我看，倒是有一个主意。"狐王语气一顿一顿犹豫得像在舌尖斟酌绕了千百回一样，"仙子们的仙体是完好的，听说，只要能拿得到魔尊的往生珠，消散的真元自会有办法修补。公主，何不试试？"

狐王的阅历是三界至为丰富的一个，狐族活的年岁一直都是所有妖怪中最长寿的，所以说狐族知天文地理，是三界通晓之辈。今日狐王卖我这个消息，自是十有八九是可靠的。

得知白玉仙子等女仙有重聚真元的机会，本宫的心里早已绕了千百个来回，然后我看向了狐王，仍是那般慢慢地笑："我想，我天界女仙被清离带来的事，狐王一早就知道。知道，却故意知情不报，这算包庇。事情发展到这般，狐王恐怕是罪责难逃吧？"

狐王听了我的话，脸色不变化。他眼睑一低，轻声道："清离只是个小角色，她将仙子带来的时候，已经不能做什么。何况，虎毒不食子！公主，我把清离做的事宣扬给你们，她逃得了重罪么？"

我扬声一笑，微微仰了仰头看看流云随波，清冷道："千万的冠冕堂皇，都是狐王说的。只希望狐王以后，不要自误才好。"

我已转过身。

清离扒着地面，最后时刻犹不甘心冲我吼，声音扯得四野震颤："你这次上门来算账，只管着那些女仙，竟全然把玉桓抛到脑后了吗？"

本宫肩背有些微抖动，自今日起无情无义这个名声，我是担下了。玉桓，每念一声我便如在心底扣动这个名字，谁说我能抛到脑后，我何曾真的把他忘却了。

迷雾池，我用金刚罩把一些似曾相识的脸孔罩起，又带起月留，朝天上飞去。麒麟睡了这么一大会,人间的时辰比天界是缩短了数倍,我回来才想明白在天界睡一天等于它要在人间睡一年,而它在人间那会,可怜地也只睡了一天。我回天界睡了一觉它也睡了一觉,临走时我心疼它没叫,现在却是心疼我自己了。

肩膀上方的月留,这时忽然对我说道:"别放手。"

本宫堪堪站定身子,不放手。他还半枕在我肩头,我扶着他。

他这么高大的身形,要让本宫抱是抱不起来的。奈何此时我与他这形态,却实在比抱还要尴尬。

我抬了抬头,还好此时周遭全都没有天门的守将看着,这点是让我还能稍稍感到自在。

隔了半晌,我勉强地偏过头:"不如,我让麒麟来背你?"

月留眼皮也没有抬:"待一会,我自己能驾云走。"

我略急,张口说道:"那怎么行,怎么也让我送你一程。"

他终于朝我望了望,片刻,月留从我身上缓缓直起身,微微向前一步,轻拂袖道:"你回去吧,我走了。"

没多想,我拉住他,亦上前了一步,望着他无表情的侧脸,张口细酌道:"今日的事大部分在我考虑不周,也连累你……受累了。"

本宫低头,咽口唾沫,异常艰难。

月留骤然顿住身,缓慢回头看我,语调也轻轻的:"天庭危祸,在这九重天上的,不管谁都有责任,我并不怕你的连累。"

我觉得他的话似乎还有的没说,不怕我的连累,那他在乎的是什么呢?

他要走,我并未放开他衣裳,如此僵持,又不知多久。月留背对着我,半晌,才约莫听他轻言道:"你尽忘三百年前的事,没想到,独独还记得那玉桓。"

我一直都清楚,自己脸皮并不怎么厚实。当下耳根热了一下,心里也一紧,更是不知如何去应了。

没想到他却并不在意,我的话隐在唇齿间,月留定睛看了我一会,垂眸轻笑,眼底如水流淌:"我这次回去休养,约莫长时间不会再从天外下来。公主,也好生保重吧。"

他这话一说本宫又鼻子发酸了,看他那副淡淡的样子,没来由我心头就有点长刺。

也是这时候我想到之前在人间,他的态度可与现在有差别。我问道:"你怎么会在清离手下受那么重的伤,是不是之前你就因为去了魔界一次……"

白纸神杯,他说得轻描淡写。但那天晚上阴阴沉沉的天气,在当时让我生起许多不快的感受。要是月留受伤从那时就起,此番还真是我拖累了他。

月留脸色动了动,片刻道:"你还是别多想这些,尽早回去。还有他山玉,那是玉魂。恐怕你不知道。"

我耳朵在极度意外之下竖了起来,瞪眼直瞧着他,他手里化出白光,化为天书。

他极轻地微笑了一下,手臂向前微伸,低沉的声音说:"这本天书,借你看。"

我盯着他朝我伸过来的手指,愣了。

他山玉,玉魂,玉石修炼的精魂。月留他是在暗示我什么?

我们站在天池水旁站了很久,互相看着,后来我垂眸心里想,还是一人做事一人当,不管有什么我都扛着吧。归根结底玉桓的事也是我一个人的冤结,对月留的不厚道也应该到此为止。

于是我抬头,对他轻轻地一笑:"我就算再想知道,亦不会窥探月留你的天书的。"说着我就微微地转身。

我亦觉得自己十分无畏,本宫自有方法知道这一切,却再没胆量看月留的脸色,低头仓皇逃了。

我将仙女的玉体养在天池里,可奇怪的是,我仔细找了一圈却未曾发现白玉。白玉我见过她,那姑娘的脸我尚有印象,确定她不在这些丢了魂魄的仙女之中。这更加不是个好消息,我再次皱起来眉。

转了一圈太上老君的孙女没找到,本宫的任务也就没有完成。

真想不到,第一次我出师未捷,第二次出师还是未捷。

本宫脑子一向不太灵便,以往也常因此被姑姑与父君说教,父君说得最狠。因为我脑袋瓜子迟钝，想问题要想好久，不如他想象的灵光，因此我也最不爱那些弯弯绕绕的局面。事情一多，烦琐起来，我就容易糊涂了。

此时我便也想将这一团乱麻的局面，理出一个头绪来。

我先回到宫里的榻上好生躺了一会，月留身上的香味仿佛还沾在我的身上，我闻了心绪更是不宁。我自古身上从没沾过别人的气味，近来常和月留一处，身上却暧昧地带上气息，消也消不了了。我想他身上怎么能有这样馥郁的气味呢，要是吕洞宾我也不奇怪了，难保他不会一个兴头冲到兰花仙子那借点花粉抹上，可月留不是那种人。

我绞尽脑汁苦想世间除了司命星君的簿子，还有哪些记载了三界前尘事，想着想着，我便慢慢坐起来。

我拍拍麒麟的身，低头问道："麟儿，去过幽王的幽界吗？"

【幽界 前尘往事】

我在幽界当差已经七百年了，我叫小戚，戚姓的戚，但幽界的老妖图方便，都管我叫小七，在地藏的各种登记簿子上，写的也是小七。

于是随波逐流，都成了妖了，我也不在名字上多计较。

老胡会去拐一点孟婆酿的前生酒喝，顺带分我一杯羹，当了幽使，就这点消遣。前生酒孟婆一年只酿一杯，极其珍贵，在我们这些幽使眼里，也就是玉露琼浆了。

也是到了幽界之后，才知道孟婆不只会煮忘魂汤，酿酒也是好手。

我抱着酒坛眯眼笑："也是，在这幽界无聊，谁没事不学几样手艺打发时间。"

老胡跟我熟，当年勾我魂，把我带进幽界的幽使就是他。老胡都说："小七你跟别人不一样，一般这人啊，成了妖，都不大搭理当初把他带进幽界的那个妖怪，见着就觉得生气。就你，还一直跟我没隔阂地胡侃。"

我嘿嘿乐道："都做妖了，还计较那些干什么？当然要逍遥自在。老胡你资格老，人缘广，跟着你我也图个轻松呗。"

老胡也笑，每当我这么说的时候，他就会喜滋滋地拍着我肩膀，说小七你日后一定前途无量。

这一次我喝高了，我也谦虚，打着酒嗝就说，还是多谢老胡你提携。

在那年，幽界发生了三件大事，前两件我只有耳闻，没有见过，只有第三件，是幽王分派给我的任务。

引魂使老大是黑白无常，人界有人界的矜贵，在幽界里，两只无常也自持身份，不是特别的日子，两位也不亲自出马。

当天，是幽界幽使的头头，黑白无常两位老大亲自带来了一个人，这个人却不是被锁链绑着的，看两位老大的架势，这人倒像是被恭请进来的。

我忙着端茶送水，偷瞄了一眼被老大亲自带进来的人。

我却只看到一个背影，人已经被带进了阎罗殿。老大则把我叫了过去，黑无常的脸黑雾缭绕："小七，这个人就由你看护。"

我们这些幽使，常常手里会被分派到任务，看管各种刚到幽界的人，保证不出现意外。

尽管我还没看见那人什么样子，但老大分派下来的任务，我也只有完成，当下点头应诺。

老大面无表情点点头，转身走了。

我整天只顾和老胡吃喝侃天，幽使当得也不称职，见到老大心里也虚得慌。这次被派了个任务，我自是万分情愿，想好好表现表现。

我在幽王殿门口等我的那个人出来，不禁担心嘀咕，刚才我没见着那人的脸，万一要是认错了，可就麻烦大了。

然而当一炷香过后那个人出来，我看着他，才发现，我的担心多余了。

他拖着一地白衣，玉影清霜，浓密的头发披散下来，挡住了他大半张脸。

我只用看一眼，就看出他身上有很独特的气质。

我心里还是挺高兴的，幽界难得来一个美男子，呵，就让我小戚碰上了。

看护，我只是跟着他，不远不近，但跟了几天，我却发现，这男子虽然美，却并不开心的样子。

那时候他在忘川水旁站了很久很久，偶尔抬起头，我才看见他的眉眼。

很惊艳，但也看见他眉宇间的混沌，似乎了无生气。这样的神态，让他显得更颓唐，更没有人气。

他又站了许久不见动静。我一个担心就怕他想不开跳进去了，在幽界中跳忘川水的妖怪还真是不少，可惜跳下去也无法寻死，反而会生生世世受禁锢。

不管男女都是一位美人，要是被禁锢就太可惜了。

我动了恻隐之心，在他背后，出声叫了一句："喂。"

幽界虽然不曾禁止幽使和看护的人搭话，但大多数时候，幽使都是属于远远看着，并不近前的一种。毕竟，虽然是幽使，也是有修行的，和生魂太接近，总会有影响。

而我，就这么英勇无畏地开口了。

那个人动了一下，在水旁转过身，那张脸才朝我望来。

"幽界规定，忘川水不能走太近的。"我扯了个谎。

被我这么突如其来地说，看得出他有些疑惑，顿了顿，他问我："你是谁？"

这是我第一次听到他说话，声音低低的，有点深沉，却有一种别样动人心魄的感觉。是的，动人心魄，我还是第一次听到能够动人心魄的嗓音。

于是那一瞬间我没说话，提醒也提醒过了，理智告诉我此刻还出声不是明智之举。

他便朝我走了过来，很轻却稳定的步履，出乎意料地，我没有动。

我看着他一点一点走过来，近距离看才知道，他的眼神，真是一点点神采也没有，就像一潭死水。

他盯着我，疑惑地问道："你是？"

我很快接话："我是看护你的幽使，我叫小戚。"

那一刻我不知道我为什么要告诉他我的名字，按理说，这应该是不被允许的。但看到他，不知为何我就想唤起他内心的火热。

直觉告诉我，这个人原来不是这样子，他该是一个很有情感很丰富的人。

就好像我在他死水一样的眼睛里，看到的温柔。

他说："小七？"

我点点头，然后来到了他身边，有一种奇异的东西，在吸引我朝他靠近着，那种感觉，甚至我努力也无法抗拒。

他看我走到了他身边，并没有动作，而是垂首站着，那是一种非常孤独的姿态。

我想，他一定是孤独惯了，身上也带着这样冷漠的气息。

"看护我的幽使?"我看到他眼中愕了一下,随即又恢复死寂。在我看来,那更是一种认命,又或许,我看错了。

被送进幽界的人,大多都会经过往生台,直接投胎。也有一些,前世的债没有偿清的,会耽搁一段时日。这些时日可长可短,有的已经在幽界晃荡了几百年,也不见幽王批下来让他投胎,这种是属于非常不幸的一类。

更重要的是,我不知道眼前这个人,需要待多久。

在我接了新工作跟了几天后,老胡又来找我喝酒了,他说这么几天,也不知我跑哪去了,他想找人说话,也没对象了。

我打着哈欠,几天没睡觉,指了指后面的人道:"没看见那位仁兄么,光顾跟着他,倒真是把幽界都绕了一圈。"

老胡眼睛眯了眯,便探头看过去,我也好奇,在别人的眼中,他是个什么形象。

他一点也不在意老胡那肆意的眼光,伸手在忘川中捞起一捧水。

我的天,忘川水刺骨寒凉,妖也受不了,他居然这么用手握起来了。

旁边老胡啧啧了两声:"这个家伙,身上一点妖气也没有啊?"

和我的想法一样。我不动声色看了看老胡,又看看那个人。心中第一次起了念头,也许,我该问问他的名字。

我低声对老胡说:"老胡,你知道他是谁吗?"

老胡拎酒,眼神又迷糊了。迷迷瞪瞪地看我,然后又看那人,嘿嘿笑了笑:"小七,你可别太上心了。虽然当妖怪几百年没遇见男人了,但你也得,也得遵守幽王的法令……"

我的心情,被他这番胡话彻底搅糊了。是以我狠狠瞪了老胡一眼,说鬼话,就算当幽使,我也不至于几百年没见过男人了。

每年来幽界的男妖,起码有半数。

我在他的后面尽量不出声地尾随,他身上有一股气息,让人和他亲近。

有次他盯着一个地方望出神,我甚至都以为他忘记我的存在,后来他却开口问了我一句话:"这是什么?"

我忙上前,望了望,对他说:"这是望乡台,投胎之前,从这里望一眼,就能看见家乡。"

他哂笑："其实凡人也挺幸福的。至少这一生过完时，还能有个念想。"

哂笑这个表情，我觉得很不适合出现在他温和的脸上，但当这个表情出现时，我才发现，不管再温和的人，都有冷肃的时候。

他冷肃的样子，也很好看。

但他这话说得，却让我心里犯了疑，为什么他会吐出"凡人"这样的字眼？按理说他是凡人的话，投胎前必然也会走望乡台，但他如此说，竟说明他不是凡间的普通人？

我存了疑心，盯向他的脸，好似严风雕出的轮廓，幽界每一个生魂都是有故事的，我跟着的这个人，更是有。

在跟着他的几天里，我也渐渐发现了，他的身份，或许比我想象的还要重要。他不用戴镣铐，他喜欢到处走走看，虽然我不知道幽界有什么地方值得看，但戒备起码也算森严。但是他去任何的地方，都不会有妖怪拦他。

守门的幽使，都是当作看不见，面无表情地随便他走动。

逐渐地，我也发现，好像每一个魂，都选择对他视而不见。对他的身份，讳莫如深。

我承认，这样的状况更加引发了我的好奇心。

老胡常说我好奇心害死猫，哪怕我并不做什么，仅仅是存了这个心，老胡都说太危险，不应该有。对此我无法去理会他，从心底认为，我对这个人有了完全挡也挡不住的好奇。

这样的强烈，和以往不同，这次我是真想用行动去探知他的一切。

我头一次大胆地开口，装作无意对他道："我带你去奈何桥看看怎么样？"

果然，他抬起头看了看我。

半晌，他轻轻说了声："你肯这么做？"

我若无其事的脸看着他："有什么不肯的，反正也是闲着，你愿不愿意去？"

我心里有点紧张，看他看向我，果然脸上有一丝松动，然后就道："那麻烦了，小七，你带我去。"

只要他愿意跟我走，我并不会觉得麻烦。

奈何桥,至少我知道在凡人眼中,它是幽界充满神秘的一座桥,凡间的诗人还会写到它,把它写得迷离心碎,多少人步过了奈何桥,一生就忘得干净了,是怨偶,是情侣,都将不再记得丝毫。

我不知道这样一座桥,在他眼里,有没有感觉悲伤。

他真的盯着奈何桥盯了许久,孟婆坐在桥头,盯着他。孟婆的眼神也很深邃,看到他既没有赶他,也没有推阻。后来,我听他低哑地说:"我认识的一个人,她走过了七次奈何桥,就为了还债。"

他那时脸上的悲伤很明显,连见多识广而麻木的孟婆,眼里亦掠过了一丝不忍。我在惊讶之余,也盯着他久久不动。

这日起,我知道了,他有一位故人,曾经走过奈何桥。

后来他竟然向孟婆开口要一碗汤。

孟婆默许了,捧给他的时候孟婆还低低加了一句:"这汤,只对凡人有用。"

我看他的嘴角挂着一丝笑:"她失了原身,对她就有用了。"

回去的时候,站在忘川水旁,我站在他的旁边凝视他,片刻说道:"既然难过,为什么不喝一口忘魂汤,索性忘了干净。"

我是给他建议,也犯了规矩,但我侥幸地想还好,不知什么原因,只要他出现的地方,所有妖怪都会退避三舍,我方才说的犯规的话,估计也没妖怪会听见。

我想,他不是妖,就是仙。最起码他口中提起的,和他有关联的那个人,一定是妖,或者仙。

失了原身,只有妖,或者仙,才会有原身。

我想劝他:"这汤,不止对凡人有用,其实,对别的生魂也是有一定作用的。"他若想忘,也可以喝。

但是,还没等我说出这句话,他略恢复神采的目光,就看着我,寸寸朦胧:"谢谢你,小七,可是我不想忘。"

我闭嘴了,一瞬间觉得自己愚蠢无比。

他不想忘,这是谁也没办法的事。就冲着他明知道了我的身份,还能清淡地叫我的名字"小七",这样心智的男人,本身就不易撼动。

或许他觉得记忆弥足珍贵,很多来这里的生魂都一样,哭着喊着不愿忘记,或许他们都觉得痛并快乐着。

我陪他在忘川旁边坐下,我要是可以陪他说说话,不知能不能减轻他的孤独。

他又捞了一把水,慢慢地让水流下去。我看他的脸色,好像真的不在乎这水的刻骨森寒。他终于愿意开口:"你一直都是幽使吗?"

我张口:"凡人的魂变的,不过,七百年,也跟真幽使差不多了。"

他总算把目光放到了我脸上,颓唐中有点微动:"那你生前做什么,为何不投胎,却做起了幽使?"

他一下把我问住了,我咬住舌头,半天一笑看向他:"久远的事,谁记得?"

他盯着我的目光有点变化,随即幽幽道:"你是个女子。"

我愣住了,反应过来低头看着自己身上,一色的幽使衣帽,真是差当久了,都快分不清我男女了。我一笑:"嗯,我是个女幽使。"

他看我的目光有点松动,我看气氛良好,趁机道:"你能不能告诉我,你来幽界干什么?"

他竟真的讷讷道:"找幽王有点事。"

"那你的名字呢,叫什么?"我跃跃欲试,竟然也不想问他找幽王什么事,要是能让他告诉我名字,就好极了。

他不知我想的这许多,轻轻地就说出来:"我在尘世,叫兰舟。姓氏,就和这水有关。"

我盯着忘川水上漂过来的一叶扁舟,兰舟,的确是符合他这个人的名字,两个字,概括了他口中的尘世。

老胡曾经跟我讲过一件事,天宫的帝女,帝君座下的那位公主,被贬下来,失去了仙身。幽王法册上,说是这位公主要经过七世轮回,才能重新回归天庭。

我想起来,那都是六百多年前的事了,我刚进幽界不久,是个拍老胡马屁的新差。老胡那时候跟我说过这么一桩事。当时老胡觉得,咱们灰不溜秋的幽界,能送天界公主轮回,是无上的光荣。

至于为什么现在我会想起来，或许就是因为那个白衣人说的话勾起来我的这段回忆。

他说他叫兰舟。

这名字有些缠绵悱恻，和那天宫公主梦璃，我觉得很登对。

他说他的那个故人是因为失去了原身，走过来七次奈何桥，并且喝过了孟婆汤。天宫公主梦璃，也是轮回了七世，没有了仙身，才变为肉体凡胎。

我想不是巧合。

那次兰舟逛到了幽界司，那里的野妖都上去围住他，这里的妖是整个幽界里最没有规矩的一群，我冲上去，挥手把它们吓退了。

我对他说："你身上有气味，能吸引他们。"

其实这也是我想要对他比较明显的暗示，暗示可能知道他的身份，或者其他什么。

他却表现得漠不关心，甚至没有给我一丁点的回应。仔细凝视他那张如玉温朗的脸许久许久，看他眉峰似刀，再后来我实在忍不住了。

第二天我趁他不备飘走了，或者他其实知道也根本不说，根本不在乎我跟不跟着他。

我去找了老胡，问了问题。

我说我想知道那个投胎的天宫公主，后来怎么样了，因为什么要去投胎的。以前听的时候，大多是老胡兴致勃勃地讲，我并不热衷追问这些，老胡常常会觉得我扫了他的兴致。

如今我主动来问这些，依稀那天老胡凝视了我很久，说："小七你终于开窍了。"

我缠着老胡不放。后来听老胡讲了几百年前发生的天宫乃至三界那桩事的缘由。

梦璃公主是因为和魔族有染，纠缠过深，以致后来仙气也被魔尊慢慢消耗光了。但是三界传得沸沸扬扬的，说公主对魔尊有了私情，才会落到这个下场。然而，老胡讲的，却与这传言大不相同。

老胡说，外界传言添油加醋，要的只是轰轰烈烈。

而公主真正被贬的原因，才是货真价实的轰轰烈烈。别人说，公主为了魔尊,推掉了她和天界上神的婚约。

老胡却说,当初月留上神大限将至,命定劫数到来,随时可能灰飞烟灭。公主对上神早已深种情根,无法眼睁睁看着上神赴死。

于是大胆的公主,便到魔界偷那魔尊的情劫线。公主掌七情,魔尊掌六欲,倘若七情六欲结合,便是人间的姻缘。

公主打的算盘,是想借姻缘之际,将她的命与上神连在一起,保住上神金身。

可是魔尊却盯上了公主。

七情六欲,也能铸成祸害,魔尊三番四次借故对公主进行引诱,个中发生了怎样的纠葛不得而知。但月留上神的大限日子却一天天近了,魔尊的百般阻挠,使得公主的计划不得成功,最后公主犯了天条大忌,便被天帝贬下了凡尘来。

七世姻缘,未成正果。

老胡讲的这一版本,才真是精彩。

老胡说的,也是从幽王那里听来的。幽王听来的,便是公主投胎真正的原因。

我就觉得,好端端一个公主被贬下来,中间一定发生了太过凄惨的事。却没想到,凄惨的程度这般深厚。套用一句俗话,尘归尘土归土。

老胡说,魔族得逞,公主遭罪。

我傻愣愣地开口问了一句:"那上神怎么样了?"

老胡看我的眼神便很有深意。

我心里一凉拂过,追问到底:"他还在?"

老胡点头肯定地我的想法:"还在。"

他又加了一句:"不过也快死了。"

在回去的时候我的脚步就有点沉,我知道的其实不多,比如我知道他的身上没有妖气,所有的妖看见他会面无表情,但那眼皮底却暗暗藏了一丝的畏惧。当了七百年幽使,察言观色的本领我有。身上没有气息,可能是隐藏了仙气。

他在人间的化名是兰舟,本号却叫月留。

兰舟，我在阎罗王的生死簿上看到过这两个字，没有生平记录，那一页尽是空白，空白的纸上，只有这一个名字。

他是天界上神下凡，所以幽界不会有他的记录，只有他在凡世化身时，用的这个名字。

我赶到了忘川边，他背对我，如往常坐着。可是默默中，我还是感到些许不安。

"你找幽王做什么？"我颤声问出了我最初跟着他几天问出的问题。

他转过了身，嘴角向下弯。

这表情，我走上前去，握紧双拳："上神？"

他没有什么表情，微点头说："我封号月留。"

我的手松懈下来，心里却好像并不松快，我望着他，如以往一样凝视。过了会，他回答了我的问题："你做了那么多年幽使，可知道幽王生死簿，有借寿的功用？"

这么多天，我一直觉得他有时候说话的神情悲凉，可我觉得我此刻也忍不住脸上露出了悲凉。

我对他点头，幽王借寿，五妖搬运，幽王叫你三更死，岂能留人到五更？

根据老胡的故事，这位上神，命不久矣。

虽然悲凉，却也只有悲凉。

我也终于了解，原来，他是想找我们幽王借寿。

我跟了他三十天，他从不肯和我说话。如今却主动朝我伸出了手，面带微笑。"小七，要不要我帮你回忆起生前的事？你曾说你什么都不记得了。"

他的手指快要碰到了我的脸，我急急闪开了。

他见我躲开，眼中闪烁了几下，片刻收回手说道："人生前，都可能有未了心愿，那会成为一辈子的羁绊。你一直不能投胎，说不定是为前世所累，我本想助你想起一切，没想到，你却不愿。"

我低头，鼻子发酸了。果然是宽容大度的上神，仙家气量，是我有眼不识泰山。

我轻快一叹："你又有什么未了心愿？"

我猜，幽王定然不愿意借寿与他。不然，他也不至于在幽界，徘徊数日，但幽王定然也不敢做别的,因此放任他,在幽界走动。

只是,幽王为什么选我,我想不通。

他的手在忘川水中搅动,我这才发现,他的手,真的是好看,白皙温润,像我生前模糊记忆里青瓷的光泽。他捧起一口水,竟然喝了下去。

我一惊,他朝我看来,轻笑:"因为有心愿未了,所以世间才会有执念这种东西存在。五百年的寿命。幽王,到底还是借给我了。从今刻起,我也有一定的时间,来了结我的心愿。"

我的耳内仿佛有点听不清他的话,我眼睛还在盯着他,他单薄的身体里好像起了层光晕,我意识到我错过了什么,我只是走开听了老胡的一个故事,他竟就要远去了。

我张了张口,一时间,竟不知喊的是兰舟还是月留。我快速上前一步,伸手一抓只抓到他一角袍袖:"你……"

兰舟是他告诉我的名字,看着他离开的那一刻,我修炼了七百年的幽使的身体里,起了一阵猛然的陌生的疼痛感。

他手指碰了碰我的脸,指尖很温暖,竟不是我想象的那般冰凉。

我抬头去看他,我注定去不了他能去的地方。

我只是幽界一个幽使,不记得自己生平年事,只要活着,就在幽界永远暗无天日。去不了其他地方,离不了阴曹暗光。记忆中只有幽界的油锅,此外便是一片空白。

他是天界的上神,来这里走一圈,他向我们的幽王借了五百年的寿命,幽界五百年的寿命,折合到天界只有五年的命。

为了五年的命,多陪他心中的那个人走一段路。在他从我头顶上方消失的时候,我是想问他一句,这么做,值不值得?

我不想记起一切,是因为单纯做幽使的日子,我觉得很好。凡间的一切散就散了,何必还要在幽界时也没完没了。

可是就是有人,将记忆看得弥足珍贵,甚至为了它,付出了更多。

在我们这些幽使眼里,天上的神仙们,都是何等高高在上的。月留是上神,就更是不可侵犯。可他却落得这样,一代上神差点灰飞烟灭,还要向幽王借阳寿,才得以完成他今生未完的心愿。

当年幽界发生了三件大事，一是上神借寿，二是公主完成了历世，回归天界，三是幽王升仙，位列仙班。

我和老胡喝了几百年的酒，千杯不醉，那天晚上为了庆祝幽王登位，幽界众妖举杯同庆。

我第一次被三生酒醉倒，老胡倒在我旁边，我迷迷糊糊看着酒壶，不管心伤，还是酒伤，竟有那一天，妖也能醉得不省人事。

老胡搂着我脖子，打嗝，眼眯着笑："小七，多喝些，孟婆的酒，不多……"

我一笑，继续狂灌了几口。

孟婆是幽界里最懂风月的存在，她酿的酒，也沾了丝风月尘气。好比那一年，我遇见的那个神。

东海智斗

幽王生死簿，判决人命运，九月前他好像刚升了仙官，职位算是真正入了仙班。因此幽王大笔一挥，生死有命，时辰断得比司命星君还要准确。

我当时就想，幽王是否知道些东西。本宫心里有了这些考量，想幽王当是不会不情愿帮我的。于是裹了云袖下去，为了避免再被纯阳真人或者谁堵住的麻烦，我特意绕了好大一圈，才从仙台那儿跳了下去。

我印象中的幽王是个老实人，本着黑字脸，一本正经，在幽界当了万年的幽王，父君连个封号都没给过他，他还照样兢兢业业的，是个好幽王。这次不知父君怎么突然想通了，居然就封他了个地虚幽王。

不管怎样，我都乐见其成。

起码我再去找幽王帮忙的时候，他还能顾及我点面子。我如此这般眯眼想到，只要幽王肯让我看生死簿，那本宫究竟有没有入世轮回，七世姻缘又是怎么回事，就一清二楚了。

司命星君有心欺瞒我，他的簿子上还可以被道行高的神仙动手脚，篡改一些事实记录。即使本宫上门盘查，要来了司命簿，说不定也无对证。

但幽王山高皇帝远，他的生死簿，记上一笔，幽界那些妖怪，可就没谁有能力去篡改了。

这次本宫故意没有打草惊蛇，就是要杀他个措手不及。

没有带阳气过盛的麒麟，我腾云向下飘摇了半晌，四处寻找地方。其实就算是众仙，想去幽界也并不容易。阴阳相隔并不容易跨越，我要去幽界，也得先到交界地西山，从极阴之地取道进入。

可是我刚到西山降落，打眼看见的西山却寸草不生，黄不拉几的几片枯草早就没根了，瘫软在地皮上。我惊讶地扫了一圈山上，只见这西山实在荒凉，和我记忆中的竟然分毫不像了。

我诧异间，只见眼角黑影一闪，我下意识就挥出了一道素绫，将那黑色的影子卷住，从空中摔到了地上。

当初清离那只小狐狸，我就是从西山抓到的。西山靠近幽界，阴气浓郁，是妖精的乐土。当下我看向被我摔下去的那黑影，显出原身，是一只黑熊精。

我看那黑熊精的体形，算得相当庞大，让我暗暗心里吃惊，素绫我没有收回，黑熊被素绫上的仙气伤得痛苦不堪，在地上滚动。

妖精分两种，害过人命的，身上会有血腥气，永远去不掉。这只黑熊身上的血腥气简直浓郁得整座山都能闻见了。

如此戾气的一只妖，我自然大怒，天眼开启，便要一道闪劈得他神形俱灭。

这时，西山顶上，半山之巅，本宫头顶听到一声柔魅话语："何不手下留情，妖精，也是谋生罢了。"

本宫的仙耳听这声音，也觉得五内浑然一股舒畅。转过身，雪白的身影闲闲抱臂站立，朝我看来，嘴巴挂着淡笑。

我当谁好大的本事，原来是狐王。

我将那个黑熊精一裹，甩到了一棵树上，冷笑道："谋生的手段有很多，需要害这么多人命吗？看这只黑熊精的道行，西山寸草不生，他怕是常常偷入人间，干些伤天害理的事吧？"

狐王也是妖，难免袒护妖精，可他狐王修行千年，毕竟不曾害过人命。

本宫鼻子甚尖，闻得到狐王身上一丝清新味儿，若我没猜错，这个狐王，离仙道亦不远矣。

他修的是仙道，这只黑熊精修的乃是妖道，仙妖殊途，狐王确实管的是闲事了。

狐王盯着我看了老半天，才默默道："从我遇见公主殿下，您的手腕就强硬得很，似乎妖精在你眼里，都算不了什么。"

我瞟了他一眼："谁说的，像狐王这样，本宫就很看在眼里。"

狐王笑了笑："本座叫长仪。"

本宫亦闲闲回头，靠着一棵树站了："你们狐狸的名字，取得还真都怪好听。"

莫非狐族的长老都是学识渊博的妖精?

长仪驾了一朵云,飘到我面前落下。他看了看地上黑熊:"今晚,西山五百年一次的天雷会落下,每次天雷过后,西山修为不够的妖精,都会从此消失。"

我望了他一眼,天打五雷轰,我当然明白长仪所说的"修为"不够是指哪些妖精,从九重天降下的雷,劈的一向都是作恶的妖精。

就让这黑熊精,多看一晚上的月亮吧,晚上的天雷,比本宫的天闪要让他享受得多。

我笑道:"看来狐族最近真是清闲,狐王怎么会有兴致到这山上赏玩?"

长仪的眸光有点像清澈的水波,但却看不透,他说:"本座这次,却是为了公主。上次公主在九阴宫前,问及的他山玉,不巧,事后想起,我似乎有所耳闻。"

我心微动,慢慢地笑了出来,反问:"你是指他山玉,乃玉魂之事?"

长仪这回学聪明了,没应我。

我套不出来更多话,等了半晌,只得一笑:"瞧我的记性,我都忘了,论及三界中,最博闻强识的,应当就属狐王才对。"

还去找什么幽王,看什么生死簿,现成的在这里,本宫真是笨极,何苦舍近求远。

长仪看着我良久,道:"公主前日,才重伤了本座的女儿,莫非现在就想让本座帮忙?"

我早料到他要提起这一茬,嘴角微勾轻快笑道:"我已是宽宏大量,九公主那个重罪,够天雷劈她十回八回了,本宫却轻易饶了她。狐王怎能忘记?不信,今晚看这场天雷,劈不劈你女儿。"

狐王慢慢地启唇:"公主是在变相威胁?"

看西山妖风四起,地上的尘沙都被吹得狂舞,我已暗暗捏指掐算了几番,天界已多年未曾清理过了,西山这次的天雷是百年难遇。

我舒缓笑了出来,暂时转了话题:"你这声本座的自称,让我想起一个人来。"

套话不能操之过急,对付他得慢慢来,本宫慢慢跟他磨,狐王不是别的妖,他是狐狸中最绝顶智慧的一个人。

长仪久久地望着我,时间长到眼底仿佛深藏着什么隐喻,他眸光辗转溜动了半晌,才悠悠道:"万山的妖王,大多都称本座,寻常一个称呼而已。公主,你本不必在意。"

我盯着他目光不动,笑道:"本宫要取道去幽界一趟,晚上的雷恐怕累及众妖,狐王还是好生在宫里避着,本宫先告辞。"

说完我就转身走了。

"公主留步。"狐王几乎立刻出声。

我果然留了步,再一望他。

狐王向我近了一步,白狐的绝丽容颜停在我眼前。我其实不是个非常不解风情的上仙,狐王这般美人,倘若不是和狐族之间有几桩大事压着,我也不想跟他在这里玩欲擒故纵的那套把戏。

狐王总算金口开动:"他山玉是千年修炼的玉魂,长在八荒九州中极寒却有仙气的一万座山头里,再历经万年,才能养出一块玉石。据我所知,迄今大地之母创世来,这许多年,也不过只形成了一块他山之玉。他山玉千年修成人魂,正是在魔族的无悠山。"

站立不动,我静静听长仪说话,听他谈及魔界无悠山,心里像死寂的水,挤不出一分情绪。原来,只有一块他山玉……

长仪说:"玉桓公子和其他魔界的人不同,他可以出入仙山等地,他是何等出身,公主此时想来也十分清楚了。"

我看向了他,我确实十分清楚了。可是在这时候,不知怎么我就回忆起过去,那时玉桓怎么也不肯给我他山玉的情形。他心事重重的模样,原来,他山玉不过是他的本体。修炼出的妖魔大多珍惜自己的本体,不肯让其受伤,玉桓佩戴他山玉从不离身,也是出于保护本体的心理。

长仪并未和我多说什么,而是微微侧首道:"仙妖有别,我们也的确不愿意再和公主有什么样的牵连。只希望公主殿下遵守诺言,今天之后,能真正放了清离。"

他还是想澄清玉桓的事和清离关系不大,逼玉桓的另有其人。我看向他，慢慢笑出来："我几时没有放过她？不然她早死了。"

长仪没有再回答我，一转身，轻飘飘落下了西山。他转身华丽，徒留一个背影。

本宫在山峰上望着山头沉思，看这个妖王，口口声声喊玉桓为公子，似乎，他也有所忌惮，这点在清离的婚礼上就能看出来。

他山玉在魔界出世，玉桓在魔界究竟是什么身份？

在人间时，逍遥魔尊同样问过我"你还记得玉桓吗"，只能说明玉桓就在他的手上。我心里随即一紧，在凡间时我没有真正去过魔界，月留莫名其妙把我拉回来，他倒可能知道什么，可惜不会告诉我。

思及此，我不想去幽界，却想去魔界走一趟看看逍遥魔尊的地方了。

我一念刚起，就觉身子骤然一紧，呼吸也有点困难了。结合几次怪异的遭遇，周围突然变得有点邪乎，我不禁为这样的情况感到吃惊。

地上的黑熊突然不要命了似的朝我扑过来，硕大身躯摇摇晃晃地，有点像隐兽发了狂，黑如泥鳅的眼睛里泛起红丝。我迅速抬头，瞥到树上一角衣服影子。

反射性地后退了一步，双手结印，还未等完成，黑熊妖精撞了过来，我微微一惊，双脚已经迅速离地飘到了一边，黑熊把树干拦腰从中间撞倒了。它发出一声闷闷的吼叫，就掉过了头。

一般像这样的妖怪，有深厚的修为，再发狂也不至于连理智也失去。眼看黑熊精又冲到我身边几步远停住，踢散了地上无数灰土，我担心被迷了眼睛，连挥几次袖子把飞灰拂落。待眼前清晰了，看见黑熊一跃而起，到了我头顶，血盆大口，这次竟还胆大包天对着我的头颅张开。

我脸色沉下，劈手一道雷，结果了这叫嚣的妖怪。

黑熊趴在地上身体不再动弹，我背对着树，投在我脚下的树影中，隐约还有一抹人影在晃动着。我咬了咬牙，对着人影轻轻出声："我当是谁，连妖兽都发了狂，原来是群魔之首，魔尊大人到了。怪不得黑熊突然就吓成这模样。"

半天没动静，我谨慎地回过头，树枝这时晃动了几下，一个人斜倚在枝桠上端正地看着我，面庞很柔丽，他的眼睛就透着一股墨感，深不见底。

看见这张脸我就能想起在戏子楼卖身的时候,虽说短暂是短暂了点,可记忆尤深。恩客,逍遥,魔尊,我不难把这三者联系起来。

他清艳的唇角露出一丝笑,开口道:"那只狐狸逃得还真快,本君正想会会他,他就立刻逃了。"

长仪自然是逃得快,因为狐王脑子也转得很快,很够用。

妖孽们,总是各人有各人的狡猾,胜过世上无数的谎言巧语。长仪虽贵为狐王,也不至于能和魔尊硬碰硬。

我这时候也突然想起,方才我听长仪说本座觉得熟悉,心里模模糊糊想起一个人来,这个人是谁?现下竟是想也想不起来。

逍遥的目光冷冷地朝我望过来,并未有其他举动,我堪堪反应过来抬眼与之对视,才意识到,这是我与他第一次单独正面相对。人间酒楼里那次不算数。

逍遥的相貌是很不错的,尽管有一个绝色倾城的狐王,但逍遥他是万魔之主,不管脸色再怎么冷,浑身上下还是透着一股子风流。

我心念电转就意识到和他这么相遇不见得好,来者不善的可能大出以往,以本宫这样的状态我得寻着什么脱身之机。

"看来你的法力再怎么弱,这种黑熊精也奈何不了你。"逍遥说。

这厮还有个优点,嗓音也挺好听,带点鼻音的沉沉低音,我认识的人中唯一比得上这种磁性的只有月留。

我抬头皮笑肉不笑地应付他:"过奖过奖。"

我伸出素绫一卷,就卷向树间他的身子。

结果素绫的确是把他卷住了,还将他整个人卷向了我。我看着素绫急速收回,他在素绫的缠绕下离我越来越近,逍遥脸上的表情倒没什么特殊,简直可称得上面无表情。

可是惨了,素绫一回来,他的整个身体就不可避免撞向了我,逍遥无甚感情的目光也就定在我脸上。我紧张了些许,他朝着我来,我就只能下意识地伸出手,他的身子正正倒在我怀里。

感到我手心揽着他腰身,我傻眼了。

本宫近日尽干些糊涂事,十件中有九件都是糊涂,实在不太像本宫当年英明的作风。

就这样大眼对小眼瞪半天，逍遥唇边拉出一丝似笑非笑的神情，悠悠开了口轻声说道："公主大人还真是热情似火，这种见面方式，真是本君想也想不到的。"

这一言，彻底让本宫如烫手山芋般将他整个儿给丢了出去，逍遥挥起衣袖，在空中迅速翻了个身。

我还听到他冷冰冰的话语："公主大人没那金刚钻，就别揽瓷器活。何必自讨没趣呢？"

面对他，本宫的确没有必胜的金刚钻，这下被他说着了。

公主大人四个字不知怎么从他嘴里说出来，就让我觉得格外不自在。看到他的表情，我心里咯噔，就仿佛记忆深处很久之前，也被如此揶揄过似的。

经过了这次折腾，我再也不敢轻举妄动。

他没多久便重新在树上站定，我强行定住了神，问出了那句话："你把玉桓怎样了？"

听我提玉桓，他面色僵了一下，接下去更加耐人寻味，他慢慢望着我，我以为他不想说，他那双墨色眸子在凝视我良久之后，终于缓缓却有些无情地道："玉桓，他既入我魔界，就与公主大人你没有关系了。"

我心里一凛，看向他。

逍遥面色风平浪静："他关心你，是缘分；离开你，是本分。公主大人身为上仙，这种命里无时莫强求的事，是否也该少求点？"

他一个魔尊，说话居然有禅味，什么命里有时终须有，命里无时莫强求，这种姑姑都不曾告诉过我的道理。我愣了好大会，不怪我愣，什么话从什么人嘴里说出来，带来的震撼也不同。

我敛了眉目，手心握素绫，轻轻道："我只问你把他怎样了？"

西山风一紧，冷如刀，和我跟玉桓一起来的时候，时节也大不同了。好景不常在，物是人非。我在这样的阴风阵阵下想起玉桓当初的脸，这阴风顿时就像刮在我心里。

魔尊终究不是良善之辈，说的话再有禅味，也成不了佛。他对我说："玉桓犯了私交天界上仙的重罪,你说我把他怎么样了?"

我陡然握紧拳头,狠狠看向他,心里丝丝抽搐:"你有无害了他的性命?"

他嘴角轻勾:"公主大人,你与我们终究不是一类人。"

我怔住,头皮有点发麻。

逍遥轻轻扶着树干,闲闲地站定,似乎一直以来都是他在说,包括现在,他仍旧用那副神情望着我,好像总结般:"仙与魔,牵扯过多,是会生出孽缘的,公主,你家上神大人,没教过你?"

他站在树间,邪气隐现。我站在山腰,素绫轻舞。中间隔着一道天堑,那是此生彼岸,看着近,多少年前,我也是被这道看着很近的距离迷惑,妄图上前了几步,却跌下了深渊。

那也是我和玉桓的天堑。

我的脸色冷了下来,静静站着不动,因他提到了月留,我就不免多想想了。我想起月留这次受伤隐隐与某件事情有牵连,就算仅是我的怀疑也有待确认,再顺着联想,就是我们天界唯一的失踪事件。

我慢慢问他:"仙女的真元和白玉都在你那里?"

逍遥微微一笑:"公主上来不问女仙问玉桓,我也很是吃了一惊。"

我定定望着他:"我原先以为那和你没关系。"如果不是长仪,曾亲口把魔尊给卖了,我到现在,说不定都还以为是狐族清离一人所为。

逍遥手搭在腿上,微微朝前倾身:"我来,自然不是与公主闲聊的。就算我想,公主怕是也没那个闲情逸致。十天后的仙魔大会,虽然假了点,但好歹也能粉饰一下太平。不如这次就用玉桓的血和仙女的真元,公主你任选一样,也有趣儿些。"

我惊讶地瞪大了眼。他口中的仙魔大会如一道魔音霎时震醒了我脑中深远的一块模糊。想起来仙界与魔界建交也有数百年,魔尊所说的粉饰太平,就是指的每五十年一次的仙魔聚首。

仙魔相聚,比武竞技。正如两方争赢,赢面大的都有至宝相赔,上一次的会上,仙界与魔界的至宝正是各赔了一半。太上老君尽管再怀疑再叫嚣,也不敢真的去找上魔界。我和月留下界也只敢私下调查,一切只因为,一纸条约在。

仙魔既然表面相好，没有确凿证据时，我们也不能找魔界翻脸。

谁也不敢担责任，以这个挑动两界，令无数生灵涂炭。

月留说："公主，我们回天界，从长计议。"

可叹我睡了三百年，怎么能够连这个也记忆模糊了？我如此糊涂，月留劝我，是因为他知道，仙魔的条约签订，曾经也有我的一份力。

倘若我一时冲动破坏了规定，后悔的，也许还会是我。

只是月留眼中有明显的失落和失望，他没有想到，我睡了三百年，居然连我曾经参与过重视过的这件事，也变得不在乎了。

用他的话说，三百年我忘尽前尘事，居然只记得一个玉桓。

我突然觉得，深深对不起月留。

因为说不定我与月留，以前也是认识的。而在我的脑海中，却变成了我与他的初相识。

逍遥转身只道："记住了，女仙和玉桓你只能选一个。"他人已走远。

我握紧素绫在清风中立定，垂眸直到日落黄昏也不可知，最后缓缓挪步。魔尊，这是在逼我做选择。

他的话，说明玉桓还有一线生机，可是，我却未必能救得了他……

没精打采地缓慢驾云回到九重天上，我再没了初时的那般精神，站在云朵上，抬眼看见我的宫门外站着一个墨蓝身影。

我疑惑逐渐飞过去，那人转身，文曲星君手上端着一册书，看到我飘近，便慢慢朝我垂头敛目，听他淡淡说道："小仙恭迎上仙归来。"

心一紧陡然想起我从九阴回来的事儿好像还没漏风，看见文曲来我也有点抵触。

我进了宫门，慢慢朝内殿走。文曲也乖顺地跟着我，一言不发，最后我在桌边坐下，他还立刻给我倒了杯茶。

我瞅了瞅他："什么事？"

他也看向我，片刻，却道："也没什么事，就是看上仙最近有没有什么吩咐。"

父君不回来天上就只有我做主，这层我也才想明白。文曲星君说白了官不大，掌管着天下文书，职位倒特别。九重天有什么事都由他记着，重大事件也由他笔下写出来，装成册子，改明儿就成了天界秘史。

我放下茶杯，顿了顿，总觉得今天的茶特别清淡无味。我说："仙魔大会，该准备了。你好好吩咐下去，给众仙家提个醒。"

文曲看我的神色有点诧异。

我没再说话，昏昏沉沉地就打算在桌边入定。

他终于撑不住，提前说道："想不到上仙还记着这事，最近天上的事情多，我还以为上仙忘了，也不敢提醒。"

我讪讪地笑了，想不到本宫狭小的名声还在外头，这可不好。我赶紧补救："有什么不敢的，文曲你是天上的言官，有什么不妥，你恰该记着些。不要紧，本宫也不是那等睚眦之人。"

文曲听了我这番话，却彻底敛起眉眼，不做声了。

本宫无可奈何，端起只剩半盏茶的茶杯继续假装喝着，抿一口，再抿一口，跟他慢慢儿耗。

文曲看着我，却慢慢儿向后退去，口中道："你休息吧，我这就出宫了。"

这让我倒有点愕然，他第一次没用"上仙"称呼我而用"你"，看看他，他果然转过了身，步履生云离开了我离泽宫。

因他离开时那番出其不意之举，倒让本宫多看了两眼他的背影，于是就陡然觉得，文曲星君这墨蓝色的衣裳，仿佛也叫我起了似曾相识之感。

我赶紧摇了几下头，我最近看什么都眼熟，就是一样也记不起来。

我昏昏又要欲睡，却陡然惊了一下，清醒坐起来。我要去天外天，瞧一瞧月留。

月留受伤，我要是再不去看看，连我都觉得自己没良心。

于是忍住困意，用一杯凉茶洗洗眼睛，招来麒麟爬上去坐好了，拍拍麟儿示意它往上走。天外天和别处不相同，看着很近，就在九重天头顶，但其实它距离九重天，比人间、幽界、魔界都要远，如果没有麒麟，单凭本宫自己驾云，飞都得飞得累死。

这也是为什么天外天始终保持它的神秘，绝少有神仙能上去的道理。因为就算是神仙，也很难攀爬上如此之高的天宇。

就是圣兽麟儿，也是飞了老半天，才看到天外天的边缘。

索性彻底清醒了，我铆足力气，拍了拍麒麟身上，便更快速地穿梭进去。白云飘荡，天外天的云层更是稀薄，本宫心神气定，在九重天居住了上万年，才知道，其实这里，才更像是传说中浩瀚无垠的天宇。

九重天浮华气太重，天外天如此清冷，也难怪能养出月留那般的上神。

我许久没过来，都忘了天外天的样子。我知道我一进这里，月留，肯定就会知道。

天外天周围有屏障，稍有异动，上神都有感应。我没飞多久，月留就在我面前出现，青丝如瀑泰然安稳，他静静看着我。

他的表情没什么异常，看着也还安好，和往常没有大变。我悬着的心总算稍微放了放。

月留道："公主来做什么？"

这话略微让本宫有些失望，但也只是有些，本宫很快就笑了一笑，柔声说："来看一看你，给你带了仙丹。"

我袖子里的仙丹是父君赏的，父君又是从佛祖那里得的，极为珍贵，便是对月留，也有非常大的用处。

月留看了看我从袖中取来的东西，垂下眸子，轻轻道："这等奇宝，公主还是自身留着吧。我已无大碍了，用不到这样的宝贝。"

看他这样，分明就是拒绝我，我也来了脾性，硬是道："留在身边也是好的，就是没事吃了也养身。"

月留无语看我："真的不用了。"

我眼中寒光闪闪，靠近他："若我非让你收下呢？你不收，就是心里头埋怨我。"

月留默然了片刻，终于缓缓伸出手，仙丹就这般让我硬塞给了他。

月留说道："多谢你。"

我长舒一口气，开始笑道："公子你这天外天怎么什么都没有，连一座宫殿也没看见，举目都是白云，公子真是生活得简朴至极。"

其实我知道元始天尊和上神都是以清修为主，神仙的大成境界也早就无所谓这些东西。我这么说，无非是玩笑。

月留淡淡笑，说道："公主想要宫殿还不容易。"

抬眸间宫阁四起，拔地而立，从白云间凭空化出了许多楼阁，各个金碧辉煌，丝毫不逊于九重天的奢华。

我正怔然看着，月留抬步走向其间，白衣卓然，宫殿衬白衣美人，竟是别样和谐。不管这美人，是女人还是男人。

月留在宫殿中回过头看我，轻笑："宫殿这东西，给人住也好，给神仙住也好，多了四壁屋顶，就不一样了。"

我朝他走过去，没想到，从旁边的宫殿里，竟款款绕行出了一位绝丽的少女来，少女穿着桃红仙裙，垂着手看了我和月留一眼。

我愣了愣，抬手指着少女，看月留："本宫着实料不到，上神金屋藏娇？"

月留却不理我，对那少女道："桃儿，倒杯茶过来。"

茶本宫来时已经喝过了，不过这少女，看样子是一位仙婢，只意外的是月留这般人物，也有婢女伺候。我听说元始天尊那位神尊，喜欢独来独去，从来没有别的仙者伺候他，便理所当然以为月留也一样。

是本宫狭隘了。

仙婢桃花仙对我们福一下身，转身倒茶去了。

"不知上神这里，都有什么好茶？"我颇觉没滋没味地说了一句。

月留看了看我："天湖里采集的水，公主可是喝不惯？"

天湖里采来的水……如此朴素，我又看了看他，更是豁然深觉，本宫真是过得太奢侈了，父君以往会对各路神仙说：我就一个闺女，金贵就金贵点吧。

可反观月留，衣裳都是素的，平常的生活做派更是为我天族做表率。

我惭愧地低头，随意转动目光，我再看麟儿，却看到一个小娃娃在那儿。穿着布衣，眼睛水灵皮肤雪白，眨着眼。

乍然见到麟儿的模样，我大怔，愣看了片刻，麒麟仍旧那般面无表情的脸孔，仿佛没发生任何事。

麒麟，麟儿他居然在我没有动手的情况之下，自己变成了人形，依稀是在人间那会儿的少年样子？

我已然合不拢嘴，被眼前巨大变化的神兽惊了一把，吓了一把。

月留也看到了麒麟此刻的模样，半晌后，他说道："麒麟不愧是圣兽，这匹麒麟灵力进步飞速。想不到，已能够自己变换模样成人。"

今儿的事处处都让本宫意外，算了，还是不必大惊小怪好。

到得一处宫宇的深处，月留说："要不要再添置一张桌子。"

我没意见，这里是他的领地，他爱怎么布置都没问题。

我同他就在桌子边上坐定，桃花仙婢亦步亦趋跟随着他，就垂首立在他旁边。麟儿虽然看着呆，我走到哪儿他却也笨鸭子似的跟到哪，麟儿男孩的造型和仙婢遥遥对应，居然显得挺对称的。

相反，我和月留这般面对面，倒显得没甚话好说了。

我又多看了桃花仙婢几眼，到底没忍住问道："不知上神这仙婢，是谁配给你的？怎的只配了一位伺候？"

月留上神之尊，多配几个仙婢理所当然，为何单单只留这一个在身边？莫非月留对这个小桃花仙另眼相看？

月留却没什么表情地看着我，声音听起来也平平淡淡："这孩子以前伺候的一个主人，同我是极好的关系。她的主人后来走了，也就弃了她，再也找不见，我便留她在身边做个念想。"

月留的眼睛定定地看着我，叫我有些心虚。我装作淡定地低头喝茶，偷偷打眼仔细端详那桃花仙婢，年纪真是不大，约莫只有几千岁。我一面心里胡乱地猜想，这么年轻的仙人，能和月留的哪一位故人有牵连？照这样所说，月留的这位故人，应该也消失不久才对。

看月留神态间萧索的样子，自打相识，我还没见他这样过，想来这个故人，对他也十分重要。我关切地，亦是略略带了点好奇地多问了句："那她主人为什么走？又为什么弃她不顾？"

月留的眸色瞬间更低了低，颓然的样子我都不忍心看了，半晌才听他道："都是为了我。"

看他那样子，稍微换一个定力差点的神仙，就痛不欲生了。一句都是为了他道尽了曾经可能的无数可歌可泣的过往，月留话中隐含的意思似乎是那个人为了他抛弃了婢女且永不再见，月留伤心痛绝也是明摆的事情。

那个让月留痛不欲生的人，我瞬间有冲动问出那人究竟是男是女，憋了半天仍是忍下来。唉，想不到清冷似月留，回忆中也有曾经的那一个人。

上神也是，青春鼎盛，别样风流。我不该带着主观意见去给月留下定论。

我这么一品茶，一思索良久，抬头就发现那桃花仙婢竟然也正在怔怔盯着我瞧。她的一双眼睛，如哀如怨的。

我奇异，月留身边的仙婢，这样看着我做什么？

兴许这姑娘的目光太火热了，引得月留也瞥她一眼。片刻，他却说了句让我噎住的话："桃儿，怎么？你一直盯着情仙作甚？"

桃花仙遮遮掩掩垂下眸子，期期艾艾道："我……我是觉得这位上仙……观之，很可亲……"

我瞧向她的脸孔，两腮胭红红的，真像两朵桃花。

莫说是她，便是我初见了她这等样子，内心也觉得十分可亲。这小仙，看着非常有福缘。

月留看了看我们，顿了片刻，忽然就看着桃花仙婢慢慢道："你既喜欢上仙，我把你送给她为奴如何？"

我骤然吓了一跳，但桃花仙婢眼中立刻闪现出的欣喜光芒，则又让我大大出了意料。

我哑了哑："月留，你不是在同我开玩笑吧？"

月留抿了口清茶，轻缓地道："不是玩笑，梦璃你要是看着这丫头还欢喜，便收了吧。"

我看他脸上认真神色，之前龌龊心思骤然一收，忙摆手笑道："上神就这么一个心爱仙婢，我怎么能再要，就让这丫头伺候你吧。"

月留抬眸看了看我，少许，却没再说什么。

只是桃花仙婢一听说不把她送给我了，喜悦的光芒又黯淡了下去。弄得我好生纳闷，看着她那张小巧的脸，我渐渐有点狐疑。

这小姑娘，着她伺候如此貌美温柔的上神还不满足。我也没见过，有人伺候月留还能不满足的。不过，看着小桃花看着我的凄楚神情，我心里也有点，觉得怪心疼的。

又待了片刻，我心绪已乱，不知为何心越乱却更加想立刻就走。但我看着月留，他表面上看不出什么，我心里的担心却一直未尽去，如此般担心了一顿茶工夫，我再也坐不住。想着我走了，他总能休息休息，休息好了，身子就算有什么大伤也好得快。

我就站起来，说我走了。

月留隐约叹了叹，也站起来说："我让桃儿送送你。"

我到底有些心不在焉了，随意点了下头，又担忧地看向他，嘴唇动了动："我给你的仙丹，你要记得吃。"

月留亦点头，轻低头微笑："定然不会辜负你的挂念。"

我有些窘迫地回了身，来时装的一些姿态也装不下去，最后看一眼他变出的宫殿，上神造物的功力委实强大。

天外天仅有一处连接九重天的界线，就叫无缘台。冥冥中与之无缘者，均不能来往。

我还有一件事，忘了与月留说，过了会转身看他说："仙魔大会……希望你能来。"

我知道这么做可能为难月留，我这人也有点太苛责了，实在不通情达理。但如今仙界，只有月留，能让我仰仗了。

月留没有任何推辞，只道："好。"

我歉疚地垂了眼，本宫和月留相识没多久，感觉好像已欠了他几辈子似的。

我不想今后一语成谶，遂不停留地离开。小桃花果然听话，一路尾随我送我至无缘台上。我在清冷的台前又站了会儿，刚要拉扯着麒麟跳下了去，就听见小桃花的声音在身后，比方才更显凄楚地响起："上仙，你可要常来啊！"

我跳下的脚步颤了颤，最后轻轻闭了一下眼，转身对小桃花笑了笑。又摸了摸她的头顶，然后才转脸一鼓作气跳下去。这是我第一次跳天界的台子，感觉真有一种要坠入无底洞深渊的样子，九重天有诛仙台，绝望的仙人都只能在那里，选择灰飞烟灭或是永堕仙途。

那一瞬间跳下去产生的满心荒凉的感觉，我竟有一丝丝体会到。

麒麟主动变回了原样,驮着我的身子去往下界。和月留短暂的会面,让我心底滋生了无数惆怅。其实,不管承认与否,从见到这个男人第一眼起,他就能够激起我隐藏在内心深处的隐秘情绪的萌动。

在此以前,我从来都是把那些东西埋藏得很深很深,不去触碰,也没人让我去碰。只有月留,让我一次又一次地记起,将我从忘我的境地强行拉了出来。

这段时日发生的所有事情,我不能说我全部了解,但所有事情里几乎无一例外,透出一丝隐隐约约的端倪。

这种端倪,已能使我感到些什么。

甚至小桃花、我、月留,都被一根摸也摸不着的线连起来了。

"上仙,这次的仙魔大会几项比试中,派何路仙友应战,上仙的心里有人选没有?"文曲星君抱着簿子站在我对面,开始例行他的公事。

人选,就我这个脑子,该忘的也忘了,不该忘的更是忘得干净,文曲他问我有没有人选,我说能在我心里还存着印象的人选,估计选来选去会把麟儿选进去还差不多。

可惜麟儿还是一只兽,没修成人身没有仙籍,就算我选他也没有用。

我想了一想,豁出去道:"有毛遂自荐的没?"

文曲斯斯文文道:"有。"

我目光撇过去:"谁?"这般英勇,本宫一定好生嘉奖。

"东海龙宫大太子,敖钦。"

脑子里立刻筛选出这个人物,奈何印象实在稀少接近全无,半晌还是只好放弃。但龙宫的名头很响,东海龙宫亦差不到哪去,大太子……嗯,就等于未来的龙王了。

本宫当即决定道:"可行,准他了。"

文曲便合上了簿子,看着我片刻,说道:"这才定了一位,大会上需要更多仙人帮助,希望上仙早做决定的好。"

本宫被催促得六神无主,端起茶杯喝茶。过去姑姑就同我说,茶是好东西,既解渴还解乏。

文曲又道："陛下已来消息说，讲经还有三月，不日可归来。因此最近，都得公主你代为主事才行。"

父君，唉。

我道："仙魔大会我也有几次不曾参加了，不知道这几百年中有了些什么变化，文曲你可多提点着本宫。"

文曲垂首应了句是。

我顿时又有了想法，文曲这般尽心尽职的仙，不给他个机会表现表现实在有些埋没。清了清嗓子，我道："适才本宫也想了几个人选，绣花那一项当仁不让，让咱们的织女去，还有个下棋的，嫦娥仙子棋艺很是不错，最近更该是大有长进。喏，就她去。"

文曲没甚说的，低头在本子上记了记。

我这才试探着悠悠然开口说："文曲星君司掌天下文书，搁到了凡间去，星君便是那最有学问的状元郎。文曲你可谓才华天纵，实在罕见，不如这次，星君也参加一次吧。"

本宫话中所谓能者多劳的意思应当表现得非常明显，再加之我殷切的目光，凝望在他那张白净文弱的脸孔上。

文曲的笔端停了，半晌抬起了头，看着我。

我觉得他有什么话要对我说，于是殷切地望着他。本宫茶喝完的时候，他总算开口了："有一则，我与嫦娥仙子，都从未参加过仙魔大会，若是这之中有什么疏忽，可能出娄子。"

他的借口不算高明，我盯着他，笑出来："凡事有第一次，没关系，本宫相信你与嫦娥的实力。再说了，在本宫心中，文曲你可是重要得紧，重要得紧。"

两句重要得紧说出来，本宫也牙酸得紧。

这番哄骗文曲星君的话，也许还得依葫芦画瓢对嫦娥再说一遍。嫦娥可是精得要死，冷面美人天界第一难惹，就连本宫也惧之三分。看来目前，唯一的希望只能寄于，她能为了天界大义，这次小小地退让一下了。

文曲的脸上，慢慢没了表情。说是面无表情，也就像一块木头，八风不动。

最后道："既然上仙执意做这种安排,小神照办便是。"

仙魔都是文斗的多,当然也不是让一仙一魔都尽是咬文嚼字,这些都是尽量剔除武力以外的比较平和的较量方式。虽然说都是尽量了,用魔尊的话,双方的确都顾着粉饰太平,但要说一点武斗也没有,放在仙魔中间也丝毫不可能。

我捧着文曲的书扬眉细看,仙魔势不两立,本来就是亘古流传下来的。比日月苍穹,还要牢不可破。

就这么会儿我打听到一个新鲜事。东海龙宫大太子为什么那么积极,据说追溯到五千年之前仙魔两道还没建交的时候,敖钦有个极疼宠的妹妹,这妹妹还不是亲妹妹,乃是身为他未婚妻的义妹,说是蛇族出身,敖钦对她事事都应,俯首帖耳。两人正要成亲之际,敖钦的义妹外出时却被路过的魔族魂使带走了。蛇妖本属魔类,敖钦就算再心痛舍不得,也还是被龙王以忤逆之名提回了东海龙宫。

一场婚事告吹。

如今,虽然五千年光阴过去了,重情重义的敖钦却还没能对他那位义妹忘情,以前仙魔大会,不知道是父君有意还是敖钦真的不够资格,反正他从未得到参加的机会。这次大会一开始,敖钦也一如既往地伸着头想参加。

本宫这回,就正好遂了他的心愿。

了解这段过往之后,本宫也曾感慨,我仙界一族,但凡男者,还真都是情种。

两段桃花

第四章

仙魔大会上不能厮杀，但好歹能解敖钦心中的怨气。

那天风和日丽，当然，大部分也得益于雷公电母入山沉睡的功劳。本宫一大早很是仔细地梳洗了一番，随后，拿着帖子，就自个儿驾了云往东海飞去。

东海这地方也是本宫定的，仙魔相约，不可能在天界，也不能在魔界，因此每次都是在人间择一个地方，我心想，东海正好合适。

我来之前收到了这么多天来姑姑给我的第一封书信，许久得到了姑姑的消息，不管内容是什么，我都是大喜过望。姑姑在信上说，她的伤势仍自深重，必须待在南海再好生将养。着我多照顾麒麟，她暂时不能回来看我了。

将养好，将养好，只要人平安，怎么都是好的。

我心情舒畅地收起信，姑姑的伤，也是在千年前仙魔大战的时候留下的，自从那场大战，仙界与魔界便握手言和。

我这段时间过于依赖麒麟代步，驾云的法术都荒废了，想当初这法术也是我最擅长的法术之一。这次我没有带麒麟去东海，一是让它在天界多吸收吸收仙气，也到了快变身的关键时刻。二来嘛，麒麟的目标也大，我到哪，都能把别人的目光吸引过来。

在必要的时候，比如在这次的仙魔大会上，就会显得很不方便。

我在南天门，等了好一会。眼睛望着天外浮云，半晌过去，又一会，我始终没有看见月留。我是想等着他，我俩能一起去龙王的龙宫，可是显然，他没有出现。

我垂下了眼，我不想说月留会对我失信，上神公子若不想应我，不必敷衍。又或许，他只是不想与我同去。

天庭里半数有资历的神仙都去了，剩下的留守宫廷，便也没有一个人等我，我不能再久留，便很是凄然地跃下了云头。

一开始文曲星君还想拐我去主事，我死活不肯，每届仙魔大会都有天界元老人物主事，今番轮到我，真是个苦差，太上老君也是元老，可惜他的情绪状态委实不适合在此刻对上魔界。想来想去，我选择了司命。

司命星君平日那张嘴就喜欢说三道四，命簿子是他的法器，他自然想怎么安排怎么安排。平时他舒坦得意，本宫就让他更得意一回，他和吕洞宾两个人互相辅佐，能把仙魔大会弄成什么样子，本宫很是期待。

我进入东海领地，掏出请帖，低调地进入了玄门通道。海底的虾兵蟹将甚多，可见龙王治下有方，只是这七拐八拐的，路途太多弯，本宫趁四下无人时，使了个仙术，才畅通无阻地走对了路。

只是虽然路走对了，这正确的路通向的正宫门口，却堵了一层人墙。

不知是谁围在那，吸引了一大群围观的。于是堵得更厚实，来往仙魔都被人墙堵住，进不去出不来，个个脸上很是不耐。可是却无人出头叫骂或催促。

本宫眼珠转了一圈，立刻好事心起，开了天眼，穿透层层人墙，可算看清里面正发生的事。

潜心领会了一下，原来里面正僵持的，是让路的事。

一顶流苏美丽的轿子停在龙宫正门处，里面坐着个雍容美丽的女人。

而不远处，另一顶轿子同样停在门边。看两顶轿子的势头，分明是同时想进门。可是谁也不愿意让。

那女人看着还算有派头，拿着杯子装模作样喝茶。但她身边的侍女就尖酸起来："东海龙王！你今日敢挡我们王后的门，不让她进去，他日王后怒了，有你的好看！"

本宫看到的第一出戏，狐假虎威。

我这也才注意到，旁边站着的那白胡子白眉毛的老人家，竟是龙王本尊。呵，本宫心里更觉有趣了，这两顶轿子里都是什么人，居然引得龙王亲自到场？问题是龙王亲自到场后，那两人还是这么横，连轿子都没下，分明是没把龙王放在眼里。

不说龙王好歹也是一方之王，就冲着此次大会，是在他的龙宫举行的，不管身份再高，必须要给个面子。就连本宫，也郑重其事收拾着来了，这两人竟敢这么狂妄。

龙王明显被这番话刁难到了，脸色憋红了半天，才见他开了口："小神，不敢冒犯北渊王后。"

我眉梢一挑，原来是素称天界三仙帝之一，北渊家的那位王后。

怪不得派头大，北渊仙帝统领一方，他可是父君那一辈的人物。只是，那另一位轿子里和北渊王后争雄的，又是谁？

那顶轿子挂着雪样流苏，依稀看见里面，也是雪似的一个人。我心里一动。

有人说话了："王后也不必仗势欺人，仙魔大会上都是平等。我家狐王，在魔界的身份和北渊王在天界，也是旗鼓相当。那么说，既然我狐王是王，而王后只是一个王后，这龙宫的大门，理当我们狐王先进去。"

多么标准的妖界话语，诡辩词锋尽在其中。我心道，怎么最近狐王这么容易招惹上事端呢？

"什么时候我们王后，需要给你一个妖族让路了？"侍女暴怒，瞪眼呵斥。

仙界自视甚高，仙魔大会上言辞总是多有不敬，但这般喊出声的，我也头次见。一个巴掌拍不响，由仆及主，看这肆无忌惮的侍女，就可以看出北渊王后这个人，根本不是省油的灯。

北渊家的这位王后，真真了不得。

狐王先让步了，应当说不出本宫的所料。

狐王的亲随为了维护自己王的威严，自然说死了也不会让北渊王后先进去，更何况现在围观的神仙和妖魔这么多，退让一步，等于扇了自己的耳光，大大丢面子。

但狐王毕竟是狐王，狐王清冷，不会愿意与北渊王后这样的女人争锋。

雪似的流苏帘内，狐王终于道："本座也不愿在此僵持过久，还请王后先行。"

话虽如此，狐王虽然肯让北渊王后先走了，但他话语中，却并未提到他有错之嫌疑,而仅仅说他不愿僵持过久,因此而让道。这样一来,既不输妖族威仪,貌似也可平息事端。

我苦苦思索,奈何怎么也想不起这位了不起的王后叫什么名字,只记得北渊仙帝的仙号叫霄轩,他娶的王后,是凤族的后代,当年其实也震惊一时,曾是八荒九州里热议的话题。

凤凰一向是最高傲的性情,不肯低于人下,狐王明确表示了让她先行,可北渊王后并不甘心。只见轿帘掀起,一张略带寒意的脸露了出来。

龙王着急想息事宁人,上前道:"仙魔大会来往人数甚多,请娘娘先移步进入正殿之内,少顷,小仙还要奉上茶果点心,招待各位贵客。"

他一个小仙不能硬碰堂堂王后,这么做也是迫于无奈之举。我看着龙王,点头,龙王果然能屈能伸。

北渊王后却探出头,勾唇冷笑出来:"贵客?这年头,真是什么人都能成贵客了。"

这一句讽话说得利落,龙王当即变了脸。王后身边的侍女还尤不自知,故意顺着自家主子的话蛮横说道:"哼,不就是吗?龙王贵为龙神,也该自重着身份些,怎么什么人都能往宫里请,也不分贵贱了。"

龙王气得不轻。之前怎样说他都无所谓,但现在大会在他龙宫举行,乃是我的授意。龙王道:"娘娘此话不可这样说,仙魔大会是传统,这次也是公主决定要在小仙的地方举办。况且我们与魔尊早已建交数百年了,现在,再存有贵贱之分的想法,小仙也不敢了。"

其实单凭这句话,龙王就比那什么王后,让本宫觉得懂事多了。

王后抬手撑着轿帘,她的长相也是异常柔美,悠悠开口道:"就算建交,这规矩也是不可不分的。何况,龙王这次的大会,还没有天帝坐镇吧?这可比以往不同,若是中间再出了什么乱子,龙王你担当得起吗?"

这北渊王后怎的这么杞人忧天?她是凤族,血统高贵不可侵犯,可是说出的话,却好像那些市井没见识的人一样,实在粗俗有点不堪入耳。想要自恃身份压人一头,也不看看场合。

难道这位王后在北渊仙帝面前也是这等姿态不成?可若是如此,不知道会被人诟病成何种样子。想来北渊王后在别人面前是端庄又大度,在仙王面前是温柔又贴心。只是在妖族面前，显得有点毛病。

这也是那种自恃高贵惹出来的。

龙王垂头道："天帝出外未归，但本次大会，由公主代为主事。"

北渊王后笑了笑。她旁边的调教有方的侍女立刻抢白："便是公主，其实也应是我们王后的晚辈。"

北渊王后端庄娴雅说道："说起梦璃那孩子，还该管我们家霄轩喊一声叔叔。她虽为公主，但年岁毕竟还小，不一定能撑起大梁。罢了，便由本宫从旁帮助她一二，怎么说，我也是她婶婶。"

她一副亲切完全自家人的口吻神气，我在旁边看得情绪几转，由惊诧变叹服，这位，还是称她为王后娘娘，我觉得她当我的婶婶，都屈了她的那副架势。

我可没有这么一位婶婶。

虽然依照惯例，北渊仙帝的确与父君同辈，我也是论理叫他一声叔叔没错。但此刻这位王后的所言所行，也委实让我不由得对北渊仙帝的眼光有点失望透顶。不管这王后在北渊仙帝面前什么样，在我仙家眼中，她都上不得台面。

龙王显然也对王后的样子没辙了，狐王车架前的妖怪又是哪里好相与的，当即就要与北渊王后吵起来。还是狐王说："王后，你若是不肯进去，本座可就进去了。"

北渊王后这才敛了形容，冷淡地放了车帘，半晌，听她叫侍女仙娥抬起轿子前行。

狐王让人不要动，眼盯着前方花哨的轿子消失在视线，才指使妖从抬着自己进了门。风波勉强平息了下来，龙王这才擦着汗，开始卖力指挥门口其余众妖或仙陆续进入门内。许多仙和许多妖都看足了热闹，各怀一脸坏笑鱼贯入了龙宫大殿。

而本宫今日虽然也看了场好戏，但却不如其他仙妖那么快乐。我有点苦闷，这北渊王后的气量实在不能让人恭维。北渊王后不仅狂妄，还真自我感觉良好。

待宾客安排得妥当了，偌大的龙宫正门前只剩下了龙王一人。龙王立在门前片刻,忽见他抬首,对着我所藏身的水草拱了拱手,朗声:"小仙恭迎上仙驾临。"

我从浮草后现出身形,飘出来落到了宫殿龙王的面前。我上前了一步,笑眯眯道:"龙君表现得甚好,今日你受委屈了。"

龙王面色上有些小小的尴尬,他要亲自引我上殿落座,我因为刚才见识了北渊王后庞大的气场,遂不禁问道:"北渊仙帝来了没?"

龙王更有些难以启齿,半晌才说:"仙帝临时有事,所以才着他的这位王后代替他过来。"

我看龙王不容易,也不忍心再逼他说了。刚才王后有句话也算说得对了,她好像说本宫年轻不能掌事,本宫自然是不年轻了,但确实经验不足,所以我希望月留来。

我恍恍惚惚间看到了嫦娥仙子,一身飘飘长裙,抱着琵琶。我心想嫦娥到底守约来参加大会了,不由满面堆笑迎上去,刚要唤"嫦娥",嫦娥仙子看了我一眼,冷如冰,转身走了。

我在原地只能讪笑出来,又自我安慰毕竟是我坑了人家,人家心里不乐意,对本宫有意见都是正常的。

龙王停止了手的动作,抬头认真看了看我,说:"公主还是早些进去,那魔王,已经来了……当心魔门闹事。"

素来只要是有魔族在的地方,仙家都担心魔门闹事。这是扎在仙族心底根上的,改不掉。

我总算规规矩矩入座了,并且用纱巾覆盖在了面上。龙王也没有为我特意做介绍,我便很是低调钻进了龙王的一群亲朋中找了个位置。

此次有司命和纯阳真人坐镇,主要两位在天上的时候人缘儿也极好,司命是八卦命,众仙有什么都找他嘀咕,吕洞宾就是到处晃悠,各大仙家都是他的酒友。因此他们在现场主事,秩序有了,而且众仙不会感到拘谨。

我选这两人,也实是经过了一番深思。

能不被人注目固然是十分自在的事情,我偶尔掀开纱巾一角品尝龙王宫殿的蜜浆,一边在暗地里观察吕洞宾和司命两个。这两个倒是十分尽责,且有模有样,本宫看了亦十分满意。

对面那端有一把十分耀眼的金椅子,打造得辉煌夺目,专门给一个人坐。我故意当作那地方不存在,眼睛瞟也没往那瞟,只专注地盯着场中仙界众僚,越看越欣赏,越发感觉到了我仙界委实能人辈出,本宫挑的几个人,更加是万中无一。

我没有多想,吃茶吃龙宫盛产的果子等着嫦娥出场,双方已经各有胜负。本宫这次,就当是出来放松散心,双方公平比试,与曾经记忆深处惨烈异常的仙魔大战相比便是天上人间。只要没有伤亡,心愿就了了。

这是我的想法,只要这场大会平安落幕,就比什么都强。直到我听到身边窃窃私语声:"那女人据说是蛇族的美人啊,看那身段,的确不一般。"

"这魔王真是坑害三界,陪他的女人个个都极标致,这次这个蛇族的,更是比上一个漂亮。"

"听说魔王三百年前,不是还追求过咱们公主吗?这事儿好像……"

"嘘,快打死你个长舌头的,也敢乱嚼这种舌根,当心下次的天闪直接把你劈得灰飞烟灭……"

那个小仙唏嘘地缩回了脖子,有半刻没有出声儿。

我竖着耳朵,正听到兴头上,他突然又不说了。小仙伸长脖子望了望,又不甘寂寞地小声问道:"说起咱们公主,为什么没瞧见公主来呢?这样的大事,还以为公主肯定会来。"

先前斥责的黄胡子仙又瞪眼:"只要是公主的事,都少动嘴皮子,帝君下的封口令都封不住你们这些人的嘴巴。没准公主临时有事,不想来了,也未可知。"

"会不会其实公主的心里面,也不想见到魔尊,真说不定是……"

黄胡子仙又悠悠地捋须:"公主回天的那日,是从我的北天门过去,经年不见,公主凤仪又见长了。我那登记簿子上,至今还留有公主的墨宝。"

所谓墨宝,便是本宫签下的自己的名字。黄胡子仙夸了本宫,我理当高兴,但他们却越来越有谈兴的样子,连说话的声音也在不自觉中大了一些。

似乎所有人,都认为我和魔尊有关联,便是魔尊本人,也曾那般明显地表露过对我的态度。所以我也怀疑自己是否与魔尊有过私情,本宫素来大度认理,若是大家都说有的事,我做过的断无不承认之理。但我也曾冥思苦想半月,觉得魔尊怎么都不该是我喜欢的那一类。

这般实在苦恼。

我收回视线,盯在了中间已摆上去的赌盘。

已有一堆仙魔开始押注,押中了哪一方赢面大,就能得大笔奖赏。这在每届仙魔大会是必然出现的事情,众仙家和魔界众妖手里都有些稀罕宝贝,此刻那张赌盘上琳琅满目,堆了一堆东西在生辉,简直能晃花眼。

为了拍马屁,众妖拼命押他们魔界赢,众仙家就拿出看家宝贝,全部买仙界的重注。唔,本宫粗略看了一下,龙宫这位大太子,真是最受欢迎的一个人,总共得了六颗明珠和三串链子。

本宫深觉有趣。

龙王见我一直看赌盘,以为我有什么想法,便暗自忐忑传音道:"公主是否不喜这群人聚众喧哗?唉,其实这也就是他们几次大会闹出来的规矩,臣下把他们驱逐也可。"

龙王误会了,我忙道:"不,驱逐干什么?我瞧着也甚有趣。"不知大太子敖钦能不能把这些宝贝都赚回家。

龙王这才放心。

我端坐一方不声不响的,那头逍遥伴着美人自有快活,我与他各不干涉,从头至尾也懒得抬眼皮扫他。只是过了一会儿,我胸中自觉有点堵得慌,站起来,我朝龙宫的后池走过去。耳边的声音也都渐渐不真切,我渐渐逶迤前行。

许多海草牵绊在路途中间,我走得不是很方便。以往仙魔大会我亦很少出席,父君一个人就代表了天界至高统率。而若有哪一天,双方的统帅都不出席了,那才是发生了大事。

我还是不习惯在海里走路,便一口气浮上了水面。在海边我坐下休息,有点累,手指头在水中滑动,竟觉十分有趣。这海水的感觉,和天上的水就是不同。

玩兴浓烈的时候,却察觉到身后有人在靠近我。

本宫警觉性尚在,背后空门卖给任何人都是不明智的,我自然立刻转过头。

逍遥的手正伸出，即将碰到我的肩上。

我朝他眯起了眼："魔尊大人，你不需要留在海底，关照着你的门人？"

他亦在同时眯了眯眼，他若回答对下属放心的任何话都没稀奇，可他眯着眼，说道："他们，怎么能和公主殿下相比？"

我噎了一下，半晌慢慢道："本宫也觉得不能和他们比较。"

逍遥一笑，别样轻佻妖娆，他在我身边坐下，兴许第一次靠得这般近，我闻到他身上居然还有香气，是那种特别迷醉的香味。

估计是催情香。

很难想象若是不存在仙魔大会，不存在仙魔表面建交之相，我和面前这个代表魔族至尊身份的人此生有没有机会同坐在一个地方，这样貌似亲切地说着貌似亲近的话。

我如此这般狭隘阴险地想他，逍遥又对我一笑，这次的见面，这魔尊似乎不吝啬对我笑了，他说："方才在宴席上，公主一眼都不曾看过本君，是否心里唾弃本君，还是觉得别扭？"

我面皮又不受控制地一抽，回答唾弃他当然也不行，但是本宫何来的别扭？望他一脸暧昧，我扭脸和他对视："魔尊多想了，两方交战，本宫自然一心关注仙僚们，再无暇管其他。"

果然和魔尊讲话，得时刻费心思才行，不像和月留轻松。

魔尊淡淡看着海面，此刻日出东方，波光粼粼，惊鸿照影。他淡然说道："公主不必每次都急着跟我撇清楚关系，不管公主撇不撇，反正，世上该有的事总是有的。"

听他那膈应的话，本宫也没甚表情地盯着他看了会儿，终于，决定缓缓问他道："莫非，本宫和尊者你，曾经，当真有交集？"

魔尊的头微微垂下去，被衣领半遮掩住，半刻我才听见低低的笑声传出，笑声里，好像含着一丝玩味和忍俊不禁。他笑着抬起头，靠近了我："公主你的疑问忍到了今天，不容易。是啊，我们曾经还就在这片海里，这样那样，那样这样过。"

因习惯了魔界中人的语出惊人，我尚能勉力保持冷静，当然只是尽量不在面上显露出动摇。他话的内容过于惊人，说我与他曾在这里"这样那样，那样这样过"，我心里越发是惊疑反问自个儿，本宫究竟做过什么了不得的事了？

我苦思冥想，盯着海面眼睛就直了，不知不觉便被逍遥的手搭上我的肩膀，他更加靠过来，吐着气说："公主殿下到底在苦恼什么？还有你，究竟喜欢什么样的人？"

我终于怔了一下，抬头看见他的手，皱了皱眉。我心里渐渐想到，说我完全不想相信他的话确实有点自欺欺人，可我委实也不喜欢他那样子，犹豫挣扎又苦想了半日，终于还是望向他的脸："逍遥，说我与你不相识，也是不大信服的。但我也思来想去……觉得自己会和你相爱的可能性，怕还是太小。"

他的眼神动了动："哦？为什么？"

我盯着他，又斟酌了片刻才吞吐着说："要是和你……你这样的人，一定太累了。而我，一贯是怕累的。"

他整个人似乎凝滞了一下，有那么片刻中，逍遥好似假意地轻笑了一下。"为什么和我累？"他又贴近我的耳根，"累不累，公主何妨不试试？"

我扯开身子离远他，顿了顿，轻轻道："不用试。"

我心里清楚，我想要的那种人，是谁。

逍遥凝视我冷笑："公主，你知不知道，很多心里所想的，到了现实里，未必就是真要的。"

我又顿了顿，停了停，方道："至少目前，我没找到什么理由勉强自己。"

逍遥笑了一声，站起身，在我旁边站了会，我肃着脸没敢露出太多的表情来。左右我是摸不出这只魔君的心理，费脑筋不过白搭而已。他站我坐就这么过了一段时间，他临行时俯身在我耳边说了一句："公主，看你之前在大会上，那副兴致缺缺的模样，容我提醒一句，你最好还是记着你我之前的赌约比较好。毕竟不止一条命，在你的手里攥着呢。"

这话怎么听怎么不怀好意，我一想起了玉桓，再抬头看他，却只看到了一道亮光，海面腾起水雾，逍遥已经跃回到海中。

我已是恨得牙咬，莫说是和他相处，便只是说上两句话，都是极累。

　　我绕过虾兵蟹将的拦路,一路回到大会上。目光瞄到了场中的龙族大太子,无论如何我都不能再不关注成败,暗自轻握起手,坐回了座位。

　　那厢和龙族大太子对阵的是一个头上长角的家伙,用我的天眼,能够看出真身是一头犀牛。犀牛一贯力气奇大,龙族大太子是龙,只是不知能不能降服这只犀牛了。

　　我盯着大太子那张还算白皙的脸,愁云密布,之前看好戏的心情不复存在,烟消云散之后只剩下担心。

　　我更担心败了之后,那个魔尊真的会对一众女仙的魂魄,还有玉桓不利。

　　少许费了一番功夫,我已了解到离开的那会儿战况是各有胜负,仙魔比较起来不管方式是不是打架,速度都快得惊人,双方正好持平。相反,这般看来,龙族太子和犀牛,反而是战得最长久的两个。

　　赌局也是愈演愈烈,场面比斗法的两人还要激烈。这当口我与魔尊目光相接,偏偏看见他手指捻着腰上的一颗珠子,朝我似笑非笑。他说:"你看好了。"

　　我立刻正襟危坐,全身绷起来。想他要我看什么,见我如斯紧张,他又笑了笑,说了一句:"押一颗我魔族定坤珠,赌犀牛一方赢。"

　　此话如一枚千斤巨顶,压在了场上面。周围一众仙妖都沉默了有片刻,随即现场的妖怪都狂热了起来,爆发出一阵响声。魔君参与了赌局,实在是大会历史上前所未有最有震慑力的一卷大浪。

　　卷得所有人的心情都骤然不能平静了,我心里又气又急,也只有眼睁睁看他把定坤珠取下来,稳稳放到了赌盘中。

　　蛊惑人心,是魔界人的擅长。

　　我半眯起眼睛,仔细观察敖钦,敖钦是一条健壮的龙,他的法力和修为都不算弱。可他的对手偏偏也与他旗鼓相当,他们二人对战的时候按照实力来说应该能僵持不少的时间,要想立刻分出胜负也不太可能。但是有逍遥这般人物在旁观望,不动声色煽风点火……

　　就难以预料了。

　　本宫四处找寻身边有没有贵重宝贝可以押上的,为敖钦助一助威,不可输了阵势。

我好像总被魔尊看着出点尴尬事,有种此人真是我冤家的感觉。我一边不动声色低头摸着身上,一边五感六识全在了场中央。

稀稀落落,有几双认识的眼睛也在朝我望。汗,总不是真的要本宫大庭广众之下与魔尊争个高低吧?

我虽然算个神女,可家底并不多。

赌盘之上咯噔咯噔滚出小半颗夜明珠,我愣了一下,再一看,居然是北渊王后。

北渊王后素手捻着花手帕,仙婢在旁边照看着銮驾,护着北渊王后的紫苏帐顶。我垂下了眸,北渊王后看来真的很爱凑热闹,不管热闹是什么,都喜欢掺一脚。

北渊王后的凤驾在人群中还算扎眼的,仙魔大会每次都会有许多重要的神仙出现,不仅仅是为了体现仙魔大会的重要性,暗地里其实也是一种力量的平均。只有当神仙和妖魔的力量均衡,才有可能保证每次大会的安全持续,直到结束为止。

比试到后面,仙妖们的赌局也开展得如火如荼。没多久我就发现了事态的严重性发展,魔尊那一注,下的作用是非常大的。就好像那只犀牛本来顶多是和龙族太子水平相当,谁也没占到便宜。可有了魔界至尊撑腰,那犀牛就跟娶了媳妇一样兴奋到浑身颤抖,比那还激烈,手底下便没了任何节制,好像天赐了一股强大力量,一口气都不喘地猛烈攻击着敖钦。

敖钦眼中隐约闪过惊愕,下一刻亦只能被动地拼尽全力去招架犀牛。

我挥了挥衣袖,有点燥汗。这可怎生是好,魔族处处逼人太甚,不清楚以往的会上众仙友都是用什么招数对付他们的。

我耳内钻进一声如淡雅水流痒痒滑过的语声:"两颗南海珊瑚珠,买龙族太子,敖钦赢。"随后两颗更大更亮的珠子被扔在了赌盘上。

这道淡淡的仿佛毫不在意的声音传到我耳中,我异常惊讶地抬起目光,循着声音却直直地看到了我的身边。月留一身白衣,站在龙族宾客之中,旁边的人毕恭毕敬地为他搬来了一张椅,他撩开下摆,才刚刚落座。

本宫专注于场内的事情,没留神他竟然已经到了我跟前。

我眼内不由闪起光，什么叫峰回路转，什么叫船到桥头。原本龙族太子正在满头大汗和犀牛相持不下，闻听此音，也怔了一下，转头看到月留，敖钦神色几乎同时浮起了一阵激动。

月留摇动手中折扇，一停，不动。

那姿态，就好像，怎么说的，姑姑给我的凡间戏本上描写的泰山崩于前犹自面不改色、纹丝不动的浊世贵公子。

坐在上首的龙王一阵激动，说道："想不到月留上神也来了，我东海宫真是蓬荜生辉。"

这条老龙怎地会说话，我都来了这么半日，他也没说我让他蓬荜生辉的话来。

月留与我并肩坐着，好半晌才低低对我道："对不起，我来得晚了。"

我凝视他侧脸，听见他的话也百感交集。片刻我也很是抒情地说了句："你能来，我就高兴了。"又觉得这话可能产生歧义，于是又补一句："不晚，好戏也才开场。"

月留面上淡淡笑了一下，浅浅的目光慢慢移到我脸上，看着我说："你倒大度。"

我不知道这跟大度有什么关联，难道他指他之前曾答应过我，却拖延到此刻才出现的事？如斯小事，实在不值一提。

他这般一坐，连带的我也成了众人的中心。谁都想看上神的风采，只怕比想看我这个公主尤甚。月留和其他神仙全然不一样，他的出现，应该是大大出乎所有人意料。上神没有大事的时候不踏出天外天，众人看月留的眼神，都好像看某个神秘超然的远古众神一般。

月留来了，我就可以省心了。

只不过和他在一起，低调是不可能了，我再次享受众人目光洗礼。龙王抚胡须："这回有上神和上仙坐镇，我儿可以不用担心败了。"

我看着龙王那张脸，实在很想对他说，不要给你儿子太大压力。

月留看了看我，似是沉思了片刻，才细细道："你给我的丹药，我吃了。"

我愣了一下，才反应过来他说的是那颗如来的仙丹。我立时露出了笑容，望向他："是吗，那甚好，甚好。你可觉得好些？"

他似是不知怎么回我，半晌才斟酌着说："左右是你的心意。我心里，是觉得宽慰的。"

我垂了头没有作声，瞄了一眼他方才扔在赌盘上的东西，也是两颗珠子，又大，又亮，看着比夜明珠还好看些。我不由笑出来："你那是什么宝贝，还有没有，不如送我一颗？"

管月留要东西这种事，不知为何我这么自然。

月留道："送你可以，不过，我是要回礼的。"

我望着他，点头："我回头就把九宫轮送你当回礼。"

"九宫轮，"他笑了笑，"很贵重，不过我不需要那个东西。"

我为难了一下："那你想要什么？"

以他的身份，想要什么没有？倘若他问我要他没有的东西，也真是考验我了。

月留目光落在前方，半天没有出声。我正要开口相询，他轻轻一嘘："先看比试，等结束了慢慢说。"

我闻着他身上气味，向月留要珠子未果，还被他往后推了推。本宫内心深处有点受伤，但我自是不会因为这点小事就与月留不痛快，因此只有我自己心里默默地不痛快了。

月留又说："魔族找的这只妖怪，还是只在五台山修炼过的道行千年的怪物，凶狠倒是相当凶狠。"

我瞥了一眼说："总归敖钦能打得过他。"

月留说："敖太子是难能的年轻勇将，东海后继有人。"

龙王在一旁喜上眉梢，凑近过来，对月留眉眼含笑说道："上神真是过奖了，敖钦自小天赋就比东海其他子弟高出一截，但我瞅着他，资质还是驽钝得很。"

瞧瞧龙王一脸想承认又不敢承认的样子，一席话拐弯抹角说得好生累得慌。我拽过月留的扇子扇了扇，也笑道："听说大太子此番是对魔族存了怨愤之心，乃是因未婚妻被人夺去，那女子也是个蛇族女子，不过都这么久的时间，大太子还是没从过去阴影中走出来？"

我眼光朝对面扫了一下，话差点断了。逍遥的身边此刻正好是一个蛇族的女子，难道，不会就这么巧合吧？

幸好龙王神色没什么异样，淡然道："那也没办法，嫣儿被魔尊盯上了又哪里能避免？敖钦走不走出来，迟早都得忘了这一切。"

原来那倒霉的被魔尊惦记上的女子叫嫣儿。话说魔尊岂止惦记上了嫣儿，还有我天族十几位女仙的真元都在他的惦记范围内。

我看向月留，那头一声巨大的欢呼，见场下浓雾滚滚中，敖钦慢慢站起身，果然战胜了犀牛，正挥汗喘气要回到座位上。

龙王看我道："还要多谢上仙给了敖钦一次机会。"

是在感谢本宫给了他家儿子一次发泄怨气的机会吧，我眯眼立刻谦虚一笑："大太子非池中物，迟早会腾云而出的。"

待龙王带着满眼的激动重新坐好身子，月留微微偏头，看着我张口一低语："梦璃，你说话很酸。"

我微微窘了一下，这才转过头，目光对接："不好意思，跟着父君的时候场面话说惯了。"

月留微微一笑，没有再作声。

对面一道极冷峻的目光逼视了过来，我抬眼，逍遥淡淡地看着我，不知他在看我什么。我自是不予理睬，反正我已扳回了一局，若他还信守诺言，也已经为难不了我了。

我担心的只是以后。大会需要一连举行多日，更长的甚至有超过一个月。正所谓夜长梦多，时间久，这之中要是发生什么不可逆转的变故，让人想想就很发愁。

看完今日的大会后经龙王介绍，东海后山有一处极好的养生温泉，也是百年进化而成。龙王还好心地送了我一捧酒酿果子。酒酿果子是东海的特产，用千年老酒浸泡出来的一些奇珍异果，酒气扑鼻，龙王嘱咐我不可多吃。

我心头亦很想试试东海温泉的滋味，便拎起果子晃悠悠来到那汪温泉前，泉上面雾气缭绕，我来的路上已是忍不住吃了几颗果子，此刻打了个酒嗝，便纵身跃进了温泉之中。

只要是温泉，滋味都妙得很。我浑身浸在水里面，一颗一颗吃着龙王给我的果子。我酒量不行，也很少碰酒，但这酒酿果子却是十分好吃。好吃之下自然就忘记了龙王嘱托,将一盆果子吃得一干二净。

这般醉醺醺地在水中浮浮沉沉,我吃得酒意上头,醉意深沉地一头闷进了水里。我还从未试过将整个人连头都闷进温泉里面过,滋味就好像全身气脉都暖和了。

我自然不用担心被淹死,可我贪恋水挤在全身的那种感觉,便没用金身护体,水从我的四周就那么漫了过来。口鼻中,仿佛都有一阵暖意。

只是我忽然感觉温泉上方腾起了不寻常的旋涡,我的手臂被一只伸下来的手抓住,我讶异睁眼,就看见月留贴近我,双臂把我紧紧箍住,浮上了水面。

我喘了口大气,睁眼看着近在咫尺月留的脸孔。

月留盯着我看了半天,才开口:"几颗酒酿果子就把你醉得不知东西了。"

他与我靠得甚近,手臂也这么缠在我腰上,这么多天,虽说我与月留亲近,除了他救我以及同榻而眠那一晚,倒真没这么相对过。

当下我脑子还没清醒,意态有点恍惚,只觉得眼前人的面孔晃啊晃,也不知我怎想的,内心深处竟然觉得面前的这人有几分像是逍遥。

月留的目光有点疑惑:"你盯着我,在想些什么?"

上神的敏锐力,的确非同一般。我心虚一笑,舌头都有点大:"糟了,我差点把你看成另外一个人。"

月留的眼睛漆黑如墨,他没发一言,也没问我把他看成了谁。我总觉得他那样子,仿佛心中有数似的。我对刚才看花了眼也觉得不能理解,想来想去只能归结于今天魔尊在东海边上的话影响了我。

我为难地瞅着月留,他眼睛里光芒一动。他把我的肩膀猛然一按,就把我再次按到了水里。这感觉可就与方才大不相同,夹杂着月留不同以往的强硬。

他的唇就堵了过来。

酒,果然是不能多碰的东西。

我没与魔尊怎么样,倒提前与月留这样那样,那样这样了。

那时候我因为被月留不留缝隙地鼻子对鼻子眼对眼地贴住,呼吸也不畅，脑袋一直不大清楚。待反应过来被糊弄了一把，已是不知过了多少时间。

我看过酒后乱性这词，可没想到就因为几颗果子，能把那词应验在我自己的身上。

本宫晕的时间有点长，在脑袋昏沉的时候又被月留那般调戏了一把。说实话，我这几天一直不大肯见到月留。

事后心有戚然地想起，我将他看成其他人，没准招他生气了。

这下可好，仙魔大会我本来是想正正经经出席的，这下只出现了一天我就躲了。想到那事，我脸上发热，脸都丢尽了。

龙王那果子我再也不敢吃了，这简直比南极仙翁曾经练的专管春花秋月的丹药还狠。我这样没有记性的人被迷得五迷三道的，月留也做出那般判若两人之举。

虽然月留他是我的父君为我指定的丈夫，可我真的还没做好心理准备。他那晚那样做了，本宫的手也不知是不是情不自禁箍紧了他，总之一切都那么别扭。

然则过了好几天，我心里却越发地对面对月留这事儿存有点抵触情绪。

龙王来请过我好几次，次次都遮遮掩掩欲言又止。本宫自个儿定力不够，就将那事儿一股脑儿全怪在龙王送的酒酿果子上，龙王也心有戚戚焉。就让龙宫里的一应侍从越发殷勤地服侍我，殷勤当中免不了添了谨慎。

唉，对一干不曾接触的人来讲，他们还真难以了解本宫的随和。

尽管不在大会上露面，我还是要在东海逗留，在东海四处闲逛。为了了解到大会内情，我把吕洞宾招来过，吕仙风范依旧，两袖飘着风来向我复命，说："好久不见情仙。"

在天庭里有功夫跟我穷客套的也就他一个，他跟我说了说大会上的变故，魔族派出来应战的人一个比一个刁钻，那些稀奇古怪的花招见都没见过，隐约有比以往还要难对付的苗头，此风不正常，恐怕魔族又有什么阴谋。

说了半日，最后吕洞宾还总结了一句：虽然魔族花样百出，但咱们仙家照样能应付。

我一边听着，频频点头。总算他还有点记性，知道最后问了我一句，"不知公主有何指示。"

我望着他,明晃晃地露牙一笑,只叮嘱了吕洞宾一句话:"魔族怎么刁钻,耍花样,有什么阴谋,就让咱们仙僚也怎么刁钻,也阴谋,顺着花样来。不管怎样,咱们这次一定要赢了这帮妖魔。"

吕洞宾觉得我说的话十分鼓舞士气,颠颠转回去,一字不差地传达了。

我觉得赢不在手段,不需要太光彩。偶尔使使阴谋,也是智谋的一种表现。

这几天一直跟在我身边的侍从,也曾给我讲过几件事。大会一旦开始,就会将龙宫里外全部封闭,不许人随意出入。

狐族九公主清离,曾闹着要进东海,被龙王轰走了。

我淡淡地想,狐王那等年轻样子,养了个女儿都这么大了,看来狐王也是个风流情种,这些面貌堂堂的妖怪们,个个都背了一身风流债。

这么一想,本宫就心定得多了。比较起来,本宫确实是避世得多、孤寂得多,以至于活了万把岁,还得靠父君指婚才得了一个丈夫。否则我自身这个德行,恐怕再过个几万年也难遇见几个人。

既然闲了,我就带着侍从在东海里逛,一方面解乏,一方面让龙宫这些宫人认识到本宫的随和。

那次逛到大太子精心打造出来的一片后花园,就看到一只老鼠精。

老鼠从漂亮的花园里走过,本身就是个十分招眼的事。我捏了个法术,就把眼皮底下招摇过市的老鼠逮住了。

侍从立刻上前,替我将灰不溜秋的老鼠拎在手里。

老鼠挣扎了两下,渐渐白雾腾起化出了人形来,我这才晓得它是只老鼠精。来参加仙魔大会的妖精不少,可是老鼠修成的精魄,就不怎么多见了。

身份可疑,又是混进龙宫里来的,我琢磨了一下,理当交给龙王拷问。

我还没说什么,老鼠精忽然看着我,两眼放出光来,它开口:"原来是隐罗山之主,公主殿下!您怎么会在这里?"

嗯?奇了。我在它其貌不扬的脸上转了一圈,没半点记忆。

老鼠精好像有点急切:"公主殿下,你不记得了,您还曾是小妖的救命恩人啊。"

让一只老鼠如此激动，实在不是本宫所愿。它一直望着我不停说着曾经很久之前的事，直至它被侍从给带走，还在不停回头望我。本宫过去什么时候，结识过一只老鼠精？

我凝神想了半晌，到底也没想出这老鼠精是谁。倒是它那声隐罗山之主，让我心湖掀起些波澜。

小时候我也学过不着调的归隐老仙人，喜欢占山为王。隐罗山是各处大山中风景最好、树长得最高的一座山，我修行的时候，可以很好地隐蔽我，自此以后我便自封为隐罗山主人。

可是那都是多少年前的事了，自仙魔大战之后，已许久许久没人唤我隐罗山之主了。我对这个称呼，颇为怀念。

我想起这些曾经年少的恣意，就怀念当时的意气。人年龄一大，少了些冲击，就容易人云亦云。

没准我还真认识那只老鼠。

我本来打算正好利用这几天空闲把记忆好好整理一下，可我低估了魔族的实力，也低估了魔尊那个人。我重新出现在大会上，是因为吕洞宾又来跟我说了个事。

魔族这次，血本几乎全下了，拼命还不够，最后一场武斗，连他们的副将都派出来了。

仙魔大会的武斗都是限定次数的，免得双方失和。这最后一场，想不到他们还不放过。魔族军队的副将领，论起打仗的本事和武力，我仙族的众人自然是略逊一筹的。逍遥是跟我来真的。

我天界骁勇善战的仙人并不多，我定的人选中，也并没有选特别好战的。就算我再不愿意，也得和月留商量商量。回到大会免不了要跟月留坐一块儿，我，真的还没准备好。

本宫曾在凡间下决心不做忸怩的神仙，可关键的时候，就忍不住忸怩起来。

我望着东海波浪涌动的海面，惆怅了半日，还是叹口气准备硬着头皮上。可是刚上前一步一抬头，月留正站在我面前。

我嘴角抽动了一下。

吕洞宾眉眼不抬地退下去了，月留垂眸看着我，手拢在袖子里。他不开口，我不开口。

月留直直绕过我，走向身后茶炉。龙王为照顾我，特意搬来看家宝贝。我忐忑不安地看着他，月留其人深谙我心，没有提那档子事，倒接起了吕洞宾方才的话题。

他翻卷着茶炉旁边的茶叶，冲我招手道："过来煮茶。"

本宫不能表现得太过心虚，于是抬了抬头，就移步慢慢走过去。

我不知道月留连煮茶也会，东海到处围水，难度也就加大。我站在身边看他倒腾，把少说几十种茶叶一遍一遍过滤。

他将一瓣茶叶放进口中，抬眼扫我一眼："龙王这只茶壶给了你，真是糟蹋了。"

我知他是指我不会煮茶一事，可并非人人都如他那样。自然当下由得他说，我也知他想说的并不是这个。

他低低的声音传过来："我天界善战的仙并不多，你觉得落虚元帅怎么样？"

落虚是统领十万天兵的老将军，是我天族的正将军。从品阶上看，与魔族的那个副将也算旗鼓相当。他也算善战，可落虚却并不好战。让他为了除打仗以外的事来跟魔族的人相斗，恐怕落虚是十万个不愿意。

而且，私心里我以为落虚也不一定打得过魔族那位嗜血的副将军。

一句话，还是仙魔从根本上有区别，同为将军，魔族一心钻研在战术上，精益求精。可落虚将军，恐怕就更多地讲究仙道修为了。

我缓缓摇头："落虚不行。"他都主动避过了尴尬不谈，我当然不会再去触霉头。

月留望我："你有更合适的人选？"

我首次与他对视，说："大不了我们弃权。"

月留目光很显然闪烁了一下："有什么非弃不可的必要？"

为表坦诚，我这次盯着他的眼睛答："这场不赢了，横竖不过一场比试，放弃拉倒。仙魔大会又不是一场定输赢，只要我们在其他比试上，获胜数量占优，一样能赢。"

我天界众仙僚的身家安危，才是至关重要的。让他们去跟魔界那群不要命的硬拼，我坚决不能那么做。

月留的脸色带着些沉吟，没有立刻说话。片刻，他笑了一笑："其实我从一早就想问你，你为什么这么执着想这次赢？"

我一愣，也默了片刻，才问："我想赢吗？"其实我想说，我有表露得太明显吗？

月留目光停留在我脸上良久："依你的性格，一贯散漫，你能做到这种地步，已是很不易的一件事了。"

我被堵得半天说不出话。我不信，月留真超乎我想象的那般了解我。

到今天这件事为止，这都已经不再符合我的预料，也不在我初时的考量中了。

月留只管低头，将一壶茶煮得顺风顺水："放弃这场比赛，不是不行。除非你下面比试中次次都保证能赢。"

比赛中魔族副将领极其拉风地带着铁锤上场，北斗星君直接宣布弃权，还没开打，就被衣衫飘飘文质彬彬的北斗星君丢了个吐不出来的哑巴蛋。北斗星君说，魔族副将英武非常，寻常人岂能是对手，他，不比了。

把那个副将领气得够呛。

虽然还是魔族那一方赢了，可是看副将领铁青的一副脸面，这回吃瘪吃得异常不好过。听说这位副将在魔族是最好战的一个，这次全副武装地来，想打的架却没打，可见心里多么不痛快。

所以这场比试我只不过派了个文弱的北斗星君去。反正不管谁去都是弃权，白白浪费好材料。

北斗星君因为我让他在众仙面前当众认输，觉得丢了面子，非让我过后补偿他。我告诉他，仙魔势同水火，他能当众气坏一干魔族将领，此乃是美差一件。非但丢不了面子，还会让他在仙僚中间大长脸面。

北斗最后是十二万分勉强地接受了我的说辞。

因为北斗星君弃权，整场仙魔大会，魔尊看我的眼神都异常冷淡。我想就连我身边坐着的月留，也一定感觉到了。

月留好像皱了皱眉头,稍后,捏起了我的手,将一杯煮好的香茶塞到了我的手心。我低头盘算下面的比赛,嫦娥的棋,织女的刺绣,都是稳赢不输的。只要本宫赢了,玉桓和白玉、众仙女魂魄,都不再是问题。

我眼角眯了眯,心情转好。

这次仙魔大会不是历届最精彩的,不是最暗流汹涌的,不是最钩心斗角的,但一定是暗地里小算盘最多的。

结束之后我回龙宫暂住地,路上又极其运气不好地撞见了魔尊大人。

魔尊虚着眼,瞧了我半天:"公主真是当断则断,手段凌厉。"

我很想当即回一句谢谢夸奖,可是,到底是不好太嚣张,低调点是上策。于是我没说话。想了想我更放心,我让北斗弃权,并未破坏大会的规矩,大会上也没哪项规定说对手不可以弃权的。他即便来找我兴师问罪也没站得住脚的理由。

魔尊眼内含笑地揶揄:"今日观公主和上神行状,好像公主对上神,倒很真心。"

我不知道他无故提到月留做什么,只因他提到我对月留是真心,我便一下心里感觉有点奇怪。我时常纠结于和月留之间的事,却真的没去想过,比如我对他有没有真心,我和他谁又是真心的问题。

最后挣扎半天我认真地抬了头,我想对他说一说,或许,我对月留的确是真心的。

但我话还没出口,我更加不明白是不是我的沉默给魔尊加深了误会的机会。

魔尊愉悦地看着我,说不清他那眼底闪耀的有没有讥讽:"公主大人似乎对谁都很真心的模样,今天是玉桓,明天是别人,个个真心真意。你今日与上神公子如胶似漆,昨日对玉桓便不是真心了么?"

我被他问得一愣,是真的愣了。

魔尊一点喘息机会不留地说道:"那你要赢我是为什么,你想那么多点子来在大会中取胜,都是出于什么目的?"

我那种感受,完全就是一种从心底浮现上来的错愕。

魔尊抱臂遥遥看着我:"我以为,是我抛出了玉桓做诱饵,才使得公主大人这么不遗余力。看来,是我想错了。"

"在公主大人眼里,旧日情人,又算得了什么。"

他的话格外刺耳,格外地尖锐。我站在后花园鹅卵石道上,愣是半天没出声。魔尊一直用那种类似讥诮的神情盯住我,好似他的话句句在理字字正中点上。我尝试张了张口,真的有点无言。玉桓,从来没有问过,我对他是不是真心。

这么多年第一次,我被问得哑口无言。

"公主大人年轻,所经历的自是算不了什么,像魔尊日夜枕尽千人臂,与你同榻共枕的女子,横跨三界,没有千人也有八百。在魔尊眼里,旧日情人才真正不算什么。"月留不知从哪儿走出来,带笑靠近了我身边,给了魔尊算是相当狠的一个回击。

逍遥朝我们看了看,神色渐渐冷了下去。他冷笑一声,只淡淡开口说:"原来是上神来了。"

闻言,我面色异常复杂地看着月留。

只过了一会儿,月留双手压着我的肩膀,面沉如水:"公主自然曾有过真心,对玉桓也是。但诚如一切难以预料的变故一样,沧海桑田,早已经物是人非。"

我不知道月留可以说话这么动听,在这个我完全不知如何应付的时刻。对面逍遥脸色已不像刚才那样只有冷硬,月留揽着我,并不放开。我对玉桓有情,想在仙魔大会上取胜都是为了玉桓,只是很难说,纯属是为了玉桓罢了。这些只是出于本心的事,可是被刚才那一问我怎么竟会答不上来?

我有些慌乱地向后扭过头。唉,总之此刻,一切,都很乱。

逍遥最后笑了一笑:"上神,希望你的真心,最终有所值。若是连你的也被践踏了,可就没有什么再能为公主开脱了。"

他一转身离开了。

月留拢着袖子,神色如常,我再看他惊讶,实难想象刚才那一番话是他说出的,况且,又是为了我。

魔尊一番话言之凿凿,难怪会说魔族善惑,魔尊的本事更是在其他魔之上。因为本宫委实觉得魔尊句句在理字字实话,莫非本宫真的是那朝三暮

四、朝秦暮楚之人吗？

我觉得应该与月留说声谢谢，再不济也表达一下感谢之意。

可是我开口刚说出一个字，月留就转身，目光定定："你与我，本不必这么客气。"

我心里再度一叹。

月留看了看我，举步向前走了两步，忽然一转头："哪来的老鼠精？"

草丛深处探出一颗脑袋，老鼠精热切的目光望了望我。

月留的反应和我一样，手心闪过一道精光就把老鼠抓到了手里。我自是不阻止。

站在一旁，老鼠精眼巴巴地看了我半天，许是见我没什么表示，老鼠精当场痛哭涕零地表示它是一只好老鼠，从没害过人也没坑过谁，只是半月前它混进东海龙宫就没出去过。

那就更可疑了，我问它："你一只老鼠混进东海想干什么？"

这也证明这老鼠真有些道行，寻常低等妖根本靠近不了东海的水域，别说一待半月。

老鼠精支支吾吾望着我老半天，没回答我的话，反而更加期期艾艾地说："公主，小妖原先在隐罗山待过的，您真不记得我了吗？"

我只有再度默然了。

老鼠精便委屈地垂下头，不吱声了。

也许是刚才和魔尊之间发生的事让我的心情一直处于一种惭愧中，此刻见了老鼠的表情也有些不忍。

我道："算了吧，把它放了吧，东海都戒严了，它也翻不出天去。"

月留看了看我，将手松开，老鼠精一骨碌滚到了地上，十分精明地先窜出几步远后，才回头看。我眼带同情，其实无论它窜出多远，都是没用的，月留要想抓它，顶多不过一伸手的事。

老鼠精的眼神还是凄哀："公主，不知您还记不记得小妖的名字，我叫小吉。今日既然公主认不得我了……那我小吉便先走一步。"

说完，它头一缩，便钻进水草里不见了。

我略微有点愕然，继而寻思，小吉，不错是个吉利的名字。看那只老鼠刚才欲言又止的样子，倒好似它真有什么大事藏着。

月留凝神看向我："我送你回去。"

我颇为尴尬地低下头，还没忘了之前的事。月留却不容分说，携了我的手臂往道路深处走。其实除了仙魔大会那周围，龙宫四处都是比陆地安静的。如此这般月留将我送到了门口，便要告辞。

想了想，我仍是挽留他："你吃了茶再走。"

月留抬起的步又收了回来，顿了顿，回头还是冲我笑："不用了，反正，吃的茶还不是我煮。"

我还没回过味来，他已经扬长而去。

我更是垂头丧气地回到屋内，环顾一圈，实在觉得身上懒懒的，不得劲。望望时间不早，索性提前休息。

这一晚理应不会风平浪静，旭日东升之际，照拂在海面上，闹腾一整夜的事也终于借由一个个人的口，传到了我的耳里。

我想也想不到大会还没顺顺当当举办完，却先发生了一件大事。

起因是北渊王后说狐王，昨晚趁夜，调戏她，欲对她行无礼之事。这事情一听我就登时目瞪了口也呆了，想来对其他人的震撼也是如此。

若说我听到吕洞宾追求嫦娥我都不会这么稀奇，可狐王长仪居然无礼了北渊王后？就北渊王后那个脾气，谁敢对她有一丁点儿不礼貌，都会被王后的凤仪给压死。谁还敢对她无礼呢？

事实证明还是我想错了，我怎么能低估了北渊王后？

这事儿当晚就闹得全东海人尽皆知了，两方想盖也盖不住，我此刻想找魔尊商量也来不及。

情急之下我只得再匆匆把月留找过来。

这事儿可不简单，北渊王后是什么人，狐王又是什么人，这事儿要弄不好，大会也不用举办了，我们和魔界两方说崩就崩。

月留到后，我挥着袖子使劲儿扇风，不然去不掉一腔烦闷。

月留看了看我，拿下我的手，盯着我眼睛道："你去劝北渊王后，我去说服狐王。"

这确是如今唯一的办法，调停两方，将事情大事化小小事化了。本来事情就是这两个闹出来的，只要安抚得住，让两人停止闹腾，化干戈为玉帛，自然都好说。

可是，我望着月留，摇了摇头："我对那位北渊王后实在没信心。"

要想让她不闹，比登天还要难。

月留没说话，我接着道："我觉得我恐怕，劝不了那位娘娘。"

我的表情里都是无可奈何，月留也噎了噎，才慢慢说："你总得试一试。"

我默然无语，抱臂看着门外。来向我报信的虾兵小将也一同忧伤地看着外面，好像东海的水随时会被搅成旋涡。

我忍了又忍，说："那我去试一试吧。"

月留看着我，点了点头。

事情商定，我却并没有立刻行动。仍是看着门外一片汪洋海水，仿佛触及了很久以前的回忆，我眼睛微微闭起，慢慢开口道："以前在九重天，原来有个采花的小仙子，叫琼露。琼露是百花仙子座下一个负责采花的小仙，有一次，她只是奉百花仙子之命，去采集天池的睡莲。天池睡莲八千年才开一次花，是百花仙子布施人间的重要东西。可是那一次，琼露就遇见了北渊王后。

"北渊王后当日路过，非要那朵睡莲。因为睡莲只有一朵，琼露便不肯让，并坦言是百花仙子让采集的。北渊王后自是大怒，竟出手伤了琼露。睡莲最后也被她拿去，而琼露，虽然受了伤，却因为得罪了北渊王后，而被重罚。司命星君那时曾经问北渊王后，如何处置琼露。北渊王后就说了一句，将琼露贬入畜生道，轮回九世。说琼露目中无人，应该承受生生世世为人下人的下场。

"就因为她是北渊王后，而琼露，只是小小一个花仙。所以她颠倒黑白，蓄意捏造，也无人能把她怎么样，还为此毁了一个良善的小花仙。"

他们都说我记性不好，可有些事，我偏偏记得很清楚。

月留有些呆地看了我半晌，才缓慢开口："梦璃，你……"

我扬起嘴角，轻笑："我想说，我不喜欢北渊王后，一直不喜欢她。"

"这都是命运，我知道这世上命运从来就不由人，想要公平也是一种奢望。但我还是看不惯她的专横，厌恶她的冷酷。"

并且深深讨厌她的仗势欺人,比起花仙琼露,她才是真正的目中无人,只知道唯我独尊。

月留的神情黯了黯。

"但是我还是会去劝她,至少在维持大局上面。"我看着月留,淡淡一笑。

月留盯着我看了片刻,最后,还是叹了口气。

我和他在门口分道扬镳。

我明白,三百年中我丢失的只不过是部分记忆,除了那一部分,其他我仍然记得。

琼露那件事,是司命后来讲给我听的。还记得我当时的震惊,愤怒到一拍桌子。当天我就秘密从生死簿上找到了琼露的名字,亲笔改了她的命,让她以后能安享富贵,平安一生。却没有再让她登入仙籍,也许,成为仙对她这样的小仙而言不是个好选择。

我到北渊王后住所门边时,一只水晶杯堪堪砸在我的脚上,摔破了。

北渊王后目光瞥过来,扫到我身上。我穿了身新衣裙,衣摆飘飘,露出笑容,迎上去:"王后……"

北渊王后目露一闪即逝的疑惑,能感到她把我打量了一遍,才开口道:"你是……公主?"

我笑眯眯地走过去,晃了晃袖子,看她,弯起眼角笑出来:"听闻昨晚发生了件大事,本宫特意来问问王后,王后身份出众,无论如何本宫都该好好关照一下。"

北渊王后在椅子上坐了一会儿,我能看出她在犹豫,我站着不动,就笑着看她犹豫。

她还是站了起来,冲我微微颔了一下首。我笑若春风:"娘娘不必多礼,按理,您还是我的姊姊。"

说完,我特地抬起头看了看她的神色。

她也知道我在看她,表现得泰然自若,片刻道:"公主言重了,我如何能当您的姊姊。"

我瞥她一眼,没有回应。前几日在龙宫门口时,就曾见识北渊王后身边那个仙婢是个没规矩的,此刻竟然抢着上前答道:"公主是为了娘娘受辱的那件事情来的吧，您可要为我们娘娘主事，那些个不长眼的狐妖都要爬到我们娘娘头上来了，简直无法无天！"

"住嘴！"北渊王后斥责了一声。

我冷眼看了两人一会儿，遂和颜悦色，试探性地问："那事，本宫略有耳闻，确实太放肆了。不知，娘娘的意思，想要如何处理？"

北渊王后神色愣了愣，眼神冷了冷，继而望着我，似乎真心实意地说道："那些妖精，近日仗着天界与他们交好，越发地放肆。其实我倒没什么，只不过他们这样做，等于冒犯天界威严。我嫁与仙王至今，始终恪守自身，不想，昨日却险些被……我毕竟是个女人，希望公主也能体谅。"

我看她最后说得情义兼备，带着笑，我接着问道："所以娘娘想？"

北渊王后郑重其事道："我也知天界与魔界建交，此刻不便多生事端。那狐王，只要与我认个错，让我剁其一手一脚，就算完了。"

说得真好，北渊王后的确有创意，她当魔界是她家开的，她让剁狐王手脚，那些魔兵不知剁不剁她的？看这位王后说出的话，表面上冠冕堂皇，委实不是简单人，叫她说得都多么好听。不知北渊仙帝怎么娶了她的。

时至此刻，我还不知道狐王怎么"得罪"了她。

最近几日，烦心事颇多，又对上这个北渊王后，本宫实在是，累。

九重旧事

第五章

打心眼儿里，我不觉得狐王会做出她说的那种事。据她说，狐王胡搅蛮缠，出手无礼，实在十分可恶。

可本宫眼里的狐王，清冷一身，孤傲无双。别说无礼蛮缠，能稍微靠人近一些，怕是都不知道狐王愿意不愿意。

可我自然不能明着说北渊王后捏造。

我佯装揉了几下太阳穴，睁开一只眼："这剁手剁脚，颇有难度，主要这个主意，还显得我天族不够大度，娘娘可否换一个方法？"

北渊王后却是个不依不饶的主子，立刻看着我说："他对本宫动手动脚，本宫便剁了他的手脚，并不过分。这些个妖怪们，仗着天界给他们脸面便为非作歹，实在可恨！"

我睨了她一眼，总算她还有点知道，给那群妖怪脸面的也是天界，而不是她北渊王后。她这般挺直腰杆的，到底是托了谁的势。

我观察她实在不像会让步的样子，暗中头疼了几下，方才假笑说："娘娘当然尊贵无比，岂能让旁人轻易占了便宜。可我担心，娘娘这样的处置，不能平抚那群妖精。狐王在魔界威望颇高，要是因此引起魔界反目……"

我原是想，点到即止。北渊王后应该能了解到我的意思才对。可没料，我的话音才刚落，北渊王后身边的仙婢就不服气地冲我说道："听公主这话，难道是要我们王后就此让步不成吗？！我们娘娘是北渊陛下唯一的王后，娘娘被欺负了，别说一个狐王的命，便是要他们这些个妖怪全部偿罪，都不算过分。而今，娘娘只不过要这狐王一手一脚，已是娘娘格外宽容大度了！这也是看在公主面子才如此，娘娘如此照顾公主，公主怎能让娘娘受委屈？"

我含笑着听完，胸中也怒火蹿起了。

我不是没有料到来劝服北渊王后乃是困难重重，相对而言，她比狐王难伺候得多,可这王后和她的仙婢们就是有本事能把人在有心理准备下仍气到胸闷气短。

到现在为止,这个北渊王后表情中只有怒气和得理不饶人,而鲜少,甚至根本没有一般女子在遭遇这样的事情以后,该有的那种羞愤。

正因此,我更肯定狐王不可能对她做了什么。

北渊王后假模假样说道:"绿萼,跟你说过多少次了,别总口无遮拦的。"

绿萼气愤跺脚:"娘娘……"

这二人做戏做足,再这么下去本宫也要失去耐心。我忙趁乱打岔地笑道:"娘娘,本宫不是不知道你受委屈,可此刻关键时期,娘娘应以大局为重。"

我循循善诱,静心规劝,话都说到了这份上,该怎么样也基本决定了。

北渊王后看我的眼神已有些冷淡:"公主是做好了决定才来的?那又何必说这许多。对了,大会还是公主主持的,公主想罚谁,不过一句话而已。我们,听便就是。"

"娘娘这话就说远了……"我笑了笑,还在细心劝说,一边抓住了她的手腕,"娘娘,不如这样,惩罚个狐王并算不了什么,能整个儿让他们魔族削了面子才好。本宫向你保证,这次大会一定以赢告终。将那群不管妖还是魔,彻底丢脸,也当是为了娘娘,也有了个交代。"

北渊王后终于朝我看了看,半晌,才极不情愿地慢慢吞吞开口道:"好,若这次大会赢了,这件事便作罢。"

我料她拒绝不了这样的事情,这种表面为了大局安定的事,她要是明目张胆就回绝了,对她王后的名声又是进一步的危害。

松开她手腕,我带着笑离开王后住所,刚出门笑就挂不住了,于是冷着一张脸再去找月留。

这北渊王后一副温婉纤柔的外表,可性格执拗着呢,据说在北渊仙帝家中曾悬过房梁,远近闻名。

我过去狐王那边的时候月留正站在旁边,我来了狐王也只不过看了我一眼。

我看月留,不知道他成果如何,说服了没有。按理说狐王比北渊王后好说话，但，此事可是王后在他身上泼脏水，那也说不定了。

月留轻握扇道："狐王，北渊王后到底是女流之辈，你若能不计较，容忍些自然好。"

狐王叹了口气，目光自然而然在我身上落了落，方才缓缓说："要知道，我只不过是碰巧去中庭的时候，碰了北渊王后。"

东海龙宫在海底，晚上就点了几千盏水灯，将水面照得通透。北渊王后晚上就是出来欣赏这些奇景的，在婢女搀扶众人追捧下，走了几步路的王后就有些累了，累了就坐在旁边歇歇。

歇的时候，就看见草丛里掉了一个碧绿色的巴掌大的玉佩。

这玉佩就是狐王不慎掉落的。

不明真相的北渊王后让仙婢把玉佩捡了起来，拿在手中观赏。狐王就沿路找了过来，正好两人相碰，擦出火花。

狐王自然要索回玉佩，在龙宫门口的时候，北渊王后就与狐王有过节。虽然最后狐王主动让了她的道，但并没能让王后满意。

再加上王后确实不知道玉佩是狐王的，两人便僵持住了。狐王进门的时候能谦让，但自家的玉佩被王后攥在手里，狐王就绝对让不得了。

争持之间，北渊王后冷笑着把玉佩交给身旁仙婢，并对狐王说，你凭什么说这玉佩是你的。

玉佩没刻字没标记啥的，狐王当然证明不了。王后把玉佩交给仙婢的时候，狐王眼见玉佩落入他手，自然就伸出手去夺了。

这一夺，眼疾手快的北渊王后就去拦住，二人自然就扯在一块了。

这么一来，就成了北渊王后口中，狐王对她的"胡搅蛮缠"，为了玉佩，狐王的确缠了。至于调戏骚扰，就另当别论。且看北渊王后是如何描述当时情况的，我就晓得里头有猫腻，可想不到猫腻还真不小。

唉，这真是不甚光彩的一段插曲。不怪狐王会感觉无奈，尽管狐王清冷，但于他而言，这也真是最大的一桩冤事。

我十分体谅狐王，狐王望着我，只在最后轻声表示说，左右他玉佩也是夺回来了，只要北渊王后能够保证不嚼舌根再闹大，他倒也可以无所谓。

瞧瞧，多么大度识理的狐王。本宫真是没有看错人。

于是，北渊王后和狐王的事情就此表过不提。

仙魔大会进行到关键时刻，吕洞宾和司命这两个人，整天在大会上晃荡来晃荡去，围观的仙魔其他的人没记住，对这两人倒是印象都挺深刻的。

别的不说，吕仙吕情圣，终于又过了把被众女仙仰慕的瘾。

这几天我跟月留坐一块儿旁观大会，也是堪堪累极。每天晚上一回去扎头就睡，龙王将我的寝宫布置得异常华丽，连帐子都用珍珠一串串坠在底下。好东西人人都爱，这些自然也深得本宫的喜欢。

这累了一天，再加上烦心事也多，这所谓日有所思就夜有所梦了，晚上我就梦到了在隐罗山那会儿。那会儿最清闲，亦是最没有包袱的时候。

这么梦着梦着，我还真想起来，我的的确确认识那个老鼠精小吉。

原来在隐罗山沉睡的三百年间，我并非是真的一睡到底丝毫不知事，中间，其实还是醒过一次的。

那一次，还发生过一些也算重大的事，却没想到，过后我竟然完全忘记了那次醒来的经历。直到这次的梦中，才终于恍恍惚惚地记起来。

当日的隐罗山，受我的仙气影响，产出的果子甚多。漂亮异常的水晶果子，估计山中上下皆是。

这些果子我闲时偶尔摘了两个吃，却终究不可能吃太多，于是那漫山遍野的果子，时节长了，香气就愈发得浓郁，就招来了些胆大的妖精散仙们，常常围绕着我的山头转悠。

但因着周围的仙妖几乎都知道这座山头是我的，是以尽管十分眼馋山上的果子，却也没几个人胆敢到山中采摘。偶尔两个小妖上来摸了两个果子，转身就溜走，我也睁只眼闭只眼也就不计较了。

我睡了百年之后，隐罗山疏于管理，常常四野荒寂，听不到声音。我在睡梦中，当然不可能管上许多，自顾安然睡觉。

与我邻居的是一只百灵鸟，鸟儿脾气甚温顺，从来不会主动吵闹。可是那天，百灵的叫声却十分响亮，几乎把山洞周围休眠的动物统统都给吵醒了。

因为百灵于我与别个不同，她是与我做了几百年的邻居，说到底，情谊也算厚了。要是别个吵我我未必醒，但百灵一吵，我就少不得有感应。

于是乎，我就醒了片刻，那片刻，百灵冲进我的山洞告状。

言道我昏睡近几年，山中甚不太平。更是有一只不知从哪来的老妖兴风作浪，将门前那棵树都给劈了。

我因为被百灵和洞外的动静吵得耳根发痛，自己也想图个清静，好让以后睡得更踏实。便起身，跟随百灵走到了洞外面。

百年之后的隐罗山是个什么光景，倒也不像百灵说的那样凄惨。那为非作歹的妖精，我寻了半天，在红罗池水下，找到了妖的真身。

是一条青蛇。

这可不得了，而且，还是条快要化龙的青蛇。

关于蛇修炼成为龙的事，多是存在于上古神话中，蛇要想真的化龙，说真的，概率比一个凡人修炼成仙要难上十倍。而凡人修炼成仙，差不多，是千年才会出现的事。

青蛇化龙，就是青龙。

青龙，更是在金龙之上。四方魁首，圣兽之巅。我当时一看心里就惊讶得不得了，我自是不会去处决这样一条就要成为龙的蛇，而当我看它在池水中痛苦挣扎时，还曾起过帮助的念头。百灵不知其间厉害，找我告状也可理解。

只是这条蛇为什么会找上我隐罗山化龙，却也是个问题。我将百灵打发回去，便在山上转悠起来，在山腰的地方，就看见了一只灰不溜秋的老鼠，抱着树上结的水晶果子大口啃食。

模样之满足，果子之香甜，叫我这个隐罗山之主都忍不住起兴致。

主人家看到有外人偷吃自家种的果子，通常都是个什么反应？直到我伸手拎起被老鼠吃的只剩一个核的水晶果，那老鼠才后知后觉地抬头看见了我。

老鼠这东西实在不怎么讨人喜，它趴在我的水晶果子上也没给我添多少好感。

我挥了一道仙气在它身上，把它打下了树枝。

老鼠修行尚浅，抵受不住在地上滚了几滚，才怯怯地抬头，很是害怕地看着我。

老实说这辈子本宫没被这种眼神看过,愣了愣之后便浮起新鲜感,即便抓到现行也该给个申诉的机会,我就问它为什么偷果子。

老鼠的回答让我再次一晕,它对我讲,听人说,吃山上的仙果,能增添修为。

我在隐罗山待了多年,它虽勉强跟仙山攀上根,但结出的果子确确实实是普通果子,更不要说吃了果子能增添修为了,充其量就是果子长得大一些、甜一些。

我就告诉它此山所有的果子包括花草都是平凡不特殊的,吃了也不可能助长修为。要想成仙还不如踏踏实实吸取日月精华来得稳固。除此外没有捷径可走。因为妖精修炼大多都是朝着仙道一方努力,所以我并未多想就脱口说出来这些道理。

看得出来老鼠精一脸很受教很听话也很顺从的样子。

最后看出它也不是真心要偷吃果子的样子,我叹口气,也就不多做计较了。又见这只老鼠以后也不会做什么扰乱秩序的举动,也无心再去多管。

小吉这名字便是它之后告诉我的,当时只是略略一提,也难怪我事后就没印象了。

这个小吉跟我一起见识了青蛇化龙的奇迹,十分震动,我看它一只普通的小妖,也被感化得差不多了,便甚是满意。

小吉后来还支支吾吾地说:"小妖有个请求……希望殿下能应了我,小妖定感激不尽。"

我就懒懒地叫它说。

"小妖,想留在这山上修行,不知殿下肯不肯同意我留下。"

我愣了下,它要在这修行与旁处其实没甚区别,只是它心中大约以为这是个风水宝地。刚要说话,又见它满眼的恳切恳求,我顿了一下,也就答应了。

我后来只是匆匆写了个折子将青龙一事上报天上的父君,再未管其他事,便再度沉睡不曾醒过。

想不到仅是过了短短百年,这只老鼠,竟然真的修行大增,上回还眼睁睁看着他在我跟前化为人形。我前段时间在隐罗山醒转的时候并没有见这只老鼠,不知它何时离开的,也就忘了个干净。

真想不到,士别三日当刮目相看。

吕洞宾来向我报告,尽管他跟司命把所有点子都想尽了,可是还是没有办法完全压过魔族的气焰。

毕竟以往的仙魔大会也是各有输赢,并没有哪一方完全占上风的局面出现过,况且,魔尊这次既然敢跟我打赌,想必更会采取措施,不管逍遥表面如何荒诞如何轻佻,可他却并非善茬,千年前的大战就是他亲手挑起的,倘若他不是争强好胜之人,根本也不会挑起那场交战。

那么这次仙魔大会,恐怕他会暗中使尽手段,我们想赢他本身就是难事。

我看吕仙吕洞宾这次也是真为难了,平时他不会吐半个不字,他又素来一肚子主意,和司命两个一块儿,能把大会的输赢给拉平委实劳苦功高。

好不容易挨到最后,还是以双方持平的比分到了最后决胜负的时候。

彼时淡定如本宫和月留两人,在旁观看着身上也起了层薄薄的汗,我抬起手挥动袖子扇风,去去燥热。

魔尊俊颜如在云端,朝我微笑:"这最后一场,不如,就由公主殿下代表,和本君决一决胜负如何?"

他的话让我立时怔愣了一下,我抬起了头,逍遥面上只露了一抹淡淡浅笑,眸底深黑一片。

龙王犹豫地看了看我,没吱声。我被那一眼看得一个激灵,竟然让本宫和他决胜负。魔君心术,十分不正。

北渊王后沉吟道:"还有最后一场,便可定输赢。这个法子……倒是最快见分晓的方法。"

我看着妖魔们兴奋的神情,不用说,若我和魔尊比试,等于是在妖怪们心中立起了一个杆,输赢成败都将和天界拴在一起。我们设了最后一招,魔族也有一招,魔尊最后这招拖我下水,用得十分高明。

可是,就算没啥自知,我也知道我打不过魔尊。若是我功力全盛的时候勉强还可拼一拼,可现在,委实不行啊。近日来我也发觉我的法力有所恢复,但恢复的也不过几成而已,看面前这魔尊,哪有一分半毫的不妙。

麻烦的是,我发现在场过半数的神仙都以一种非常期待的眼神看着本宫。被众仙僚如此信任,我却着实没想到。

后来我猜大抵因为我顶了个公主的头衔,所以就好像头顶聚三花看起来格外光辉。天界公主,在某种字面上和魔界君王似乎是同一个层面的,而实际,我心里明白,我和逍遥相比差得很远。

作为魔族千年来最强大的一任尊主,他理应与父君在一个级别上,才说得过去。可我亦明白,在此刻别人可不会这么认为。

我握紧衣袖,眉心蹙起,在这紧要当口,面前的月留伸出一只手臂,顺手将我一拦。他自我身边站了起来,目光清冷,嗓音也悠悠:"我可以代公主迎战。"

他站起来的时候我没留神,此刻立即心里一慌,拉住他袖子,对他连连摇头。

月留却没理睬我,任我晃动甚至做出要掐他手臂的威胁。远处魔尊看着我俩,墨色黑眸里不知是什么想法。

月留又淡淡道:"就怕尊者不给面了。"

魔尊忽而轻轻一笑:"怎么会呢?能和上神公子交一次手,是多么难得的机会。"

听着他们的谈话,更料不到逍遥居然答得很痛快。内心里隐隐有种好似不对的感觉,停止动作,我转头仔细看向了逍遥。他的目光完全落在月留身上,脸上还是那种模糊不清的笑。

心里动了动,本宫也不是那木头疙瘩做的,他这般笑容,我差不多立刻意识到,原来,魔尊的目的根本就是月留而已,我被他扯出来做幌子,狡猾如逍遥,他料定月留会出来替我挡这个邀约。

我捉住月留的手,趁他低头看我,我说道:"别去。"

月留朝我淡笑了一下,伸手将我的手拂下去,轻轻低语:"没事,别担心。"

月留摸了摸我的手,我愣愣还没反应过来,他还有伤没好,如何上得了阵抵抗魔尊?

我站起来,就要再抓住他。但月留躲得很快,动作快到我完全触摸不及。月留目光动了动，这才缓缓贴着我耳朵，说："要是我败了……你记得要另寻法子，夺回仙女的真元。"

我遂震惊了一下，抬起眼睛看着他，没想到月留他早就知道，原来他早就清楚了魔尊和我打的赌，那个非常不公平的赌。

这么说，月留……他又看了天书？这一刻本宫冒出的第一个反应竟然是这个。脸色微红，随后想到，他还看到了什么？

月留他还没比，就已经想到败了。我望着他略有些感慨，我不敢把这归结为他没有信心的表现，到了月留这样的位置是不会有没信心一说的。他……怕是对自己身上的伤有顾虑，面对魔尊也轻易不敢言胜。

月留走到场中，双手微微拢起，他是上神之尊，比我这个上仙又要贵一些。而更重要的是，胜算也大了。

所以激动的人群仍然情绪高昂，没有因为把我换下去了而有丝毫冷场。

我脑后一冒汗，我这一反应迟钝，直接酿成了十分严重的后果。

司命站在我身后，轻轻说："和魔族副将那一场比试，公主或许不应该放弃的。"

大不了那时便不派北斗出场，另派个别的得力的上仙去，至少，此刻不用上神亲自出去。

我懂得司命的想法。

但现在的场面是就算我再后悔，也于事无补。

我只得眼睛盯着场中不动，盼着能看出一星半点儿逍遥的动摇，也能让我燃起希望。可逍遥在坑人一项素来坚如磐石，这次是他处心积虑又怎能让我顺心？

本宫不想表现得瑟瑟缩缩的，就端坐在椅子上不动。

龙王还凑近了问我："上神这般去，不要紧吧？"

就是要紧，目前也没甚方法了。

我神色动了动，逍遥其人，有远胜狐狸的狡诈心地。我不该如此大意，更不该如此轻敌。倘若月留因为这次受了伤，说句煽情的话，我永远不愿宽恕自己。

我立马开口："上神和魔尊，两位动起手，委实有辱斯文了点。依我看还是换个法子较量，比较妥当。"

逍遥的目光与我对接，他一下笑出来："这还没比，公主殿下，就开始担心了呢？"

每回他一叫我公主殿下，我就不妙。他离我好几尺远，可我眼神儿好，就能看见他眼底似有似无的一丝残酷。

那丝残酷更叫我的心内七上八下的，月留执意要上场，他的性子那般固执让我怎么办。我憋不住，还是悠然添了一句："仙魔大会点到即止，讲究平和，就算尊上亲自上阵，也不好太过了。"

逍遥只笑了一声，别过眼，没再理睬。

我话语都噎在喉咙间，真是不得不让人泄气。看得出来，龙王虽然也担心，但他的担心则十分稀少。因为他心底而言，对月留其实是十分相信的。

在我看来，这就更糟，月留的身份这么特别，最浅显的道理就是，他败不起。

他要是真败了或者受了什么重伤，在场这么多仙僚，想瞒都瞒不了。一旦瞒不了，传播开来就会人心不稳。

别人并不会知道月留之前就受过伤，也不会去了解他的事。基本上只会一口认定，月留不敌魔尊，最终被重伤至此。

简直糟糕，我越想越坐立不安，早知道刚才，还是我不顾一切冲上场才好。至少剩下月留能压得住，不至于到现在箭在弦上不得不发的余地。

龙王见我不理他，也悻悻地没说话。

月留面对着魔尊，眸底深沉，说道："尊上开始吧。"

让逍遥开始，就等于让他先动手，月留啊月留，此时此地你怎么能这般托大？

逍遥真就一点没谦让，我就感觉我眼前豁亮一道光就逼过去了，月留立定身形，向后一弯腰就滑了开去。逍遥持着剑锋，笑带点冷意："既然公主殿下强烈要求，那上神，我们就来个君子协定吧，三招定胜负，结果也不会输得太难看。"

月留退了几步，在几步外站定，堪堪说了一声："好。"

本宫私下里想了半天，实在想不透魔尊这股子阴阳怪气针对谁的，说针对我吧本宫又没曾得罪过他,不是我自夸,虽说我身上有些改不掉的毛病让姑姑父君都头疼不已,可是,论到脾气我还数好的。怎么就至于让人处处盯着找茬,匪夷所思。

三招之内的输赢,有个特点就是快。我在想我是否还该感谢魔尊给了我个痛快,怎么说我这颗心悬在月留身上,早点结束我也早点安了。

但即便是三招,其中还有个极惊险的瞬间,月留和逍遥靠近的时候,有个一错身的距离。

逍遥嘴巴连续动了动,隐约对月留说了什么。

月留的神色也有丝变化,随后两人便迅速分开,站回到双方原先的位置,这一下,月留的衣袖被逍遥的铁刃割破了一角,随后比赛结束。

两人交错的时候极短,但本宫看得疑窦丛生。因这两人之间绝对不可能有悄悄话讲,魔尊这般举动为何?

月留再次拢起袖子,不动声色看向逍遥。

逍遥轻笑:"刚才都忘了,我和上神比试,怎么也不请个见证人。这样的输赢,要如何算。"

我朝司命看了看,他是负责整场大会的判官,按理说所有的比赛应当都是属于他监管,所谓的见证人,他是最合适的那个。月留轻轻道:"在场这么多客,这么多双眼睛,想必,大家自然也都心中有数了。"

逍遥道:"我也这么认为。"

月留衣裳被割破了一角,端看逍遥上下完整,言笑晏晏的,我猜测,他现在心里八成是很得意的。

月留朝我走过来,我忍了忍,寻思,还是什么都不问的好。月留看了看我,坐到我身边,片刻,听他轻声说:"说了不会有事的,你不用再担心。"

我一面感慨此时此刻他还能有心思过问我,该说他胸襟大呢还是别的什么。无奈之中,本宫也只好冲他很放心地笑了一下。

月留终于没再同我计较。

我觉得此时这种情境还是越早散了越好,暗中使眼色让司命收拾残局后,挥挥袖子带着月留趁乱撤了。等观看的仙妖回过味来哪家的主子胜了之后定然会争论不休,这般争论之后,又得过个三五日。

这三五日，真得从长计议。不管他们争论出什么结果，仙女的真元不能不要，玉桓的生死不能不顾。

我拉着月留走在路上边在脑子里一直盘算事情怎么办，月留忽然道："你可怪我？"

我一愣，月留说话总是不知从何说起，他的心思有时候，真如那些女子般，格外重。我望了望他："怎么都怪不到你头上。"

他看了我良久，半晌，才笑了笑："怪不到我头上，却并不是不怪我，对不对？"

我又语塞了，怎的最近连说话都恁地不对头。好歹我谨慎地又琢磨了一回，对着他慢慢道："结果输赢都无所谓，你上去的时候，我顶担忧的是你会不会就这么受了伤。"

我垂下眼睑，我都这么说了，你也该懂了。

月留捏了捏我的手，蓦地轻笑："走吧。"

直接将月留送到他自己的厢房后，我才独自低头离开。

我走到花园里放慢脚步渐渐停下，水草丛里探出一路跟过来的脑袋，我勾勾手指叫出老鼠精："你过来，我问你个事。"

老鼠精颠颠跑到我跟前，道："公主找小吉什么事。"

我顿了顿，才转头眯眼看了他，轻言道："我知道你们老鼠耳朵一向很尖，刚才在大会上，你有无听见那魔尊，和上神说了什么？"

小吉的眼睛亮了亮。

我看它嘴巴动了那么几下，我和颜悦色地循循善诱："你好生地照着学一遍，本宫不会亏待你。"

小吉抬着脑袋看我："殿下，殿下，我是听见魔尊说了，说：'你身中尸咒未解，又来动武，不怕幽王再减你几年寿命？'"

幽王很厉害。我时常听老辈的神仙说，别看幽王的官衔比那些上仙上君还差得远，可上仙上君要是一个不慎，堕入到了凡尘什么的，该着倒霉，管你什么神格仙命，幽王生死簿上大笔一挥，任你什么修为的神仙都得折腰。

我带着浓汤去看月留，汤是用千年何首乌熬成，去厢房的路上，我心中回荡着昔日许多类似心情,有种沉于浮华表面的淡淡感动。

推开房门,月留歪在榻上,正捧着一卷书。

我不由得盯着他的脸瞧,有点略白,精神头倒似和平常无异。但现今这种表象的东西,却叫我怎么再敢相信。

月留鼻子皱了皱,放下书,朝我看来,又看了看我手中的东西,道:"你把龙宫的膳房搬来了?"

我笑着上前把汤给放下了,说道:"差不多了。"

一碗汤里我放了仙丹灵药无数奇珍,就是龙宫整个膳房里,也未必藏有这许多的宝贝。

我把药给他端过去,晏晏笑道:"上神此番辛苦,为了我天界出力甚多,来,喝完这碗汤,也算犒劳一下。"

月留缓缓地看着我:"只是一道划伤,公主有必要这般劳师动众么?"

我轻轻地接了一句:"上神千金贵体,一丝的损伤都是严重的,不能等闲视之。"

月留看了看我那碗药,倒是出乎意料笑了笑,才抬眼对我说:"我是千金贵体,你这样为我奔波,我也很受不住。"

"有什么受不住。"我看他越说越远,立刻制止,"月留你莫这样说,一说就生分了。"

他又笑:"倒好像你跟我多么亲密似的。"

我本想立即说"难道不亲密""莫非不亲密么""还是不够亲密",我忍了忍,想这会儿,还是别表现得太明显。

我热心地又将汤递给他,连同勺子一块儿,直接塞到了他手里。

月留的性子就那么个样,吃不住我这般紧迫,他就端起碗喝汤。香味浓郁飘散在屋内,他喝了一会,抬起头来,望着我说:"奇怪,我今日的样子与往日比并无甚特别,你总看着我做什么?"

我垂了垂眼皮,后抬起来与他笑了笑:"我自是总担心你还有别处不舒适,担心照顾得不周全么。"

月留默了半天,慢慢对我露出笑:"你自然是很周全的。"

我点头,也冲他笑着:"既是觉得周全,你把汤喝完了便是。"

喝药这个事儿我始终觉着太过忌讳了,改为喝汤,汤熬得浓一些,熬成十全大补汤。喝着未必没有药的效果好。

我是这么想的,但月留渐渐地将一碗汤喝了之后,却对我说道:"这汤虽然味道很鲜,但寻常人到底还是喝不起,里面搁的这些个材料,恐怕寻都要寻上许久。所浪费人力心力,实在不宜常喝。"

我不禁再次想起月留真是体恤下情的好上神,好得他自己都躺倒了,还有空管这管那。可我也不好在这就严正教训了他,就咽下了言语,将勺子和瓷碗拿过来,对他道:"你就莫要想那么多了。"

月留看我拿开了手,面上有些顿住,片刻低声说:"我没有辜负你心意的意思。"

我在榻边站起身,露出微笑:"月留,我说你这个心思,实在是重得很,我几时说你什么了,你就喜欢自己猜测,你对别人,也是这样么?"

他愣了愣,淡淡一笑:"不这么着。"

我滞了一下,半天,心里才想你不这么着那对我也别这么着吧。

月留端详我半晌,细细道:"如今大会后续肯定纷乱,你一人之力,打算怎么掌握? 你当心魔族借此做文章。"

我说道:"说起来,这本该就是我负责的事儿,父君来的书信上也让我好好主持。是我躲懒,才把事情丢到别人头上,现在,我不过是重新拾起来而已。"

月留后来笑得清淡:"你这样说,我自是信你的。"

我看了看他,转身拎着东西出门。

我扶着门框拎着收拾齐整的碗筷站在门边,心里忽然微凄,月留,你该这么信我,你能一直信我才好。

我费了好大的力气,才让自己没露出破绽,可是任要怎么样,我也不能够再装那淡定样子了。正如那话说的,装,是个技术活。

刚出房门遇见龙王,我交代他:"东海近来可能不安稳,龙王最近,可得看护好上神,毕竟上神受伤,本宫也很是心焦。"

龙王听后频频点头,看着我说:"公主与上神早有婚约,名为伉俪,公主担心是自然的。"

被他这一番堂堂正正的话堵得无话可说,我无奈地擦过他走了。

结果和龙王两路分开,转眼小吉又从另一条道上朝我迎来。小吉的人身不是很好看,基本秉承它的原型,还是毫不起眼,等哪天能变作个玉树临风美男子,离大成也就不远了。

小吉俯下身,仰头看我,明显有事,才说:"公主,刚才魔君让我转达您,问你,这场比试,究竟算谁赢了?"

我神色渐渐敛起来,默念,不落井下石不是魔族作风,不趁乱追讨不是逍遥本性。

我默然片刻,有些沉重开口道:"你跟他说,是他赢了。"

我没想到费心神了半天还会是这样的结果,并且此刻我也再没心思和他辩论。他赢了,仙女的真元他定然便不会主动交出,我还需另外想办法。何况现在不止女仙、玉桓,还有月留。

最让我心系的人,为什么都到了绝境边缘?

事情证明,小老鼠虽是修成了人身,但眼力见儿还是不如人,小吉又追了一步,问道:"公主殿下,魔尊那人说,你还记不记得当初约定好,他胜了您就要答应他一个要求?"

我听这话不禁恼怒,火道:"他还有什么要求?"

小吉总算还有点脑子,眼珠子转了转,知道不宜多说,闭嘴了。

我刚要开口,想起人多嘴杂,里面还躺着月留,再这样下去真的不好。我拿出耐性来,总算暂且按捺下去。

小吉赶上前安慰我:"公主,你别生气,那魔尊就算再轻狂些,怎么说他现在也是在我们的地盘儿,东海龙宫有西雁山龙脉紫气护体,谅他不能乱来。"

我瞥他一眼,慢慢说:"你想得也太简单了。"别说紫气,就是金气龙气都在,那逍遥什么时候怕过?

他是统领魔界的魔君,做过万般残忍的事,从来只有他让别人痛苦不堪,他又怎会怕别人。

后来小吉还是被我打发出去四处晃悠,这几天我就负责给月留煲汤,龙王心里多少有点愧意,奇珍异宝不吝啬地一股脑儿往我手中送,我乐得用这些材料再熬一锅粥，端给月留让他喝下去。

月留最后瞪着我，无话可说。

逍遥也优哉游哉，好似并不催我。他胸有成竹抱定胜负，自然跟我拖得起。我每天除了端汤给月留的时候，心里也会为了这些事发虚。

后来月留看出我心情，便也曾劝慰我道："你也不用太担心，俗话说车到山前必有路，要是逍遥魔尊还是一意固执，你便抓着他把柄，跟他彻底翻脸也没什么大不了。到时众仙，也一定站你这边。"

我苦笑："我就怕抓不到他把柄，他比狐狸都狡猾。"

拿女仙威胁我这事，他也是在暗地里说的，明面上，他可是样样做得滴水不漏。我暗中派人去查访，都没查出半点蛛丝马迹。是以此时此刻，我才格外觉得无能为力了。

月留沉默了一会，才道："至少目前，看得出他还不想跟天界闹翻，不然他不会遮盖着这件事，引而不发。"

正是因为他这么悬着，所以我的心也就悬着没放下来过。

一边要顾及情面，一边要暗地苦思对策，实乃累事。

月留看着我，伸手牵了牵我的手，第一次见他沉默了那么久。后来像是要安慰我，他微笑了一下："你也莫在这愁天愁地的了，即便最后天塌下来，还有帝君顶着，你不会还忘了你有位父君吧？"

天上地下，我还有我那位无所不能的父君，这也是我无论到何种地步，都比其他人强的一点，只要我背后还站着父君，我就永远也走不到绝望那一步。

东西方沧海桑田几百千年，纵然所有人事变迁，我的父君也仍会继续存在。他是九重天的帝君，只要他不禅让帝位，他就一直是。这是自小，即使不用任何人告诉我，我也知道的事实。

不得不说，月留搬出来的这个说辞，还是很管用的。最起码我的心情立刻不再那么阴云密布，多了点点开心。

即便父君此时远水解不了近渴，也不代表我就没法子了。

饭后从月留房里出来，我沿着路边散步。虽然我照看月留，但也不能一整天都跟他待一块，不然我受不了，他恐怕心里也会有点受不了。前方树影森森，是一大片珊瑚礁，龙王会收拾地方，景色弄得跟海上仙界也差不多。

前方有一块珊瑚礁的阴影，和人影重叠了，我没看清楚。待走到跟前，才发觉已经差不多快跟一个人撞上了。

我抬起头一看，居然是狐王。

雪衣银发，别样双眸。

我立刻往后退一步，眼睛盯着他脸，反射性开口："不知狐王有何贵干？"说了觉得不对，好像在此地遇见狐王属于巧合，自然也问不出人家有何贵干。

狐王今日看着和往日有些不同，闲散悠然，看得我再次觉得狐王实在很有仙骨。他闲闲一笑："鲜少见公主殿下这般慌张。"

须知，神仙中长得像妖魔的不多，但妖魔长得似神仙的，更加稀有。

狐王不是简单的人，单从他曾在我面前或多或少出卖过老谋深算的魔尊，而此刻却仍旧好端端的，丝毫没被魔尊找过麻烦的样子，就知道狐王长仪并不是省油的灯了。

我当场回他，夹杂了客套的笑："在这里遇见狐王，真巧。"

狐王的目光在我脸上扫过，意有所指地停住，半晌轻轻开口："公主不需这般客套，清离蒙你搭救之恩，始终没齿难忘。"

我忽然觉得，在这位狐王面前送人情，当初真是做对了一件事。让狐狸欠你的恩情不容易，更何况是狐王。我淡淡看向他笑道："不知你愿不愿意还这份恩情？"

狐王没正面回答："公主也知道，妖与魔，看似同宗，其实有差。魔是万宗之主，我委实干涉不了那位魔尊行事，恐怕要请公主恕我爱莫能助。"

这般直接，我看了看他，心里陡然就是一动，魔是万宗，狐王是妖王。我望着他："北冥妖后藏花，狐王可能认识？"

狐王面容清淡："不熟。"

"想不到公主和狐王，竟能够相谈甚欢。"自旁边传来一道声音，我循声扭头，北渊王后携着一众仙婢，不知何时起堵在了路当中。

北渊王后真是我此刻最不愿意见到的人，因着她也打断了我和狐王的谈话。奈何此刻，她还偏偏狐疑满面地盯过来，显然她不能理解我和狐王会有什么话好谈。

这位王后素来剽悍，我不愿被她落下日后话柄，所以果断中止了对话，朝狐王看了眼。

狐王心中有数，慢慢向路的另一边走。我与他擦肩，那一刻在他耳畔含笑出声："我实在很欢喜狐王，不知狐王愿意不愿意弃魔成仙，本宫可以渡一渡你。"

本宫在狐王面前似玩笑似不正经的言辞看似并没起到多大的作用，说起渊源来就有些趋于复杂，按理说狐王早有仙根，加上他那么高深的修为，他要是想成仙，恐怕百千年的时间就能做到了。

可是狐王并没有这么做，他不做狐仙，只做狐妖。这中间恐怕就有一个原因，妖比仙自由。

狐族本性不喜拘束，狐王宁愿作为妖过完一生的想法，就不难以理解了。对狐王来说，成仙的诱惑当然远没有那么大。他一代狐王，风流人物，成仙或者不成仙，对他而言没有分别，成仙还平白失去了往日自由。

所以我也只不过，真的是随口说说而已。妖界素来宽松，何况他这样一个修为深厚，随时可以成仙的妖，比起一般妖，又多了许多特权。

说句大实话，便是魔尊本人，也被天界当作贼一般地防着，哪里比得上狐王潇洒自如？

这天我出门，打第一眼看到，月留竟然好端端地站在院子里。

这一惊非同小可，我立即迎了上去，方才我还正打算去看看他，如今他怎么就下得床来了？

"月留，"我到他跟前，吃惊不小，"你怎的到我这来了？"

月留望着我："我又不是大姑娘，至于天天躺着么？"

我哑了哑，月留确实不是大姑娘。可他那伤难道不该躺着养？月留笑："奇怪，你怎么这次这样紧张，我的伤说严重又不严重的，你何至于把我这样金贵地养着？"

我讪笑，等了好半晌才说话："你不是为了天界才受伤的么？再加上前些日去人间，你又没有恢复，伤上加伤，别光说我，你自己更应该多顾着自己。"

月留低头，轻轻扯动嘴角笑："好吧，算你有理。"

我跟月留在园子里散步，试想，本宫当了万把年的神仙，还鲜少有这样与人并肩徐行的时候。印象中最多的，便是和月留。

"近日你也挺心烦，唔，我也帮不了你大忙。"走着走着月留忽然说。

我停了停，他转头看我："我知道这话有些矫情了，可是非但没帮你什么，还累你这些日子一直照顾我。"

望着他那神情，听着他那话，我指望再酸他一酸，想反问"难道我受伤，你不照顾我？"或"在我看来，照顾你都是应当的"，可本宫到底没能那么酸。

我勾住他的手臂，涎笑道："能得到照顾月留上神的机会，我也实在很欢喜。"

月留兴许是被我的不正经压得无话可说了，一时对我搭在他臂弯里的手也没甚表示，沉默着继续走。

关于比赛胜负的事，我也不能老拖着，委实对不起龙王。那么多魔兵驻扎在东海不走，心里最悬的，其实是龙王。魔尊再怎么表现得云淡风轻按兵不动，可毕竟魔族的人一日还在此地，东海，包括众仙僚和我都是难以真正平静。

看了他一眼，我缓道："我想去幽界一趟，一来查探查探有无仙女的踪影，顺便看看生死簿。倘若女仙们的真元是被魔尊藏在了魔界，那幽王的幽界就是最接近魔族的地方。"

月留眸子缩了一下，说："我陪你一起。"

我摇头，一副平淡的样子："你留下吧，要是连你也走，龙王会撞头的。"

月留没有再作声，我看着他的脸，亦没有再出声。

我同他散步散得正好，就看到龙王慌里慌张地跑了过来，一脸受惊过度的表情。刚说龙王龙王就到，他一看月留和我都在，也顾不得什么，就上来汇报说："上神，东海上方出现异样紫气，就快弥漫得整个东海海面都是。"

紫气，祥瑞的征兆。神仙中能飘紫气的也不多，只是谁的紫气能飘得东海海面都是？我心下凛了凛，和月留就往龙宫门口赶去。最近不寻常事太多，我心里也觉得，凡间多说的话会应验的道理我也有连番体验。

龙宫大门前已经被堵了个严实,效果比仙魔大会刚开赛那天北渊王后和狐王的争端还要惹人瞩目。昔日镇守南天门的天兵天将如今悉数整齐地在龙王门前排成两列,把原先东海的虾兵蟹将对比得无地自容。话说天兵天将我许久没见了,这种种的巍峨做派叫我既眼熟又有些不大敢相信。

看了看旁边龙王,我有些理解龙王那既有些害怕又情绪激越的表情了。

月留站在我身边,抬头看着海面,虚起眼睛:"这恐怕是……"

我渐渐扶了额头,心中叹息。父君,这金光委实是父君的金光,天兵天将也的确是父君派下来的天兵天将。可叹我昨夜睡梦中还念着父君,怀疑父君是不是把我忘了,今天父君就像人间话本子上写的那样,踏着七彩祥光朝着我直奔来了。

圆梦星君近日处处让我心想事成,也不知是不是为了补偿我之前处处磕绊的损失。

父君刚从西天如来那儿归来,一身打扮得甚是朴素,从金龙车上下来,他如往常一般挥了挥袖子,抖出了一地清风。

可惜这是在东海,抖出来的不是风,而是层层水波。龙王的冷汗从头上下来,扑通一声就跪了,这一跪就起不来了,我看龙王已然激动得快要晕过去。

父君虚着眼,望着地上龙君,大度雍容说了一句:"哟,龙卿,你这是怎的? 无须行此大礼,快快起来。"

又朝我睨了一眼:"梦璃,还不快扶龙君起来!"

我不敢怠慢,收拾神色就伸出手去搀扶龙王。却不料手刚触碰到龙王手臂,龙王身子一抖,彻底晕厥过去了。

我心想我这父君一回来,就准不干好事,龙王从来不曾见过天帝,此刻竟能在东海龙宫跪迎尊驾,他哪里经受得住?

我抬头看父君,见父君是一脸淡然地望着龙土,我不由再次叹了口气。

还好月留此刻拱起了手,清朗沉静道:"月留见过天虚帝君,没一早发现,有失远迎。"

龙王好歹是一方之王,被吓成这样,他也好意思。

我不大待见父君这一番的做派,自打月留开口说话了以后,父君的眼睛便立即落到了月留身上，竟是眯眼一笑，亲切道："月留，近来可好？是否跟着梦璃，让你辛苦了？"

月留嘴角动了动，半晌才清淡说出两个字："尚可。"

我那父君尽管表现得再庄重，笑容还是无法跟他表现的一样那么庄重。幸好他是天帝，没人会注意看他的笑。彼时他被龙宫一众前呼后拥迎进去，我脑子还有点转不过来。

月留在我旁边捅了捅我，唤我一声"梦璃"。

我脸红了红。

心头却思绪纷飞，已经过了这么些日子，父君总算听完了他的经。他没有直接回天界而是明显绕路地来到了仙魔大会上，父君他心里想的什么，我不甚了解。他的出现少不了要将本次已经落幕的大会结果来个颠倒，反正八荒九州也没人会不买他的面子。

这对我来说不能不说是相当好的一件事，本来面临的险阻重重的困境也能柳暗花明，可我的心情还是难以平定下来，看着父君的身影消失在前头，我竟然失神了片刻。

月留低低问我："你还要去幽界吗？"

我怔愣片刻，转头看他，又愣片刻，才终是咬了咬唇，继而摇了摇头。

我想从幽界找的答案，不如直接去问父君来得痛快。

月留不知我真正心思，我也不想叫他看透，于是假意追随父君，一径往前去了。我一开始应对逍遥的诡计没有把握，明面上又不能把他怎么样，但父君与我自然不同，我想了想，拐道去问司命一桩事。

我看到司命正伏在案上奋笔疾书，问他："你们早前是否有人写过折子，向父君汇报女仙们失踪的事？"

司命停下笔，看了我半晌，回我："事前纯阳真人是有写过一份的，说不准，帝君回来的时候，正好看见了。"

我一想也有理，这么说父君飘然驾临东海不光是为了大会，重点还是为了白玉仙子她们。

可是，不知父君和逍遥那人谈了什么，下午过后，魔族一干副帅将士，就拔营出东海，驾着九族蛇兽，纷纷回魔界了。

我一下午也没见着父君的人。

想当初，是我天上地下跟着父君转，围着他四处跑。父君那张脸，就整日与我相对。可如今，隔了千百年，在这小小一片龙宫，我连他影子都见不到了。我不禁感慨万千。

东海龙宫的白天黑夜非常明显，让我这个从天上下来的上仙还有些不习惯。到了晚上，连走路都磕磕绊绊。但今天是为了见父君，尽管磕绊了点，我还是摸到了据说是东海最大最舒适的花园。

父君在一群仙婢的伺候下刚刚梳洗完毕，他梳着湿淋淋的头发，挂着湿衣裳，在热泉边坐着。

我走过去，站在他背后唤了声"父君"。

他这才转身，正式看了看我。之前在龙宫门口，他顾着展现天帝风范，尽管和我说了话，但眼皮也没朝我身上搭。

我笑了笑，走过去坐到他身边。

父君拉了拉我的头发，将我散乱的发丝卷到肩膀后，说："小女娃子，也注意着点形象，整天没边地跑，没个正经样子。"

许久未享受过父君的关心，我微微眯了一眯眼。随后慢慢笑，赶紧讨好道："还都是凭着父君你疼我。"

父君接下来说了一句凡间爹娘时常面对撒娇女儿必说的一番话："你都这么大了，我总不能疼你一辈子。"

私以为这句话套用在我身上很不合适，父君要是想疼我，千千万万年他都疼得下去，他又没有凡人寿命的拘束。所以说这话，他就是醉翁之意不在酒。

果然下一句他就说道："你对我给你选的夫君，满不满意？"

我扭过头看着热泉，本想不说话。

可父君又眯眼说："适才刚来的时候，我观你与月留，很是亲密。看来，你是满意的。"

我耳根发麻，话都叫他一人说了，我还能怎么不满意。

我转过头，看他："父君，可是月留他……"

父君道："他怎的？ 总不会对你不好吧？"

我话到嘴边，却怎么也说不出口了。小吉说月留身中尸咒未解，一直都让我心里七上八下。然而面对父君，我不知为何就像丧失了说话能力，说也说不出口。

半晌，父君凝视我开腔了："你有什么话就说吧，别跟我这绕弯子了。"

我望了他一眼，眼睑垂下去。在心里幽幽道，父君。

"我抚养了你八万年，你什么心思我还不知道吗？"父君的声音，响在头顶。

我捏了捏袖子，缓缓抬头凝望他："最近，我知道一些事。"

父君没动静："你都知道什么了？"

我又咬了咬舌尖，才好似艰难地说："父君，我想知道，月留和幽王之间……是否有什么协定？幽王，是否借寿给了月留？"

父君的神色没怎么动，坐在热泉边身体也没挪动，他掬了一把水，轻轻洗在我脸上。

我只知道，和幽王有的协定，无外乎阴阳。阴阳协调，无论神仙或是凡人，都不应该也不能，主动和幽王定下协议。

因为幽王协议只有一种，不管是谁，都得折寿。

这个不管是谁，当然也包括月留。

父君洗着我的脸，一边注视我，仙婢们也如木雕做成。父君后来说："月留的决定，你应该尊重。"

我一下子觉得心被击了一把，虽不至于五脏六腑都揉起来，可也感觉差不多了。我抓住父君的袖子，说："这怎么能，月留他犯了多大的事，幽王的生死约也能让他动吗？父君你说你指望我嫁给他，怎么能让他就……"

后面的话我就说不出来了。

父君最后被我晃了多次，看着我皱眉，伸了几下才抓到我的手："梦璃，听我说。"

我停下来，我听他说，只要他说怎么帮月留，我都听他说。父君一边扣住了我的手腕，缓缓说："月留的生死约是他自己求的，否则他一个上神，何至于要受那个罪。既是他自己求的，我便也没有办法。"

我瞪着他，欲将手拉出来。

父君不得已又皱眉："好了，你别一副拼老命的样子，我应你月留绝不会被生死约捆住，他会好好的，活得长长久久。这总行了吧？"

我嘴巴动了动，终于破涕为笑，上前欲靠着他。刚攀到他肩膀："父君怎么说？"

我就知道父君不会做那等亏心事，岂能刚把我指给月留，那边就让他和幽王定了生死约。他不会这般害月留，他亦不会这般对不起我。

父君蹙眉："女大不中留，方才还不肯承认动了心，这会就在我面前失心落魄。"

我虽由得他说，望着热泉还是担心重重，不信生死约这么轻易就解。

父君望了望我，道："生死约虽然是幽王殿上第一难解的约定，关系到两界阴阳。但，并非全无法子，总有更强大的力量，能压制住。"

我自是着急："是什么？"

父君却一默："现在还不能告诉你。不过，你也不用太操之过急。月留此刻还好好的，又不会有事。"

我欲言又止，月留是看着没什么事，可难保变化。他法力不如从前，还有我也是莫名其妙失去大部分法力至今未恢复，这都是我心里的谜团，都想一一问父君要解释，可他如果像刚才那般一句实话不告诉我就把我搪塞了，我想着也会觉得不甘心。

父君却背转过身，对着热泉挥了挥手，不欲再向我多吐露什么。

他轻轻对我说："去吧，我要休息了。"

仙婢们伺候他宽衣，为他倒上水酒。父君一身清凉，看着也颇得意趣。

我不打扰他享受温柔，低头去了。胸口很少有压着这么多事的，走起路来也没法步履轻松。

我本想去寻月留唠一会，可想想他休息一趟也不容易，父君来了，他晚上终于能放心睡。便改变了主意，不去叨扰他了。

这么多年，父君身边都只有一群仙婢伺候着，我倒是跟他开玩笑问过，当初他和谁生的我，咱们九重天为何竟没有个天后？

父君只笑，第一次跟我说我的母后是神魔大战那会儿离开了后位，是上代情仙，她离开之后，就把情仙之位传给了我。父君极少提到的这桩事情，想他堂堂天帝,难得不好女色。再对比北渊王,联想他那位王后,父君真是忒英明的一个人了。

我因为对母后没有印象,对父君就是更加感激,他拉扯我到大,还帮我渡过天劫混了上仙,父君委实不容易。

魔族离开后,父君不知为何却没有立刻离开东海,反而逗留了两天。龙王战战兢兢地伺候,生怕弄得不好。

我终于有时间去过问那只小老鼠的事儿,我当时还有先见之明地想,隐罗山不要又出了什么事,让它千里迢迢地来寻我这隐罗山主人。走到半道上,却又被海里弯弯曲曲的珊瑚路绕得头晕脑涨,结果转头间,有人拉着我的手,把我带到了正确的路上。

我望着更加消瘦的月留,有些含蓄地笑了一下:"我还想着这几天不去吵你,让你休息,想不到你自己出来了。"

月留拍拍我的肩,径自执起我的手,转过身随我一道向前面走。

我没与他提别的事儿,我心想只要月留不问,我也不想让他有什么后顾之忧。就让他以为他将一切关照得很好,便可。

这么久来我已经习惯同他这般亲近,觉得无比自然。想想我过去那性子,天庭除了吕洞宾也没几个同我真正熟的。以前就在姑姑那厮混,姑姑去观音那儿了,我就时常窝在寝宫一亩三分地不出去,自个还挺得趣。

可不承想认识了月留,这般相处着,竟让本宫觉得一天不和他出来逛逛,都觉得不舒服了。

我还跟父君说:"你同姑姑一个去佛祖处,一个在观音那,还真是会挑。"

父君懒懒的:"佛法高深莫测,本帝君这次去受益匪浅。梦璃,你也该找个地方好好清修一下。"

我在隐罗山那场清修,是睡觉度过的,严格讲起来,也不算清修。

我又叹息想,见到了父君,可许久没见到姑姑了。姑姑在观音那儿的清修,却不知又需多少时间。父君那时望着我,没有接话。

正好小老鼠从面前跑过,我和月留便停下,出声叫住它:"小吉,你怎么会混到东海来?"

小吉回头发现我,又跪在地上磕头,眼中含泪道:"公主,还记得那条水池里的青蛇吗，它化成龙后非常不安分，隐罗山最近被它搅得不太平，我是来找公主报信的。"

青蛇？

我愣了一下，立刻问道："怎么回事，你细细说与我听。"

小吉就道："青蛇化成了龙，咱们山上没人是它对手了。青龙就盘踞在山头上，盘踞了一百年。隐罗山都被它给控制了，但青龙神格上应该是属于天界守护四圣兽的，可是天界又早已有了一条青龙，这条隐罗山蛇化出的龙就没了地方，毕竟四圣兽只能有一只，出现了第二个，就是异数。时间长了，可能这条千辛万苦褪了蛇身的青龙也有些暴躁了，就经常在隐罗山搞出大大小小的麻烦，让山上的精怪都不得安宁。"

小老鼠能说出这一番话，明事理通天地，委实让我很吃惊。我道："我百年前发现青龙时，就曾上报父君，怎么，没人下凡处理吗？"

小吉摇头，期期艾艾道："本来小妖也是在山上修炼得好好的，修为大有长进……"它到现在仍固执觉得它的修为大涨得益于隐罗山的人杰地灵。

我说："那为何前段时间，我三百年修满出山之时，没有发现它？"

小吉脸色发苦："公主，当时它肯定盘旋在山顶上呢，是您没发现吧？当时我已经离开了隐罗山，出现了什么意外也不太清楚。"

我耳根热了热，彼时也许是我大意了。

月留转脸看向我："梦璃，青龙一向法力无边，此事你恐怕得禀报帝君，好好处理才行。"

我望他点头："我也正有此意。"

青蛇修炼成龙固然是奇迹，可奈何被天规束缚着，虽为青龙，却要受禁锢难以大展其怀。

想来这对那条青龙，也是十分不公的吧。

月留说道："你去禀明帝君，我和你一起去。"

看着他，本宫心头委实有些感动。

去热泉向父君说明这件事，父君也很是惋惜，当年他收到我的奏折，也是不知道如何妥当处理这桩意料之外的棘手之事，毕竟这件事可能让各司其职的圣兽们出现变动，兹事体大，父君便暂时耽搁了。如今青龙犯忌，父君又嘱咐我，切不可妄动，此去务必先将青龙带回天界，先将青龙带回去，他再施手段。

我和月留领命，当天就偕同小吉赶往了隐罗山。

此次山上已是乌云密布，任我再马虎，也不得不注意到了。

月留先上前一步，冲前挥了一下手，那些云渐渐散了，露出隐罗山原先的面貌。我仔细瞥了瞥，山头上却没有盘着那条龙。

小吉轻声道："说不定青龙发现了公主和上神来到，预先就躲起来了。"

就算躲，也不会躲到什么地方。我对月留点点头，带头驾云向那山中行去。

说实在的，我看到的时候被湖底窝着的那条几乎分不清形状的家伙吓了一跳。我知道青龙修成之后身躯会更加庞大，但见方圆二里的湖中此刻已是满满一片青色，也委实惊人。青龙蜷缩在里面，一动不动，倒是没什么要危害四方的意图。

饶是如此，但我和月留仍是提起了一万分的小心，慢慢落地。小吉就站在我身后，只把脖子伸长朝湖里望。

所谓的小心处理，就是暂时不敢轻举妄动了。先搞清这条身形庞大的龙为什么躁动，修行不易，我等也不是没有怜弱的心。我念了声佛号，天道仁慈，万物为善。

我没想到这趟昔日山头之行会发生那么不寻常的事情。

月留先挡了我，率先抬步走向了那条龙。我下意识就要去阻止他，想到他如今伤重，未必是青龙对手。

我转头道："干脆我上天，把降魔天君叫来，他那儿有擒龙术，定可轻易降服。"

月留顿了一下，看着我面色古怪："算了吧，为了条龙还特地请天君下来，不必了。再说了，这儿毕竟是你的山头，我想你能解决。"

这是给我戴高帽子了，可本宫未必受得起这顶帽子。

我没拦住，他就去了。见他挥出一道蓝光直罩青龙头顶，难得他还能准确辨认出龙头的位置。

那条龙扭了扭身子，之后就没下文了。

我大胆上前一步，和他并肩："我看你还是别用这法子，万一龙颜大怒，虽然我俩不至于被怒火怎么着，但这满山的小野兽可就逃不脱了。"

月留道："你有好计策？"

我正在考虑冥思苦想，却见那一直没甚动静的水面就跟喝醉酒的人走路一样摇晃起来，这波涛不是太汹涌，可愣是把龙的身体也带动起来，此时青龙就像躺在摇篮里那般，一摇三晃，晃得我和旁边月留很是胆战心惊。

胆战心惊着我方才的话就应验了，龙头说起来就起来，那一瞬有什么东西划过我脸庞，像发丝一样柔凉柔凉的。是半尺长的龙须，比东海老龙王的胡须还要正宗。

一百年前，我没仔细看，那条化龙的青蛇是雌是雄，我估摸着它是条女青蛇，就像白娘子她妹妹小青一样。可看着虎虎生风的龙须，约莫是我当初想错了，这货真价实是龙族汉子。

看它的架势，我有一丝担心它会攻击我们。刚伸手拽住月留手腕，那龙果真就朝我们爬了过来。

本宫本着度人之心非常掐准时机，语重心长地对那条龙晓以大义："你敢攻击上神，就是条逆龙，这辈子，你就与天道彻底无缘了。"

我知道我这番话一定是掐中命脉，不偏不倚刚好能让这条千辛万苦入道的龙有点儿顾忌，而且使它明白它面前站的是上神。

青龙暂时没有再动。我和月留得以喘息，小吉非常硬气地没有躲得很远，而只是在离我们很近的一棵树后藏着。

我考虑再三，最担心的还是这条龙要入魔，所谓入魔道，便要彻底褪去仙格，到达九幽冥烈火的至深处，那就是我们时常说的万劫不复。

我怕就怕的是这条龙生了哀怨心思，觉得自个儿被天界抛弃了，修成了龙也无济于事。到时候万一想不开堕落魔界，可就便宜死逍遥那混蛋了。一想到那家伙才在大会上赢了我，而今再要便宜他，纵使本宫大度，也不能大度到那程度。

为今之计，定要安抚下这条青龙的情绪。

我清清嗓子，许久没有劝过人，而今这功力希望还在。我这厢酝酿出的一腔感人至深的话方没出口，那厢月留竟然相当煞风景地脱口一声："你那龙身下面,压着的是什么?"

我被他闹得晕了一晕,青龙身下压的东西,自然是隐罗山的湖水,他怎的对这个有兴趣。

青龙的头出乎意料地点了一点,我自然知道如它这般深厚道行的龙,肯定是会说话的,但从刚才直到此时青龙也才说出一句话来,说:"我现在,方才相信你是个上神。"

它是对月留说的。

月留望着它,只见硕大的龙身,此刻终于朝旁边挪了挪,让出不大不小一片地儿。

那片湖水中躺着的⋯⋯那个身形怎么那么让我瞧着熟悉?

白玉这孩子我最近也为她操碎了心,而今真的见到了她,却偏偏又是在本宫如此尴尬、进退不得的境地中。月留的法力已经弱到青龙一眼都看不出他是个上神的地步,光剩我一个,等于整座山的生灵都是青龙手中的筹码。

青龙现出了白玉仙子,而白玉身上,又集齐着那十几位仙女的仙元。

我说为何遍寻不到仙子们下落,逍遥又为什么能有恃无恐。他不敢将仙女带回魔界,那样有朝一日会落下把柄,原来,他竟偷偷将女仙藏在了我曾修炼的隐罗山。真所谓,最危险的地方,就是最安全的地方。安全到,直到今日,我跟月留才误打误撞找来。要不是小吉提醒,我恐怕一辈子都难以想到再回隐罗山,即便回来,也难以发现这天然的一处隐蔽场所。

青龙的做法,是求和,也是威胁。

我只要将白玉和仙元带回天界,天池中躺了数日的仙女,都可以重归仙位。现在,只是我做取舍的时候。

我和月留站在湖畔沉默,他看着我,我等了片刻,也与他目光相接。这个千载难逢的机会,说什么都不可能放弃。

我罗织了云网到达九天之上请天君下凡,接青龙归天是件大事,尤其还是这条蛇蜕身的奇迹龙。一点儿差池差错都不能有,还要格外谨慎。

降魔天君的动作就是快,不一会天上就降下了七色彩虹桥,我见到了多日不见的白羽麒麟,麟儿跟随天君下界,亲自驭着青龙,步上彩虹天梯。

　　说实在的,青龙还是个功臣,我捧着仙女真元,月留抱着昏迷的白玉仙子,折腾了这么一番回到天上,我们都已精疲力竭。

他山之玉

第六章

吕洞宾和司命星君为仙魔大会立下汗马功劳，父君回天界重掌职权后，就降了旨，给吕洞宾升了衔。

将他由纯阳真人，提升为东华上仙，直接将门上的匾额给换了。我不用刻意去看，都能想到吕洞宾那张脸是有多得意。

吕洞宾在天上一向是个知名人物，被奉为诗仙情圣，那也只是缘于他的才思。

这回，他修炼了万把年，总算升了个上仙做做，也算是他心愿达成了。

司命的职责特殊，他的官衔是不可能变动了，于是父君赏赐给他一栋大宅子，在九重天上绝对巍峨，绝对大气，绝对漂亮。

司命星君和吕洞宾在天上大大风光了一把，仙女们真元刚刚复体归位，所以恢复还需要一段时日。喜上加喜，如今的东华上仙吕大人就举办了一场庆祝宴，地点就正好放在司命星君的大宅子里。司命、吕洞宾这两个人算是凑到一块儿，可劲儿闹。

那请帖算是发遍了九重天内外，包括众仙女，都被吕洞宾一个不落请到了宴席上。吕仙想重振光辉，他那场宴席，我也去参加了。

琼浆仙子酿的蜜，酿的酒，都被司命抱过来了，他昔时在众仙那儿做的人情，都给讨了回来。

这事儿，众仙僚当然不会不赏光的，我喝了场酒，吃了仙桃，变浅的酒量就架不住，眼睛迷糊起来。吕洞宾还跑来敬我，笑说："多谢情上仙赏脸，肯来参加。"

我虚着眼睛盯他："说笑了，你的庆功宴，我怎会不来？"

稍后司命又过来，他跟我交情一贯不错，和两人又胡侃了一气，我起身就离开了宴席上。晃悠悠就走向了父君的大殿，月留又回了天外天去，这场宴会上没他，也怪没意思。

走进殿门，我打眼就看到父君案上堆积如山的公文，隐约只能看见父君头发丝都埋在后面，时隐时现。

我偷乐，这就是偷懒不待在九重天的惩罚，看父君何时能处理完积压的这些事情。

我走过去，绕到了桌案后方，才看到父君在低头看一本奏折。我过去给他捏肩，父君看了看我，又转回头看折子。

想到仙魔大会上，魔族那么容易退去委实出乎意料，逍遥也不是会善罢甘休的人。我手下的力道便有些放轻，想问父君他当日如何处理的，不想父君先问了我："这次仙魔会，你私自跟那个魔尊有过协定？"

我一咯噔，遂老老实实承认："是。"

父君停下看公文的眼，扫向我："你可知他向我提了什么条件？"

我心里忐忑莫名，暗想那逍遥会提出有多不靠谱的要求，当时我跟他愿赌服输，倘若他果真提的要求太过分了，叫我怎生是好？

父君的目光渐渐深邃，良久道："他想娶你。"

我一时间犹如吃了苍蝇般的感觉，瞪着父君不敢轻易说话，这答案委实震撼得我找不着北，比受天雷还要严重。逍遥要我嫁给他？我的第一反应便是这莫不是开玩笑？

父君见我表情，反倒先奇怪了。过了片刻，他又开口："在龙宫海底那些日子，你和魔君碰面，没觉得有甚特别的感觉？"

我觉得他这话隐约带了几分试探似的，我深深觉得父君这话问得奇怪，"我为什么会对他有感觉？"

父君犹豫了一下，叹气看我："阿璃，你手中所掌管的七情，和魔尊掌管的六欲，本同宗，天庭的神仙始终都受着自己掌管的东西的钳制，要知道，我一直担心的是……"

已经不止一人和我谈起七情六欲的事，若以前的过往都可以不算，那么自打我从隐罗山醒，再回到天上，每回我和逍遥那厮有何瓜葛，都会有人到我耳边提七情六欲。

有时本宫也甚是奇怪，我这个当事人尚无什么感觉，为何周围的仙友们个个都草木皆兵似的？连父君也不例外。

我未想到逍遥会荒唐到这等地步，我自是晓得父君绝不会同意，可耳内听到这话，仍感到点瘆得慌。父君拍拍我的肩，没再提。

我却一直沉默不大有精神，过了好长时间才闷闷地开腔："他要娶我作甚？他那魔界也不缺女人，和我们也不是一路的。所有妖精都是归他统领，他还不满足……"

父君默："要是满足，就不会有之前的仙魔大战了。喏，你也莫想了，既然大会已经过去就随他去吧。"

看到大殿之外，清光顿起，父君的金銮马车飘飘降临在门口。父君放下公文，和我一道出了门。

青龙取代了原先驾车金龙的位置，正伏在地上恭敬地等父君出来。父君拢袖站在马车面前一会儿，说："让你为我驾车，委屈你了。"

我张着口，指着青龙问："原先的那条九足金龙呢？"

父君道："那条龙修行也久的了，我让它回昆仑山，择日轮回去。"

我再无话可说，我这父君做事，哪天不让人意外的。

"我回寝殿去了，你也回吧。"待他上了车，父君又问我，"最近老君没找你？为了他孙女的事，你又做了一个大人情。"

我摇头，嘿了声："我让月留送白玉回去的，老君没缠着我。"

父君看了我一眼，我想青龙约莫又是被父君的"宽怀仁慈"打动了，一动不动等父君上车，驮着他就离开了云霄外。

太上老君近日身子拖垮了，我料他也没力气下床走远路。太上老君没别的毛病，就对唯一的孙女视之如命，我怕他拽着我又感谢这感谢那。

因此我是特意让月留送白玉回去的。

左右当初在山上也是月留抱了白玉，就让老君好生感谢月留也好。那时我是怎么也没料到，这一送却送出了意外。

我忽略了当初白玉没有失去知觉，她只是短暂昏迷了。白玉尚年轻，尚情感丰富，尚值风华正茂时。月留抱她抱到半途，她忽然醒了，当时我跟月留已经分开，即便我还在旁，我估计白玉眼睛里也看不到本宫我。

这一眼天雷地火，四目相对，白玉芳心沦陷在月留公子的温暖臂弯中。

这就麻烦了。

也不知是月留没意识到白玉的一腔热情还是意识到了也没当回事,他那时回来与我相见,也半个字没提。直到白玉追月留这事闹得九重天上上下下都知晓了,本宫我也才迟钝地知晓。

感慨年轻人热情似火,行动力的强大,全然超出了我等预料。

据说,白玉等在月留来寻我的必经路上,数度望穿秋水。

据说,白玉在太上老君膝下哭泣,求老君想办法送她到天外天伺候上神。

年轻人就是年轻人,这边旧伤忘了痛,刚从虎口侥幸活命,就转眼把儿女私情看得比天重。

现在,月留在白玉心中,就是那英雄,就是那戏本中的佳郎,就是那风月中的此生不渝的对象。白玉仙子钟情月留上神了。

天界又轰动了一桩事,眨眼之间热闹得好比市井人间。

神仙都是按捺不住寂寞的,别看一个两个清修跟真的似的,这个有几万年道行,那个更有十几万年的道行,其实心里头,都痒痒得巴不得天天能上演好戏让他们过过眼瘾。

在人间看戏没看够,在天上就越加渴望。

作为这场戏传言中的女主角,本宫我心里实在是苦得很。

吕洞宾是这些神仙中这几天最闲的一个,顶着他东华上仙的头衔,开始隔三岔五往我的地方晃。

他佯装惋惜地对着我做样子:"我说当日,宴请的客人当中,为何独独白玉仙子没有到场?唉,我断断想不到还有这桩缘由在,我若知晓,怎么说也要跟情仙你通个风报个信!"

看他一脸痛心疾首,倒像真为了没能为我出力而惋惜似的。只有我了解他一肚子坏水,我就说他吕洞宾表面看着儒雅其实哪有那般大方不计较,敢情当日他宴请众仙,居然将到场的仙友全都在心里记了一笔细账,连唯一没去的白玉仙子,他都切切记在心上了。

这个东华上仙,果然好面子胜于一切。

他约莫就是认为白玉仙子没到场是驳了他的面子。

吕洞宾贼心不死："不知老君又该怎样捶胸顿足加痛心了……"

话音还没落下，我宫中就有一个仙婢飘了过来，对我说："公主，太上老君在门外求见，宣他进来吗？"

我方才一直没表态，面上看着还很镇定的样子。可听闻老君居然已是等在门外，我心里也不免虚了虚。

本宫不擅长处理这种盘根错节乱七八糟的事儿，感情这东西，放到人间能折磨得凡人寻死觅活。但是一旦放到天上，就是每个神仙的大劫。

本宫，也很没有信心。

吕洞宾劲头一上来，又开始唯恐不乱，兴致勃勃说："宣，一定得宣进来，这老君，八成是为他孙女赔罪来了。"

我和月留这关系，被父君一折腾就等于在众仙心里都是板上钉钉的情侣。虽然，我的心里也是这么认为。我这边刚把白玉从水深火热拖了出来，那边白玉开始对月留动心思，在别人心里想，怎么说，好像道义上理所当然，老君是该来跟我道歉。

可问题是，我没办法也让自己这么想。

我板着脸对仙婢说："跟老君说，说我不在。"

转头瞪了一眼好事的吕洞宾，他才算老实了点。我本来打的主意，是老君等一会，见不到我，自然就走了。

吕洞宾又笑："这白玉做事，也委实大胆了，怎的一点不似老君，没点顾忌。难怪说，隔代如隔山。"

她一个小姑娘，我自是不好同她计较的。

可一炷香工夫过去，我正打点起精神和吕洞宾继续闲聊，仙婢又跑进来报告，说："公主，老君不肯走，非说您在屋里，说见不到您他就长跪不起。"

长跪不起？我怔了好大一会儿，半晌歪头想一想，约莫老君以为我诓骗他，或者试探他诚意，因此越发要坚持不离开了。

我又对仙婢说："你就同老君说，说我真的不在家，让他先回去吧。喏……若是实在想见到我，你说可以代为转告，等我有了空，便马上过去找他。"

仙婢看着我，欲言又止。顿了片刻，才领命去了。

我摆开棋盘,想跟吕洞宾下一局。吕洞宾的棋艺虽然比不得嫦娥,不过勉强也可算作对手了。

我将黑子推给他,刚要下,仙婢又进来,垂头看着我。

我的手举着棋子在半空,望她:"怎么,老君还不信?"

仙婢的脸苦着,望了望我,说:"公主,您还是别骗了,我刚才出去,月留上神恰巧也到了。非但太上老君执意不会走,上神也指名要见您。"

本宫的脸皮抖了几下,很有几分受惊。吕洞宾颇不厚道地扑哧笑出声:"公主,你还是算了吧,我看你今天,是难以安安稳稳下棋了。"

我实在是胆战心惊,看了吕洞宾几眼,犹有余悸地说道:"你说的话,现今哪里是我不想算了,只是,你叫本宫拿何种态度去面对老君才妥当?"

吕洞宾不以为然,反倒凑近我咬耳朵,轻笑:"有什么妥不妥当,老君来找你做什么,你坦然就是。"

坦然,叫我如何坦然?他这东华上仙是没被老君哭求过,资历那么老的一位神仙扯着你裙角流眼泪那是一般神仙受得了的吗?

他是站着说话不腰疼,正经主意没有,只会歪理。

刚这当口,月留已经不请自入。

本来这事儿在本宫心里,就不算啥事儿,白玉年轻看到月留这般男子动心可以理解,月留也不可能会为了白玉怎么样,其实时间长了,该过去的事儿也就过了。可偏偏此刻,众仙乃至老君心里却无法同我一般想法。

即使日后过了很多岁月,犹记得,月留望我那神情很不对,他进来时步伐本来有点急,但看向我的一瞬间却停了脚步。

月留在这儿的最大威慑,就是让来找我告状的太上老君不敢再开口,可我并不认为因此减少了麻烦。

这次吕洞宾更是很有眼力见,马上扭头问月留:"需要旁人回避吗?"

月留冲他点了点头:"麻烦东华了。"

才升了东华上仙,月留的称呼马上就改了。吕洞宾估计很受用,迅速捏了个诀就消失在我眼前。

我默默腹诽着吕洞宾下次见时定敲他一笔竹杠,一边挥着衣袖,对月留笑笑再笑笑,打完招呼好办事。

月留打先问："看你现在这副样子，方才编瞎话不让我进来是怎么回事？"

我肃了肃脸，立马道："误会误会。"

倏忽间到了他跟前，我拉了他的手，靠近他说话："方才，我是怕老君，老君……我想着，总不能真让老君来哭诉。"

我这话保留了对月留的十分信任，他慢慢地转移目光看我，本宫要说得情理兼备，既表明我对他的一如既往。我握住袖子点头道："倘若单是你一人来，我岂会阻拦你？"

月留沉默了下，终于眉梢有点上挑起，道："哦？你如此相信我？"

我再次点首："那当然，你我同舟共济了那么久，我不信你，信谁？"

月留反过来抓住我的手，没想到，他会说："你信我，最好，我跟白玉，清清白白。"

这一句清清白白如天外雷劈把我震到了，我有点惊讶，确切地说甚至带那么点震惊地看着他，我从不怀疑他是清白的，但我一点儿没料到他会正儿八经还跟我解释，我一时半会儿被他柔和的目光看得怔愣，却在下一秒猛地回过神来。

"你不用跟我说这些，左右我信你。"

"真的不用？"月留很轻地笑了一下，眼神有点暗下去，手还执着我的手。

你这般信我，我也不知该不该高兴。

太上老君这时飘忽忽的声音从后面传进来："不打扰公主和上神的兴致，告、告退……"

我心里面吐了口气，这番谈话也能让太上老君打消疑虑，暂时不再张罗他那孙女的事儿了，我这几天也能清闲清闲。因为心里这样想着，所以便配合着月留的动作那么搭着手。

可是有些事儿就不能这么想，事与愿违这个成语不是瞎白话的。

那边月留自从听了我的话就一直不大高兴，我猜他是觉得一心来找我解释个清楚却被我这么不冷不热弹了回去觉得面子上下不来。此时我想着同他做戏，他却松了我的手，笑容浅淡："眨眼间，你的心思又想哪儿去了？"

他这是反问我，我却有些不大说得上来。

难道说我的心思早就跑到想着与他装戏去了，纵然月留脾气好，我也难保他听了此话不会生气。

本宫近来做的一些事，虽然月留面上没有露出什么，可我心里也清楚，有些事儿做得很不厚道。已是让月留不高兴了，此事就还是少说为妙。

可圆梦星君前日圆了我几个梦，回到天庭之后就不再那么顺我心合我意了。首先一件，太上老君过了几日还是逮着了一个空，到我跟前哭诉了一回，和我想的基本一样，都是说白玉对不起我的大恩大德之类，最后他很是忠诚地表示了一番，白玉已被他关押在了房间里，一日不认错，一日不放她出来，让我尽管放心。

这最后一句话说得我很是郁闷，我本来就没有放不放心一说，被硬安上个罪名已是很屈了。不过听到他对白玉的处置，我还是觉得老君这做法有些过激了，二八少女，虽说白玉二百八都有了，可放在天界的岁数充其量是个小姑娘。这小姑娘的心里，动了感情，别的还好说，一旦周围出现了阻止她的人，或者逆着她心意的，力量越强硬态度越冷酷，她就更强硬更冷酷。

少女的心理，逆反。

因此我就觉得老君这做法，很可能会适得其反，到时候白玉对月留死心塌地了，那可就跳进天池也没用了。

想到这些，本宫还语气仁慈地劝了几句，劝他莫强逼白玉。没想到老君听了我的话更哭得激动，又用无数仁慈成语把我夸了一通，我无语，只好随他去。罢了，他们祖孙的事情，自个儿解决吧，我也不掺和。

只是白玉这般痴情，到最后被泼冷水，本宫忽然很能体会那样带了点苍凉的心境。

月留绝对是个好上神，这我确信。比确信天是女娲娘娘补的还要确信，月留为人宽怀温和，又比一向喜欢彰显贤德的父君要更加亲切。可问题是千金之子坐不垂堂，想从清修了万万年的上神身上找到男女之间的情愫那种东西，实在是个夜谈。

本宫再一次感慨觉得，白玉一颗芳心倾尽在月留身上，是对象错了。

我再去找嫦娥下棋，还好仙魔大会后，嫦娥美人还知道搭理我。下棋的当儿，嫦娥再次语不惊人死不休，对我说了一句话："白玉喜欢上神，不比喜欢魔尊强得多。"

我当即就噎住了，半晌才抬起头看她，结果她竟然还颇为认真地目光看我，我不由抚额，嫦娥记性好，万万忘不掉魔尊的吸引力。可就算如此，拿逍遥和月留相比，我还是不能接受。

我执着白子犹豫了半天，才悠悠道："女子嘛，都是喜欢安定，月留能给人安全的感受。"

嫦娥掀眼皮看了看我，不知为何沉默了半晌，才说："公主竟也是这样认为的，的确想不到。"

嗯?

为什么就想不到?

天庭的日子就是这样无聊，仙人都喜欢找事儿做，所以前段日子包括现在才会有仙人（闲人）嘴里吐出那么多八卦，都是无聊惹的祸，热衷解闷儿找乐子。

可我委实是想不到，这群八卦仙人的耳目竟能绵延八荒九州，只八卦仙界还不满足，直直八卦到了北渊王的后院子里，北渊王和北渊王后生的嫌隙，北渊王新喜欢上的女人。

当初这个劲爆的八卦传到我的耳朵里，我也怔了一下。

凤凰都是高傲的一族，凤凰也是天界少有的美人，居住在万花山之上，不怎么受天界限制还比较自由。当然这样延续下来的族类，性子也是一代更比一代遗世独立，傲视群芳。

北渊王后算是个特例，但也表示她的怒火更加难以抚平。

吕洞宾还不遗余力打探最新消息带给我，他是纯阳真人的时候闲，和天界仙人到处喝酒谈天，如今成了东华上仙，更是闲，除了到处找人喝酒谈天把天界众仙一个个交往遍了之外，还多了一颗八卦心。只不过吕洞宾是有本事把所想付诸行动的人，就是他告诉我，北渊王这次是动了真气，大约是要休了北渊王后。

我自是甚惊，这仙魔大会才刚过去多久，北渊王后那时还热忱地代替北渊仙帝出席宴会，转眼北渊王风云变脸，要把这位娇妻休了?

吕洞宾眯着绿豆眼："北渊王已经放话了，现在四周都知道这事儿，假不了,那位王后正一哭二闹三上吊,不管用,估计她要开始想别的法子了。"

我看他:"你能不能别这般不地道? 尤其做仙人,更加是。"

吕洞宾摇着扇子,优哉游哉说道:"除非你能堵住我的嘴。"

我才懒得去堵。

果然乌鸦嘴最灵,没过几天,北渊王后果然闹上了九重天,率一干家族战士,昂首跪在凌霄殿上,让父君替她主持公道。

北渊王后是何等狠角色,焉能咽得下这口气? 我早就想到这天,北渊王能干出休妻这种事儿,不靠谱,王后绝对有这份鱼死网破的气量和胆量,正好夫妻俩一块儿不靠谱。

父君刚批完堆积如山的公文没清闲几天,就急匆匆赶到凌霄殿上当起两面不讨好的决断人。

我自是悄悄到凌霄殿上,躲着看好戏。实在难以想象北渊王后会如何告状,北渊王光辉的面子又该往哪摆。吕洞宾好事地再三叮嘱我,回去要把这桩趣事儿讲给他听。

最后,看着跪在父君面前的人,我也奇怪,当初北渊王与王后这桩婚事,北渊王也是认可了的,他一个仙帝若说不想娶绝对也没人逼他。何况都过了上万年,听说北渊王对王后偶尔也传出甚是宠爱的传言,夫妻恩爱没嫌隙。怎至于就闹到今日不可挽回的决裂地步?

莫非真是由于王后做人太过刁蛮了,逼得仙帝也无法忍下去了吗? 我感慨万千地想。

王后的头一磕到底,声音很配合情境地哽咽如泣:"陛下,你为我做主,仙帝最近是掉了魂,对臣妾百般苛责,臣妾实在是没有办法了啊……"

唔,王后此时的模样,倒很柔弱嘛。

清官难断家务事,北渊仙帝一家子更是家务事中极为棘手的。我想看看父君打算怎么断这桩事,才能不负他的英明的声誉。

如果这是凡间的公堂,父君就做了一把青天大老爷,断的是休妻案,北渊王后就是苦主。

我深觉有趣,父君自然是英明地决定先听北渊王后这个苦主的理由。

而北渊王后声情并茂声泪俱下控诉一番,最后结果居然是,北渊王变了心。

这可是个劲爆的消息,尽管本宫此刻还是隐形的,可仍然已经忍不住瞪大了眼。

正如北渊王后前日傲慢无比地在龙宫门口说北渊王论辈分是我叔叔,我该管她叫婶婶一样,虽说我不至于真在台面上就会喊她一声婶婶,可心底我也承认她和北渊辈分是比我高的。

就是这么个辈分高于我的长辈似的人物,或许本宫心思还是太简单了,总觉得这个年纪的,总不至于再与风流韵事有所沾边。

是以我听到这个消息,惊讶还是多于对北渊王后的同情。

当然反应过来后,本宫的心思当然不会再这样简单了,我心里多多少少还是谅解了北渊王后的行为,北渊王不只是长辈,他那样的,怎么说大小也是一方的仙帝,便是在我的心头也觉得,北渊仙帝该顾着点体面,便是出去风流,怎么着……也该做得隐秘些,至少面子上还是光辉堂正的仙帝。

可没想到,北渊王连面子也顾不得,不仅让北渊王后轻易发现了,还任由着北渊王后上天界来了。

这不能不说很耐人寻味啊。

北渊王后的控诉好像刹不住车似的仍在继续,听到最后父君揉着额角努力做出贤德的样子,我看他实在很辛苦了,想伸手和往常般替他揉肩,但忍住了。

父君这时却朝我这睨了一眼,好似知道我的存在。我亦是没有发出声音,尽职地当我的观众。

我想今天回去和东华上仙聊一定很有料,北渊王如果也在旁边亲耳听到,被自己王后这么兜老底的滋味一定不好受。到底夫妻同床那么多年,情分不能说没有,纵是陌路相逢两人做得也太决绝了。

只不过我晃晃悠悠回去的时候,天外一缕幽香飘下,被人拦住了我的路。

月留带着多日不见的麟儿,正好和我来了个巧遇。我不由又迟钝了片刻,还是他先打招呼说:"白羽麒麟的伤势已经大好了,我就来把它送给你。"

我想起来驮着青龙上天的时候麟儿真气损耗,受了不大不小的伤,月留送走了白玉之后，我曾央他一同把麟儿带回天外休养。天外天受元始天尊千万年金身影响，仙气至纯，正好适宜白羽麒麟这样的上古神兽。

我见麒麟确实比几天前精神太多了，自是无比感激地盯着月留的眼睛，真诚道："劳上神费心了。"

月留抚着麟儿的毛，不知在想什么，微微一笑："这没什么，好歹他也当过你我的儿子。"

他说得自然无比，我噎了一下，低头去看麒麟，回忆着在人间那短短几日光景，本宫就说那次清白毁了，还真的是。不过既然对象是月留，不管我毁不毁，终归他都是我最后嫁的人，这么一来，清白毁在他身上，也就无所谓了。

想到这里我抬起头看他，自觉坦坦荡荡无甚可畏的了。月留见我看他，却只回我清清浅浅一笑，道："它现在的修为，已达到可以说话了，近来，你记住多留意一些它。"

麒麟可以说话了？我微微愣了一下，尚未来得及反应。上古神兽能说话这事儿说白了，也不是稀奇事，但我平生所见都是成年的兽多，谁手里都揽着闲职，成日化成人形存在。麟儿是我见到的第一只可爱幼兽，且一开始又跟它近身相处那么多天，说白了也习惯它的样子了，如今乍乍听到月留说麟儿已经长得能开口说话了，一时半会儿我也是惊奇不已。

等我总算回过了神来，便用手指戳戳麒麟的头，见它呆头呆脑却与往日无啥变化，不禁问了句："这些天，它都说什么了？"

月留沉吟了片刻，竟同我卖起了关子，甚是高深莫测地笑了笑："你自己听听就知道了。"

我听后，觉得他恁地可恶。

吕洞宾竟然在此刻远远腾云飘了来，话音跟幽灵似的："看到公主和上神都在这，忍不住想赞一句，二位实是伉俪情深。"

其实吕洞宾他即使不张开他那张嘴，本宫也可以猜到是他的。

偏偏他要是不开口，就好像亏了什么似的。月留也转头去看他，眨眼他轻飘飘落到我面前，脸上的笑容在我看来很欠抽。我接道："打探到什么消息来了？"

吕洞宾倒是避重就轻地一笑，月留抱臂站在一旁，不说走也不说留，俨然看好戏的姿态。我没言语，吕洞宾说："情上仙，你可知道，北渊王看上的是哪位女子？"

北渊这事儿早在王后闹上天庭的那一刻就注定不是秘密了，月留虽然久居天外天，估计也不会丝毫不知道。他刚才带着麟儿一路过来，想必听到的闲话只会多不会少。我也不再隐瞒，看着东华，说七分留三分地浅浅答道："好像是仙帝，一次下界看上的人，回来就死心塌地了。"

北渊王后虽然气愤，高傲冷艳，她并没有往北渊王身上泼脏水扭曲事实，也使得她的话显得更加可信。

这点上北渊王后绝对可以翘大拇指。她说仙帝万年来一直恪守本分，同她自然是恩恩爱爱，帝后之间从来没有不和谐。北渊王平素的为人做派，也绝让人挑不出毛病，俨然是个好仙帝。可就是上次，仙帝一次随意的巡游，竟彻底让他变了一个人似的。

北渊王后刚才在凌霄殿上其实一口咬定，仙帝乃受人迷惑，要求父君一定要查出背后的那个迷惑人的妖精是谁。

她一股脑儿将罪责全部怪在不曾见过的那个女子头上，偏偏北渊王一副动了真格的模样，拼死护住了那女子的身份，半丝风声未露。是以北渊王后才这般气火攻心，要求父君派人彻查。

虽说女人何苦为难女人，但北渊王后显然目前也没有更好的办法了。毕竟仙帝休妻不是作假，她此刻岌岌可危倒是真的。

对于北渊王后我很是唏嘘感叹，果然，再强势的女人，也有无奈的一刻。

吕洞宾听了我的话，倒没再顺着接下去，我猜他手里掌握的也差不多，没有更多的可以抖。他良久抬头又笑："看看北渊王和王后，再反观公主和上神，果然不一样就是不一样。"

不知道这家伙到底想念叨不一样什么，我突然觉得吕洞宾上世做凡人的时候说不定就是不让他说话被憋死的，死后重入仙道后就变成了一张闲不住的嘴。改明儿应该找幽王查查吕洞宾的生平，应该查得到。

我正不自在，待了片刻，月留浅浅一笑，拉着我要走了。吕洞宾在身后嚷着恭送，可算了摆脱了这个话痨。

月留的目光看向我,轻轻道:"你每天和他们,就捣鼓这些事?"

我脸腾地就一红,支支吾吾了老半天,心下也觉得我一个上仙这么热衷这等子事委实不体面,我自己习惯了没什么,可是看在月留眼里就好像放肆了点。

我正琢磨要说什么,想不到月留先开了口,他噗地一笑:"你还真是心不老。"

我心说他给我一个台阶下,脸上的温度却始终降不下来。

我道,他与我这般亲昵,我亦需要做出表示的。我对他说:"你难得来九重天一趟,去我那儿坐一会儿?"

月留没反驳欣然应允。

我那里仙婢稀少怕怠慢了贵客,就亲自沏茶捧上前,得空的当儿,想是该让父君给我安排几个伶俐的仙婢使唤了。我就想起上次在月留那儿遇见的桃花仙,那样的小仙子就不错,伺候周到又贴心。

虽然前日被我拖累又做这个又做那个,可是月留毕竟没有那么悠闲。在我这儿坐了不到一刻钟就急着离开了,我问他何事,他说元始天尊常年闭关,天外天不能失去上神坐镇。

看他急急地走了,留下麒麟在我身边。我心下失落,觉得月留也是个可怜人。本来天外天老大是元始天尊,可天尊常年又不管事儿,什么都得月留亲自去,这位名义上的天外天公子,实在累得慌。

我看着他,实在很担心他的身体。

我盯了麟儿一整夜,它却是只顾趴着也不知真睡假睡,我也没见它真说什么话。

郁闷了好一会儿,也就罢了。

不过我也真是记在心上了,第二天起身,我也把麒麟带出去溜达了。我拈着纸扇,身前是麒麟,身后是一众浩浩荡荡的仙婢宫娥,都穿着彩云长裙,恭恭敬敬地跟随。

我今天按照的是帝女出行的仪仗,其实我这番,纯属也是做给父君看的。父君这个人对规矩定得极死,刻板得让我头疼。他还不知道我在他离开的时候逍遥成什么样子了,常独自往各处厮混的事绝对半个字也不能漏。

今天我还特地穿了彩绣飞纹仙月裙,排场十足地在九重天上晃。

这些所谓的上仙帝女的仪仗,看着风光,其实也只有刚上天庭的小仙,才会觉得敬仰又炫目。时间长了身在其中,才会发现此法大大限制了自由。试想一次出行张扬得整个天界都知道了,这种情形之下,即便心性再耐不住寂寞的仙人,又有哪个敢天天出来晃的?

那吕洞宾刚升了上仙,出门的时候不还是图省事地用了隐身诀,否则按照他的串门频率,跟着他的仙婢宫娥都得跑断了腿。

排场,就是遭罪。

父君最不喜欢我到处走,这个时候平时慈爱的他就会变了一个人。他坚持给我立了规矩,没有规矩不能成方圆,在他面前,欲要出行必得仪仗全套。

此法直直盯死了我。这样一来跟我熟悉的那些仙人谁还敢来跟我玩闹? 不过,今天是为了带麒麟散步,不是为了玩,就不管那么多了。

可是天上事如此奇妙,本宫难得大张旗鼓用仪仗,难得目的单纯出行闲逛,愣是就没想到九重天的敞亮大道上亦有狭路会相逢这回事。

有仙婢跟着的确有一条好处,就是真的能体会到无微不至的舒服感受。左边的仙婢用丝绸扇给我扇风,很是凉快。

前头拐弯的地方传来声音,似少女清凉柔弱的嗓音说:"今天好像看见了上神公子⋯⋯"

因为对话中字眼的敏感,我几乎没考虑就循声看去,拐弯处就转来一群人,当先的两个人,我都认识,一个是北渊王后,一个是白玉。

能够用那么温柔的语调称呼月留,还称呼月留"上神公子"的,我不信是北渊王后。北渊王后没这个玲珑心思,更没这份谦逊柔和。要是有,我想北渊仙帝叔叔怎么着休妻也休不到她头上。

那充满少女情怀的话语十有十都是白玉说的。

这厢我就自然而然停了脚步,我身后一众仙婢宫娥也停了脚步,我前方雄赳赳的麟儿也停了脚步。我这厢笑眯眯颇得意趣地看着白玉,瞅着逐渐走过来,又逐渐看见我,也停下脚步的二人。

昏迷时的白玉一百个不能同眼前活色生香的白玉仙子相比较,就如同此刻,我明明没怎么样,也是的确头一回在她醒来后和她见面。

可是白玉看我的小眼神,怎地无辜,怎地惊慌,怎地,还有点躲闪。

我觉得有些趣味,联想她刚才飘来的那句话,也颇感玩味。

这月留什么时候来,又是什么时候走的,这小姑娘掌握得还真是不一般仔细。

我这般越看她,她越惊慌,慌得我这个什么也没做的人都快有点不好意思也不忍心了。

北渊王后倒一副没事人样冷眼旁观,活似她在看戏,倒叫我有些不大欢喜。直到气氛僵得不能再僵,北渊王后才慢悠悠拿出在龙宫的气派,用除了寒暄还是寒暄的口气淡淡向我道:"公主,多日不见了。"

我倒没立刻回应,目光移到了她脸上,我很费解,白玉一个少女和嫁为人妇的北渊王后能有何共同语言,而且北渊王后还不是一个很成功的人妇。

可从两人携手亲密地逛天界来看,好像白玉正跟北渊王后谈在兴头上。要知道北渊王后是个在哪都不忘身份气派的一个人,所以即使暂居九重天,外出时身后还是跟了十几个仙婢仪仗。

就当着这么多的仙婢面前闲话,还谈得这么兴致高昂,而且小姑娘高兴之下还把月留也扯出来,确实没什么顾忌了。

一转念我已想了甚多,差点忘记用礼仪回敬北渊王后,失礼了。我立刻笑道:"娘娘金安,白玉今日怎么也在身侧伴着呢?"

我的辈分比白玉长,唤她一句白玉应当无事。况且前日也的确听说太上老君把她关在太华阁听经,实为思过,她今日怎能陪着北渊王后出来?

虽说我是不介意她思慕月留那点事,可事实是这姑娘已经犯了天界,这关系她的名声,她该重视才是。况且我再不在意,月留他即将是我夫君是真,我也不可能大度得当作毫未发生。

白玉怯柔一句:"是王后不识路,就找了常住九重天的仙女陪同外出。"

北渊王后的眼睛眯了起来,我冲她笑了一笑,还好这个拐角里没什么人经过,娘娘喜欢热闹,我却消受不起那般围观了。娘娘忽地不真不假来了一句:"公主的仪仗,称得上八荒九州所有女仙之最了。"

我眼瞅着白玉望我的眼神很不好,娘娘此话一出,小姑娘立刻就把目光往我身后簇拥的仙婢们身上溜。一连瞅了好几眼，弱质纤纤。

小姑娘，嫉妒不是好习惯。我装作打量了她几眼，本宫还真不习惯应付这种小儿女的情思，这方面没甚经验。只不过看了她几眼之后，白玉便不敢朝我这儿瞅了，片刻，双唇却渐渐细牙咬起来。

瞧瞧，多么忍辱负重的样子。我越发地瞧不下去了。

她是太上老君的孙女，身份特殊得很，我不能怎么样。只好道："不打扰王后散步，本宫就先走了。"

北渊王后这时却出乎意料目光闪了一下，好像想说什么，生生忍了回去。

我略微扫了她一眼，带着仙婢离开了。

晃了一场回来麟儿没开口讲话反倒我自己一身乏力，我坐在椅子上让左右仙婢扇风，喝了几口茶，才算缓了过来。眼前浮现刚才白玉仙子的表现来，白玉这丫头，还不是一般心虚。这真是烫手的山芋没处放，我第一次遇见这种难办事儿，以至于看着白玉我都寻思，我是该表现得强硬些好呢，又或是宽容大度些好？

唉，复杂的心绪。

我把头转过去重新倒了杯茶，茶水刚碰到嘴边，我愣了愣，又重新转回头去。我记得麟儿是站在桌子旁边的，可我这一转头，看见的是麟儿，不过却是他的人身。

人形的麟儿，便用一双乌黑乌黑的眼珠子望着我，隐约，还看到他嘴唇动了动。

我端着茶杯吸了一口气，便盯住了他，心想麟儿这般化成人形，是果真要对我说什么了？麟儿会说话了这事不是虚言，我此刻又紧张又惊奇。

彼此对视了一会，我确然感觉到，麟儿的眼睛里与以前不一样了。他眼里有了东西，那种，或许可称为"情绪"的东西。我不禁欣喜，发自内心高兴。他嘴唇动着，看了我半天，眼底也闪过几缕迷茫，好像在辨认我。

麟儿最后吐出的是模糊的三个字，梦姐姐。

我百感交集，浮云过隙难为这头麒麟还能记得我名字里有个梦字，还能再拐个八百弯加个姐姐二字，"梦姐姐"真是集麒麟无双智慧之精髓了。

我又盯着他看了良久时间，麟儿没再吐出什么惊人字句，我心里忽然一动，浮起一种难以言喻的感觉。麟儿嘴唇动的时候，有一瞬间，我竟是心情极端复杂地认为他会蹦出一句，娘亲。

我捂着怦怦跳的胸膛，难以置信，我怎么会这样想？难道真因为一场人间之行，本宫就太入戏以为麒麟会理所当然喊我娘亲？太荒唐了，我的想法太荒唐。

可能最近事情多真是乏了，我宽慰想，最后我盯着麟儿那张脸孔，毅然去瑶池里泡泉。这泉水就比不得姑姑山上的那汪泉水了，首先天界的水不暖和，丝丝凉气沁入脊骨，原先我还喜欢来这儿泡，可现在就觉得，本宫我竟不太能适应这样的冰凉气息了。

在瑶池水里泡了许久，那股躁动才停歇。

我将脸浮出水面，深深吸了口外面空气。天界没有黑夜，但瑶池上方都被浓重的雾气所笼罩，伸手不见五指。我在水里游动抓瞎，一抓，居然抓到了好物。

我有个非常令人头疼的毛病，在摸到东西却看不着的时候，我就喜欢细细地摸出来。我在水里摸到了五根手指，纤细柔嫩，当下便判定这是只好手。

我首先冒出来的想法便是由哪位仙人抢先一步都已经在瑶池里泡了，我来了这会儿竟是没有注意到。因为这手的感觉和此刻的情境，让我想起了一个人来，我当初在水中摸到玉桓的时候，也是这般觉得他的皮肤温软如玉。

我在心里猜测着这是个女仙人，我这么猜是有道理的，因为女仙都喜欢来这泡泉水。相反男仙人粗枝大叶连吕洞宾那样讲究的人都很少会跑瑶池这里。

这个时候我还奇怪来着，想这是哪个女仙这般的淡定，被本宫摸了纤纤玉手这么多遍，连声儿都不出。就连冷美人嫦娥都没这般定力。好歹我是个不明身份的人，被这般"揩油"，怎么毫无反应？在我摸的时候，还配合地转了几次手腕子。

我是在摸到手腕子的时候才感到不对劲，手指是纤细，但这手腕子却着实粗壮，不似女儿家的手腕子。因为手腕比较粗，摸起来的手感也就不如方才的纤纤玉指，我皱了皱眉，也不知怎么就开了窍，哗一下就放开了。

我的动作激起几许水花，但对面不远明明还有一人在，却并没有人出声。我屏气收声，慢慢往后退几步，就要上岸离去。这时却横空伸过来一只手，将我的手腕精准地扣住了，阻挠了我离开瑶池。

而我此时，也终于看清了对方的面容，正因为看清，才会震惊，逍遥妖孽的眉眼在对面闪烁，一对锁骨在水汽中若隐若现。

他靠近我耳边："轻薄完了本座就想走，哪有这种便宜事？"

我如触电一般远逃，怒瞪他，眼神里有一丝慌乱："这里是天界，你一介魔尊，怎么能闯进来？"

逍遥眼底闪了闪，他慢慢往后靠在荷叶上轻轻哼笑了一声："你以为天界有多铜墙铁壁，闯？我在这里睡个三天三夜，不照样没人来管我？"

镇定，千万稳住心神。这是极丢面子的事，我现在不知来不来得及庆幸一下幸亏我是穿着衣服来泡水的。瑶池这里天时地利，自然环境得天独厚，我来时完全看不到这里有个人，不是他太神通广大，就是我的运气确实太差。

他并未放开我的手，我只好与他相持，他越见我如此越是笑，手下渐渐收紧。我眼神转冷，不留情面道："尊上未免太目中无人，在瑶池放肆，莫非当我天族十万天兵天将是说假的吗？"

我指望唬住他，他却轻然一笑，妖孽的一双眸因此而熠熠生辉。他笑了好一会儿才停止，眼神收敛，骤然道："公主不必有这么强烈的敌意，我魔界和天界交战并没有什么好处，这点公主也清楚。生灵涂炭对我魔界是不在乎，就怕到时候天界又要悲天悯人，责怪我魔界手段狠毒了。"

知道和他说话讨不了便宜，我心头暗恨，却也只好咬着牙问他："你潜入天界有什么企图？"

他看着我，露出一笑："公主，我的企图就是你了，随我下界走一趟吧。"

我对下界心怀抵触，说白了是上次的惧意根本就没有消退。下界这种事于我而言和好字不沾边，是以我毫不犹豫就要拒绝他："不可能。"

逍遥却不管我，或者说他从来没管过任何人的感受。他仍是那样扣住我的手腕,笑容似有还无:"我在人间为公主准备了一场大戏,恐怕,你非跟我下去不可了。"

我喜爱看人间的戏本,因为有那么多伤情断爱是轰轰烈烈真实的,不比天上永远也演不了那样感情充裕的戏码。

可是这改变不了我不喜欢人间的事实。魔尊看我的神情稀奇得跟什么似的,好像我不喜欢凡尘的这个事实给他造成了多大的重击和不可思议。不得不说逍遥留了一手,他拽着我回到了红尘苍茫的凡世中。

瑶池里面还有一个通道的事也鲜为人知,不知魔尊从什么途径,竟然得知了这一切。

我想不管是谁,在同样的地方住久了,很难去习惯另一个地方。人间对神仙来说,是个陌生的土地,它的花花世界和九重天相差太多,和月留那次下界已是迫不得已,在人间客栈住的时候更加让我浑身不自在到了顶点。

逍遥冷嗤了一声,嘲笑我:"你何时居然娇贵到这个地步了?"

本宫是公主,一直在天界住了几万年,不习惯别的地方,怎么能跟娇贵沾上边? 不过逍遥这个人,我不同他一般见识。

再次踏上人间土地,实实在在有些厚重的感觉,也许凡人喜欢这种脚踏实地的感觉,但作为飘在云上的仙,会觉得异常受限制。

但魔与仙不同,三界皆知,人间是魔的乐土,人间光明,能让魔们趋之若鹜。魔善于伪装,在人间如鱼得水,多的是乐不思蜀。

逍遥的嘴角勾出一抹弧度,戳中我心意般接道:"你看,就算是魔,也会向往光明。"

我瞥了他一眼:"只要不带来灾难,没人会阻止你们的向往。可据我所知,每次你们妖魔来到人间,肆意放纵享乐,最后都会是生灵涂炭的下场。"

逍遥眼神一厉,下一刻化进风里。他恶意地捆住我的手:"你我一仙一魔,争论这些没个尽头。"

他拉着我在街道上疾走,眼前事物跟走马灯一样掠过,这般的感觉,倒真像是他所说的带我看戏。路过一个红楼,好像是花戏楼子,里面正在唱"良辰美景奈何天,赏心悦事谁家院……"

纵然我是神仙,这句唱词我依稀听了数十遍。好像是人间极有盛名的一曲，经久传唱，过了这么多年也不衰退。

歌尽桃花扇底风。

本宫在天上的时候，也在父君座前跳过一次舞。唯一一次舞，我自己编自己跳，舞名就叫《歌尽桃花》。其实我本不善舞，那唯一的一次也是我一时兴起，想试试舞蹈的滋味。

当时是父君大宴上，捧场的人还特别多，我搂着桃花扇，脸埋藏在扇后偶尔露出半边。我的《歌尽桃花》夺得了最多人的注目，在舞蹈的最后，我隐约记得好像还有个穿白衣的年轻人站起来，对我拱手说："公主的舞蹈，真是天下无双。"

那白衣人姿态很悠闲，我当初转头看他的脸，好像也是特别俊俏。

那个赞我舞蹈天下无双的年轻人，我迅速看向了逍遥，他的样子，怎么好像和逍遥有点相似。

我陡然好像整个人又清醒了一次。逍遥心无旁骛拉着我往前走，脸上带着一丝捉摸不透的笑。

我面上还是镇定着，但手心已经不由自主出汗。逍遥感觉到了，他回过头，看见我的表情，眼睛渐渐眯起来。我怕被他看出什么，更加不敢过多流露神情。

他还是笑了，说："看戏需要精力，公主先与我到酒楼中吃一些寻常菜吧。"

然后他的手更过分地伸过来，这样子，与我挨得极是紧密。每次见面，此人都会做些越礼举动，我拿他没办法，可是架不住心底不悦。

"为什么公主总抗拒？"他扭脸笑问。

我皱眉，看着他的手："为什么尊上总与我套近乎？"

逍遥瞬间愣了愣，他好像被我的"套近乎"激到，强烈笑了几下，在大街上仰头，引人侧目。

他的相貌在人世的街道上过于扎眼，简直就是道道目光强烈集中。逍遥拉着我走进了偏僻的巷子，穿过巷子才到了一家酒馆门前。

我估计他的穿着打扮正符合凡人的审美，珠光宝气，穿金戴银。掌柜的都有眼色，亲自出来招待，把他当财神爷供着。临了，逍遥让上酒，上好酒。

逍遥笑得很狡猾，是狐狸的那种狡猾："凡间最好的酒，也比不上天上的琼浆玉露，但只有一点，味道够辣。"

无数次不知道他想表达什么。我很想嗤之以鼻，又觉得那样太有失风度，所以忍住了。

酒都是按坛子搬的，逍遥先给我推一坛过来，说："不要嫌弃。"

凡间的酒辣，就是寻常的容易醉。伸手拎了坛子，放在手心垫了垫重量，随后扯掉了红布。

我一扬脖喝了一口，抹了一把嘴："你要是想把我灌醉，那你就输了。"

逍遥笑得比花还好看，他一滴酒没喝，笑了半天才逐渐停下了。后来收起了脸色，他一本正经看着我道："我从没想把你灌醉，现在，该看戏了。"

他啪地把一个东西放到桌上，两手解开上面包的布。

"这是我从狐族清离那里拿来的东西，水镜，看戏最好的道具。"

到了这时我差不多有预感他要干什么了，也明白他请我看的戏又是什么。我脸色微变，道："逍遥，你不要乱来。"

逍遥的笑今日是长在脸上了，不管我说什么他的反应都相同。他忽然说："公主，你好好看一看这镇子上是什么人。"

我被他说得当下一凛，逍遥却在对面说开了："都是我的人，公主来到这个镇子上，天界的人是探查不到的。难得请公主看戏，当然要找个素净场子。"

我终于后知后觉发现了一切，可是我的主动权已经被眼前这个男人夺去了。真是要多丢面有多丢面，我只好板着脸，并好奇他打的算盘。

逍遥装作不经意用袖子拂了一下镜面，我盯着那镜子，清离能把宝贝镜子送给逍遥，狐王不知怎么肉痛呢。

逍遥弹了弹镜子边缘，饶有兴趣看我："天界的人不坦白，就爱粉饰太平，对你隐瞒前事。你也从不问，我呢，就大发慈悲，全告诉你得了。"

我望着他没动。忍了忍开口："你打算怎么告诉我？"

"我讲得不生动，不如你自己看的。"逍遥擦亮了镜子，摆放到桌面上，一边观察我的神情，"公主你发现没，其实你一直立场不坚定，你觉得你不喜欢我，甚至处处和我对立。可是，你始终没给自己一个信得过的理由，例如，你恨我的话,为什么恨我?"

他最后几句话被我放在舌尖咀嚼,我又恍惚起来,恍惚感和刚才在街上的感觉一致。逍遥对我缓慢一笑:"你是仙人,所以你的记忆只是被封住,而不会消失,有时候封得不严实了,就会跑出来打扰你一下。"

我低下头,看到了什么,镜面如水纹拨开,我看到了一个熟悉的脸孔。

姑姑,她穿着道袍,站在云雾山顶上,头发扬起来。但是姑姑背景的山顶很古旧,不似现在的云雾山,而是很多年前,草树还没长齐的那时候。

姑姑的长相很好看,那时候她的头发还是黑色的,宛若还是当时的九天玄女。

这时候逍遥笑着,画面转换,转到半山腰,山峰嶙峋,一个人影贴着山朝姑姑火速飞过去,飞得很快,我瞧得不大清楚,可是他与姑姑缠斗在一块的时候,我却认出了,那男人是魔界至尊,逍遥。

我朝对面逍遥看了一眼,低喝:"你与姑姑交过手?"

逍遥反手横卧住小扇,仿若拈花朝我一笑:"不只是交手,喏,你看着。"

他的神情不知道是不是轻松,眼角间笑意流淌。我看到镜子里面姑姑的剑和逍遥的碰在一起,火光激烈,姑姑和他各自退了退。

即使知道是在镜中倒映的往事,但我还是关心这场胜负。我觉得姑姑不会输,可逍遥呢,他又会输吗?

在清离的唆使下我还在镜中看到过我和他的往事,可感觉不比这个强烈。

姑姑修炼了十几万年了,在镜中这场比试中,她也始终和逍遥僵持着,到后面比拼剑招的时候,两个人越来越焦灼。

"你为什么和姑姑动手?"在观看中,我的呼吸越来越急促,也许是紧张,我迫切地想要转移注意力,就和对面的逍遥说起话来。

逍遥好像余光瞥了我一眼:"因为我想杀她。"

镜子里闪过一个画面,我放在膝盖上的手痉挛似的一握,力道很猛。我盯着镜子一动不动,里面如绽开了一大团血花,充斥视野,因为姑姑被一剑洞穿,从镜子里,我无法判断有没有刺中心脏。

伤害姑姑的人,正是逍遥。

不只是交手，他和姑姑，的的确确不止是为了交手！

逍遥倒了一杯水，慢条斯理地喝茶，一瞬间静寂恢复到之前，镜面平静下去。半晌他才说："第一场戏，公主看完有什么感觉？"

我从灰暗中抬起头，看向对面坐着的惬意男人，嘴唇轻动："看完这些，我才真正意识到，你的确是个魔尊。"

有魔界的冷血，魔界的无心。

逍遥嘴角勾起来笑："我今天请公主看的戏，一定都是评价最高的戏。"

在他的笑里我终于没办法不恍惚，我撑了撑额头，这个男人为什么这样做？我真的并不是有我说的那么好酒量，因为我已经开始有点上头，那几口酒让我更没法持续清醒。

是的，是我记忆再次出错，姑姑哪里是仙魔大战的时候受的伤没有痊愈。我怎么都不肯动脑好好想想，仙魔大战都过去好几百年了，姑姑就是有伤也该好了。她的伤，是逍遥刺的，是她和逍遥交手的时候落下的病根，所以她才一直都要静养，在南海观音那儿休息，是了，因为她重伤难愈，所以才不能回来。

想起这件事，我望逍遥的眼神便不再如前。他却似毫不在意，还是低笑着斟茶，眯眯眼看我："第二场戏公主有没有想看的？ 是想看凄美些的，还是有趣些的？ 英雄救美还是舍生忘死？"

他又敲了敲镜子，顿了顿，笑："这儿的戏多着呢。"

见我不说话，他又说："公主，你不觉得这人间花花世界，曾经让你留恋得很？"

我盯了他良久，缓缓开口："你不让我看看，我跟你之间的事？"

逍遥的目光始终笑着和我相望："我这不正是努力让公主记起来么？ 我和公主间的事，要公主自己想起来，才有趣啊。"

在我脑海中，逍遥和月留，总是有个极强烈的对比。比如他此刻白衣如馥，笑得却嵌了几分邪恶。

我不动声色默默看他说："你不怕我想起一切后，与你兵刃相见。"

他无畏地笑笑："尽管来。"

我低头盯着镜子，此刻混沌一片："我看见的，是你差点儿害死了姑姑；

我没看见的那些,岂知你又伤害了多少人,做了多少伤天害理之事?"

逍遥笑:"不说远的,就说近的。"

我还是看不透逍遥笑容里是什么,喉咙间自然就发出了声音:"近的,你准备何时将月留解药交出来?"

趁他一抬眼的间隙,我挥起素绫就缠到了他的脖子,我踏上桌面,逼近了他。

逍遥便看着我的眼睛,笑容晏晏,脸上连个惊讶也没瞧见。

"月留中的是尸咒,那是你魔界尸骨河的毒咒,只有你,月留去拿回白纸神杯那一次,你借机下的毒。"我一字一句,看着他逼问。

逍遥视我素绫如无物,倒也还没敢那么嚣张。只是眸光看着我,又不紧不慢说开了:"你的记忆,月留解药,换哪个?"

我吸了口气,又是选择,他似乎总喜欢来这套。压死他肩膀,我咬牙切齿:"月留解药!"

逍遥忍不住笑,被我素绫勒住脖子,咳嗽连连:"咳咳,有了解药他也活不长。幽王的期限到了。"

我冷冷看他,一伸手:"那不关你事,解药给我。"

逍遥看了我一会,突然许久都不出声。就在我要说"你要抵赖?"时,他的手探入怀,取出了一颗金丹。

我冷着脸:"尸咒那么厉害的咒,一颗丹药要是除不干净呢? 你诓我?"

逍遥的脸也冷了,他看了我半晌都不做声,直到我坚持跟他对视了半盏茶工夫,他才终于又从怀里掏出一颗金丹。两粒金丹我一并接了过来。

逍遥看我郑重其事,轮到他对我冷笑:"你想想我要是给他毒药,他不是一吃就倒霉?"

我转脸看着他说道:"不会,因为你没机会了。"

我捻起一颗金丹,塞入口中吞咽了下去。有毒没毒,我可以先试药。

逍遥的脸这下彻底变了,好久才颤抖着唇手指着我恨声:"好,你对自己够狠。为了他,你还真一直对自己狠得下。"

我看了他一眼,慢慢的一眼:"因为有人辜负了我,所以遇到了月留,我要好好珍惜。"

尝到了被人辜负的痛苦，所以遇到了今世的良人，才要加倍珍惜对他好，保住缘分，这是父君告诉我的。

逍遥总以为我什么也不记得了，可总有些东西，我会慢慢想起来的。比如，他负我。比如，传言也不是真的全都是假的，至少，我真的对他产生过感情，虽然极短暂。

我最后那句话，显然是把逍遥给震到了，他接连后退了好几大步，我很想说他，魔尊形象都没有了。

他看着我，不敢置信。

我把金丹收好，对他说："我走了。"

他依然没反应。我只好垂下眼眸，使了个隐身诀，独自飘离了地面。

其实我真的不如很多人，不如她们对爱的坚守。不如姑姑，不如织女，也不如嫦娥。

因为我发现我的爱，总是那么波折心碎，离我所要的安宁安稳，相差太多。最后遍体鳞伤，爱一次相当于死过一次。姑姑都说我是瞎折腾。

我没有专一喜欢玉桓，也没有死心塌地爱逍遥，现在只有一心一意对待月留，因为，我发现，我爱他爱得很深。

以往从没有过的深。

所以这辈子，我想和他从一而终。

心情很是沉郁地走着，我眼睛瞟也不往别处瞟地直向前走。可是一到北天门就有人把我拦住，黄胡仙颤抖胡须对我急急说："公主，有事情禀报。"

我眉心一皱，不悦道："父君就在凌霄殿坐着，有事情自然禀告父君，找我做甚？"

黄胡仙眼神闪躲了几下，有些瑟缩着慢慢说："不是刻意麻烦公主……是干系有点大，前番东华上仙早已四处找过您一回了。"

吕洞宾找我，我心里转了一圈，轻哼，他找我除了北渊王的事儿，也不会是别的了。我面色更是冷，八卦我现在没工夫去管，我现在，唯想火速去看看姑姑。

被我一堵黄胡仙倒不敢再说什么，恭顺往后退了退。但我走在路上，却又听二三小仙嚼什么舌根，传进我耳里："听说北渊王，这次看上的是只妖，幽界幽王殿上的幽使,叫什么小戚。"

我脚底下生生定住了,转过头,黄胡仙看我站住,又赶紧地贴上来。我伸手招过来一个小仙,这些小仙平时守天门没事,就爱扎堆聊天,话题怎多。

我问他:"北渊王和王后的事情,你们都知道得一清二楚?"

小仙嘀咕了一句,笑道:"咱们镇守北天门,听到看到的事自然就多些,不知公主想问什么?"

镇守北天门,倒的确有这点好处。我寻思了一下,说:"父君前日派去北渊帝君府上的北斗星君,说让他了解情况,他回来了没?"

小仙答:"星君是没回来,可那是因为幽王把他拖住了。也因为这,证明这事跟幽王殿有些关联,北斗星君没法子,一个时辰前才上了折子,对帝君呈报了事件。"

才一个时辰这些人就都知道了? 的确耳聪目明。神仙啊,你到底日子是有多无聊。

我顿了顿,虽然仙帝看上一只妖是挺稀奇,但我心底还是有更要紧的事。我糊涂了几百年,没弄清楚姑姑的伤哪儿来的,现在是该去侍奉侍奉以表孝心。父君带了我八千年,可八千年以后全都是姑姑给我讲道理上课,委实是,形同亲母。

这些八卦奇闻,还是留着以后慢慢听。

黄胡仙又道:"听说北渊王后,极力夸奖白玉仙子,向帝君建议,想把白玉仙子送去天外天,服侍在上神身边。"

我走过几万年的路从没有像今天这么不顺过,刚抬起的步子硬是生生地又停下了。待我回过味,北渊王后即使虎落平阳,同样也不会被欺负,插手管别人的事情反而很热心。

她还是端着王后的架子,在九重天耍她的威风。嗬,现在连堂堂上神身边送什么人伺候也成了她管得了的事。看来北渊王后真是闲大发了。

自己的事没管好,没本事只好跑来找父君撑腰。此刻却有闲心,居然欺到本宫的家门口来了。白玉也不简单,被太上老君拦着,就攀上了北渊王后的高枝。我不由得想,小姑娘可造之才,再假以时日,是不是还要骑到我头上?

老君啊老君，您这孙女，可跟小时候比大变样了。

黄胡仙唏嘘地看着我，说道："公主，您怎么了？"

我一捋袖子，笑道："没怎么，本宫去别处瞧瞧人。"

上去的时候居然听到悠扬的琴声在响，我不自禁侧耳倾听了半晌，然后慢慢顺着琴声，便看见月留高坐云端，膝前架着一架古琴，手指拨动。

胸中涌动只觉得这情景似曾相识，我竟愣了一下，月留就听到动静，敏锐地抬起了头。

我同他四目相交，心尖更颤了一颤。

月留微微诧异："公主？"

幸好本宫恢复得快，转头已经眯眼挥袖飘了过去，眨眼到他身边。他望着我，眼睛里有笑意："你怎么来了？"

我笑嘻嘻地靠着他，摸着他肩："那么见外干什么，叫我梦璃。"

看他一愣。

我补道："或者叫我阿璃也行。"

他面色古怪地盯向我看，我冲他一笑，见他嘴巴动了动，正要说话，旁边脚步声走来，叫小桃的桃花仙，低头端着杯盏到跟前了。桃花仙把杯盏全部放在桌上，在我和月留面前各摆了杯子，倒起茶来。

我拉着月留的肩，转头盯住他的侧脸，挑话道："你原来会弹琴？以前没见你弹过呀。"

月留嘴角一勾，笑了笑，"好听吗？"

我连着点头："好听，比司音仙子弹得好听多了。"

月留笑了出来，片刻说道："以前没发现，你还真会夸人。"

我笑得眼梢都翘起："那要看夸谁了，月留公子这样的，夸起来当然不是难事。"

月留又怔住了，肩膀一紧，我余光瞥见桃花仙独自垂着头，好像也是被我酸到了的那模样。

月留又盯着我的眼睛："你今天，怎的和平时不一样？"

我不接他的话，端起茶，放眼前看了看，打眼又笑了一阵，瞥他状似无意说道："月留，我可听说个事，北渊王后昨日还是今日跟父君提建议，说要把白玉那小姑娘，送到你这里来伺候你，真真热心肠。"

我话音完，月留这次真是许久没说话。那小桃仙倒是抬眼，朝我看上了一次。那眼神登时就叫我脸红耳热，何时月留身边一个小仙婢，眼力也这般不简单了。

许久后月留方悠悠来了一句："我知道了，你是找我喝醋来了。"

他这一声悠悠，还带了些婉转在里头。我立刻严肃正色地看着他说："什么叫喝醋，仔细用词，我这般是跟你说明情况来的，和喝东西可没半点关联。"

月留别看他平时一本正经的样子，有时也忒坏的。

话虽这么说，我耳根已热坏了。本宫这回不淡定，有点太不淡定了。

月留用那半眯的眼神看我，我自然尽量表露得淡然又自若，只听他低笑了出声，嗓音略沉，竟抓住了我搁他肩上的手："你还有什么不放心，如你说白玉只是个小姑娘而已，我还能对小姑娘动什么心思不成？"

我几时说他动了什么心思。我一面脸烫着，一面挥手去掸他，嘴里说的话却偏偏越加不着调："我是担心你流水无情，落花有意。"

说完我手一顿，怎么听怎么不像是我说的。

扑哧……

我顿时扭过了头，装作怒视，只望见小桃仙猛低着头，拼命往下掩自己的嘴。我脸红红地憋着气看她，这要是在我殿上，一定叫人把她打出去。

月留却偏偏不识趣，这时还主动问那桃仙："桃儿，你觉得公主有何好笑的？"

小桃仙的神情有点难猜，她的目光盯了我很长时间，有些结巴道："公主，和以往，的确不一样了……能和上神这般亲密，小仙也很为公主高兴。"

这话说得太诚恳，可见其情真意切。

我转头看月留，同样情真说道："我越瞧月留你这小仙婢，越是觉得不错。看来北渊王后想给你换人伺候的想法，确实是大错了。"

月留又是一笑。

我干咳了一声，想着气氛不能老这样，该转变转变，盯着他那琴架我就道："月留你刚刚那首曲子真是不错，再弹一首听听？"

月留的手搁琴架上，看样子正准备开始。

小桃仙又说了："公子，许久未弹琴了。不如公主伴舞吧，一定更好看的。"

我抬了抬头，这小仙婢主意真多。

可月留好似真挺信她的话的，停下来就看向我。我这老腰都多少年没跳过舞了，罢了，今天就当练习，要是能跟月留的曲子合拍，倒是件美事。

曲子当然是很美的，本宫跳起来也流云似的流畅顺意，领略了月留曲子精妙，我跳得跟他甚合，倒真有点似我俩事先排演过一样。就是过程中小桃仙始终目不转睛盯我，那眼神，瞧得我很是伤感了一把。

那金丹，我攥在手里生了汗，还想神不知鬼不觉想个什么点子骗月留吃下，可后来对上他那眼睛，我就叹了口气，我这般瞒天瞒地的，须知月留心里哪样不清楚。最后我还是把金丹掏出来，自个儿送到了他嘴边，他看着我，只是那般咽下。

最后还是看着我，低声说了句："谢谢。"

本宫鼻子里泛酸，还是一低头隐去了。论煽情，貌似我说上千句话也抵不上他随随便便一句话。

巧也巧，从天外天回来我老腰累过一番后，正好迎头和回来的北斗星君碰上了。

匣子里关不住话，北渊王的事他不敢四处嚷嚷得人人都知道，特别更要避北渊王后耳目，眼瞅四下无人，北斗就再也忍不住了，低头就要跟我竹筒倒豆子。

我心情尚好，也就乐意听他说了。

可想不到北斗星君将他短短几日的所见所闻讲出来，精彩度堪比一出折子戏啊。

我知道凡间有一出很出名的戏叫《倩女幽魂》，讲的是个女鬼和俊俏书生的生死恋。我自是对我那北渊仙帝看上的女妖很有兴趣，便追着北斗询问了一番。

据北斗说那妖长得十分美艳，美到那位北渊仙帝一见之下就看上了。这幽界魑魅魍魉，长得怪异的何愁没有，要从中挑一个顺眼的却难。可一个长相美艳的女妖,便是本宫我混了上万年,也头一回听说的稀罕事。

当下我兴致更浓厚,但是北斗却在此时说道,这次下界,曾看到北渊王捶胸顿足向幽王再三保证的样子,称他只是"看"上了那女妖,却并非爱上她。

我们一众人,都冤枉他了。

山头是个事情多发地带,南荒山上发生的,就是北渊王这段"孽缘"。

南荒山在北渊王的领地范围内,仙帝当时也是和娘娘怄了气,索性挥袖,走着去巡视四周。到了南荒山的时候,正是傍晚与黑夜交接之时。

所以说世间事,真是无巧不成书,他看到有个百年修成的树妖,在吸食路过的一个凡人的魂魄。树妖秉性恶劣,靠吸取灵魂修炼,本来它还只是吸食山上的一些小精怪的精血,想不到那日,竟然胆子大到去残害人命。

北渊王自然大怒,就要驾云下去,惩治那胆大包天且不知死活的树妖。可他刚刚落地,就看到树妖对面,有一人影也正在和树妖奋力拉扯着那个凡人的魂魄。

幽界勾魂使,正主儿小戚登场。

这小戚当日也是尽心尽责,想尽了办法要将魂魄从树妖口中夺回去,带回幽界投胎。但她的法力,肯定比不上树妖,因此当时她不仅没能把凡人的魂魄拉了回来,还差点把自己给搭进去。

如果那时北渊王没有及时赶到,小戚就得和她手里拉的魂魄一样,一起命丧树妖口中了。

树妖和北渊王比起来自然就微不足道了,说起来这还是一出英雄救美的大戏。

等北渊王回过神来,再一细看被他救了的幽界幽使,竟发现小戚还是个有稀世美貌的魂魄。多么精彩的一出戏,要是放在人间,铁定是两个凡人生情的绝顶戏码。

但不知为何,此事发生在北渊王身上,仙帝一个铁心,就把小戚拘了起来。养在他下属的一个宫殿里,不给出门也不给回去。

这事之所以闹大了,就是因为幽王对此事上了心,幽王派小戚去勾的这个魂,生前还是个九世的大善人,来历不浅,难怪会引起树妖的垂涎。

九世善人，还差一世便是可以成仙的功德，这样的人，是绝对要注意的。幽王当然格外当心又小心。可是，派出去接魂的小戚，却逾期没回来，且满天满地地失了踪迹。

最着急焦心的，自然是幽王。好不容易手下探子带回了一丝消息，幽王立马寻到了仙帝要人。孰料，仙帝却不肯。

北渊王不肯放人，加上北渊王后又不知从哪里得到了风声，直接闹到了天庭，将此事宣扬得八荒九州皆知。

这也是令北渊王真正震怒的根源，从而疏远娘娘，北斗说，北渊王冤枉得捶胸顿足的样子，当一听到是北渊王后告状的时候，整张脸直接拉下来。想来北渊王后平日做派也不甚端庄，夫妻早有积怨，借由此事，一并爆发。

幽王头顶冒烟，急得团团转悠，只得后来托北斗星君，托他帮忙捎话上天。

北斗言罢，喝了口茶，还叹息了一声。说他堂堂一个仙帝，被自己的王后抹黑成了红杏出墙，不知道的人，还真就会信了。

我说这看上和爱上，怎么还能是两码事？仙帝对小戚，到底是什么意思？

我问北斗，仙帝最后有什么表示没？

北斗频频叹息摇着头："仙帝最后坚定了念头，道他休妻是休定了。"

唉，连我都忍不住叹息了，看看北渊王后做的这个事。

似乎仙帝开始没有休妻的意思，纯属是被北渊王后闹的。北渊王后闹腾的功力，的确相当深厚。

我仍旧有疑，就是北渊王有何理由不放小戚？

可是还没等弄明白这些事，我就看见总跟在父君身边的迷迭天官，苦着脸抱着拂尘飘来了我这边。迷迭天官戴着一顶高帽子，宽大袖子，叫我"公主"，对我说，天帝召我。

迷迭天官是天庭所有天官中职权最高的，只跟着父君，一般能让他亲自出来传旨的，多是一些大事，或者对象是极位高权重的仙人。比如千年前的大战圣旨，比如万年前姑姑的封衔。可是这次，父君却把迷迭天官叫来传我了。

我不能不提前悬个心，满腹疑惑地去大殿见父君。

大殿上只有我和父君两人，到了以后迷迷就自觉退出去了。空旷的大殿显得愈发空旷，我的心里也愈发悬着。看这架势，好像父君召我的事情就不小。

我赶紧脑子细细寻思了一遍，可是却想不透能有什么事。

父君在案上拢着茶杯，打眼看了看我，我心底一抽，赶紧地就走了过去，走到他老人家身边，抖着笑脸道："父君，你找我有事？"

想着父君疼我，就算有什么事儿，也不该有什么大事。

父君看我，话语说得缓慢："本来今日，我不该叫你，可是……"父君又看了看我，目光陡然深了起来，他这样的眼光是我从未见过的，是以心虚之余以为他还要说什么，却终未见他开口。

我更加惴惴不安起来，只好自己说道："父君有何事，只管跟阿璃说好了，我听着。"

父君这时便拍拍我的肩，示意我先坐下。我就在他旁侧的椅子上坐了，父君凝视我，明显摆出将有一副长篇大论的势头来。

我竖着耳朵恭听，父君第一句话是问我："阿璃，你北渊叔叔的那个事，我前日已经弄清楚了。那幽界的小戚，确然是被他发现了，然后拘起来的。不过你北渊叔叔这样做，却不是你和那些仙人嚼的舌根子一样，而是另有隐情。"

我的眼皮在父君说这句话的时候就跳了几跳，暗中紧张地盘算莫非是和吕洞宾近来八卦得太狠，父君觉得我太不够尊敬自个儿的长辈了？

父君让我叫北渊叔叔，可实际上，我一次也没叫过北渊叔叔，就连他那位王后，我也只呼其王后，似乎是不敬了些，父君是怕我丢了脸？

我还想，倘若父君真为了这个不高兴，那我便委屈些，叫王后一声姊姊也没什么。心想在这些个虚礼上面，我素来是好说话的。

可是父君接一句却道："你北渊叔叔发现了那小戚，却着实是为了你。"

我一下子糊涂了，瞪着眼睛有点懵，父君却闪烁着眼光不言语。我的脑子再慢慢地回味，小戚的模样，说起来最近的谣言四起，没人真正看过小戚，却在传言中把小戚的美貌吹嘘得无与伦比，只是我也偶尔好奇，一只妖，容貌能艳丽成什么样子，重要的是，幽王为什么会同意这样容貌艳丽的妖留在幽界当差。

总算慢慢有点回过味来,约莫这位小戚的身份,还不止幽使那么简单,幽界那地方,背后有故事的不计其数,这小戚八成也是有不一般背景的。

父君慢慢转过身:"阿璃,今天我就把乾坤镜开一开,让你瞧上一眼。"

我立时望过去,心下戚戚,乾坤镜可知前五百年事后五百年事,也是天界至宝。到了乾坤镜面前,清离那水镜就相当于小孩子的玩具。但是能开乾坤镜的只有历代天君,其他任何神仙都没有权力开启,我也不曾见过。只是乾坤镜几万年没有开过了,到底是什么事,父君竟然要开乾坤镜给我看?

这个时候,父君已经挥出了一道法诀,打在他椅子后的金门上。金门缓缓洞开,乾坤镜雪华一般的光芒照耀整个大殿。而我,此刻还尚震惊着。

父君道:"我就给你看看这小戚的模样。"

我此时也只有瞪着眼睛一眨不眨看镜子,里面云雾散了又拢,拢起又散,来来回回几下之后,真的就渐渐显出了一个人形。

人形很清楚,不比面对面的视觉效果差,因此,本宫也看得十分清楚。

小戚确然有个妖的样子,穿着长长的白衣,头发披在后头,梳得却很整齐,总之夜黑风高,她走出去,绝对没人怀疑她不是个女妖。

可是她端坐在榻上,安安静静,那样子却又有几分娴静,好像还挺端雅。

气质又很像大家闺秀。

但她的脸在镜中出现,那般清晰就像在我的眼中被无限放大。纵然我很少揽镜自照,不自恋,可是我即便几千几万年不照镜子,当我自己的脸出现在我面前时,我想我还不至于,认不出自己的模样。

我的嘴角已经僵硬,这小戚不知为何,竟长了一张和我一模一样的脸。

我渐渐望着,却发现父君若有所思地望着我。我想,我完全明白了父君说北渊叔叔把小戚关起来是为了我的意思。

"父君,"我终于还是忍不住抖着声音喊出了声,头一回带着惊恐道,"这是怎么回事?"

父君又挥了一下手,关闭了乾坤镜。他转过身体,脸上也有难解愁容,最后他缓缓对我说道:"你去吧,找幽王,让他给你细说经过。"

我渐渐冷静下来,看着父君,感到怅然。

逍遥一生

——后 传——

幽王早间回了幽界主持一应事宜,他本身系重任,不可能把幽界放任太久。

我来到阎冥宫,一众幽使魂使立时就退开了十五六步,我面带微笑,摇了摇袖子,便飘向幽王爷的案前。

所到之处幽使们皆低头屏气,我笑了笑,幽王正在桌前翻看一本封皮黑黝黝的册子,本来看得甚是仔细,两耳也不闻声。

我也没有主动言语,直至到了跟前,幽王才似有察觉,先是以迅雷不及掩耳之势合上了书册,之后才恍作惊讶地看向了我。

我笑眯眯地瞟了他手里的本子一眼,只见幽王却捂得很严实,只露了一点无关紧要的边角。

"公主!"幽王下摆一撩,就要参拜。

我也虚受了。

地上的妖随着它们幽王,都来参拜,待受完了这些大礼,我才笑笑开了口:"幽王日理万机,辛苦了。"

幽王端着黑胡须分毫未动,眼见主动权没了他也是迅速补救,热心地客套道:"万万想不到公主驾临敝殿,实在失迎,失迎!"

我缓缓摸了一下手指,我不喜拐弯抹角,明人不说暗话,遂免了那一套繁缛礼节,索性开门见山,我笑着悠悠说道:"幽王,你那生死簿上,记载上神的那一页,拿来我看一看。"

幽王脸色顿时一变,张口正要说话。

我也赶紧改口:"哦不对,应该是仙命簿,上神曾历世多次,理应有过几次凡身,那簿子上面,该是有很多页记载的吧。"

幽王开始伸手抹汗,他方脸阔额,着实不适合做这种动作。我知道本宫仙光璀璨,照耀得一众幽界暗影都退避三舍。幽王的脸色确然不怎么好,我横看竖看他眼角眉梢之间都是为难,很久之后他才跟我道:"请公主随我到望乡台。"

幽界的望乡台我也久有耳闻,当初听说的时候,只觉得是个妙处。叫人投胎前望一眼故乡,可以看清往事如烟。

我想幽王恁地干脆,知晓我要看什么。可是到了台子,我远远看着那个地儿,却倏忽觉得心中万千感慨,心里也微微生些了迟疑。脚步迟钝,本宫竟磨叽了起来。

幽王看我半晌,缓缓说:"公主稍等,此处还有另一人候着。"

我便淡淡一惊,立即转眼,只见背后飘出一个月白修长身影,发丝舞动,就朝我走过来,步伐沉重,带着凄意,风灌满长袖。

我一下子被定在那里,全然出乎意料,比被使了定身诀还要坚定。

月留神色间似有倦意,可看着我的眼睛却清透无比,在我还没酝酿成情绪完全不知所措时,他开口说了句:"我知道你会来此。"

一语击得我溃不成军。月留身边还跟着那仙婢,瞅着我泪眼汪汪。

幽王刚直了一辈子,这时候倒也有缩头之嫌疑:"公主和上神之事,还是讲清楚得好,小神待会再来听吩咐。"

我傻了眼,也哑了语了,这一刻和月留面对面,我竟生起丝奇妙的违和感出来,他站在那儿第一次未主动走近我,我硬是生生体会千条水万重山的窘境。

我觉得适才他说完那句话后,愣得比我还要严重,这会子才渐渐地向我走来,温雅的嗓音头回听得我心发紧:"不用麻烦幽王,你若想知道前尘事,根本也不必来这望乡台,问我便是。"

我被他说得垂下脖子,好生怅然,好生心酸,又好生难过。

因我这般难过心酸,才不好意思叫他也体会,他如此责怪我不找他说,我也好生委屈。

月留不知是否体会到我这番心肠,在对面用一双隐藏万千、欲语还休的眼睛朝着我看,硬是看得我也没勇气和他对视。

月留朝我伸出了一只手,骨节分明,修长漂亮,我凝视着那手发呆恍惚,月留自是浑身上下不问什么都极好看极漂亮的。

月留主动用那手包住了我的手腕子，自打我跟月留相处以来，多数月留主动些。我偶尔那是被煽情得过了，才会做出些柔情举动，他的反应大都也平常。现在我觉着，月留真是好似习惯了和我的相处模式，他的自然和亲近，早都印在了骨子里。

我不由得想起，我与他大抵也便是如此吧。

月留定定地看着我，声音却夹杂了说不清的情绪，柔软克制："你下界七世，我便护了你七世。"

我讶然看他。

"过去的你，性子更加倔，你跟魔尊闹翻之后，又恼恨他牵累于我，一怒之下携了天界众僚，毁了魔界的修罗大殿。至此你跟魔界势不两立，魔尊也甚是恨你。"

我略一思索，逍遥恨我并不稀奇。他的性格睚眦必报里外皆知，我若真毁了他的大殿，他天上地下追着我恨也应当。

"可你偏偏跟魔界对着干，最后硬撑着不肯服输，弄得一身惨烈，更……更因麻姑之事，你伤心欲绝，差点在那一刻散尽了修为，可恨我当时无本事护你，无法阻拦你去找魔界寻仇。是天帝出手护住了你的真元，我抱着你在天外天，好言宽慰你三天三夜，你却第一次那样固执，说你一生只赌那一次，和魔界至死方休。要我，准你下界，去寻传说中的七世姻缘。"

我头眩晕，身子一阵晃动。月留说的这些，加上我这些日子听来的、我自己模糊想起来的，正好对上了。是以我并不觉得他说的话陌生，只在熟悉之间，还有些恍然。

我上前攥住他袖子："当初，你是为什么被那魔尊给害了，损失了金身，定是为了我，我才会……才会那般，你处处为了我，我却把你拖累成这样。无论如何……如何，我定不让你有事了！"

月留任由我扯着他衣襟，听我一番声情并茂，几不可闻地蹙了蹙眉，他缓缓道："你定是不知道，你此番的形容，与你几百年前是多么像。"

我默默不语，低头暗想，那次我发狠闹得三界不宁，本宫也顺带扬了扬"美名"，这次不知道，又会怎样。

月留又语重心长："幽王镇守此间不容易,你莫要闹了。"

我腾地抬起头看向他："几百年之前,你不是说,你未曾劝动我吗?"

月留再次顿住。

这时小桃仙探出头,期期艾艾地说道："公主的心思,我明白。"

我看她一个小仙伸长了脖子也不容易,还要情深意重地说着话："公主无非是想和上神天长地久,只要这个心愿全了,上神一切平安,公主自然也不会再闹了。"

我被几句话说得面色红赤,虽说此乃我真实想法,可还是不宜这般露骨地说出来。

月留看了我良久,才瞥开眼睛,轻轻道："你跟我来吧。"

望乡台外观上也就是个普通的台子,就是架得高了点儿,月留扯着我往上面一站,我勉力定住了心神,便是如此,还是心跳了几跳。

我道："当初魔君使计,生生毁了你的金身,害得你永世长存的寿命,只剩须臾可活。我当时真真是气狠了。"

月留并未有什么表情,他那清清淡淡的脸色,从来如此,倒似活不长的不是他一般。

他这么着,我更是心头狠狠一酸,想着造化弄人,想着诸事不公。我想他纵活了千万年,也不该是这副哀莫大于心死的样子,神仙都寂寞,大部分都活在生无可恋的寡淡中。

便是我,若不是遇上他……我狠狠闭上了眼。

月留面色淡淡,一笑："莫说了,你想知道的,都在下头,就好好看着吧。"

他伸手在望乡台下一抹,浮云飘开,我怔然,第一世,我托生长在山间的弱女,灵隐山上紫阳花盛开,一转眼,白衣男子出现在眼前,气质荣华。自然是月留。

他面上戴着面具,与平时里他带的那个一般无二致。

我扑过去喊"师父",一派不知愁苦。

站在望乡台上的我却怔住,月留依旧无话,只见他手一拂,又是一番红尘乱世。

我坐在森严的宫廷里面,月留他就站在我的旁边,可惜那时我身披嫁衣,明显对象却不是他。他陪在我身边,为我送嫁。

我怔然地指着,转脸问他:"我这是要嫁谁呀?"

月留闭上眼,抬手,又一拂。

我从未像这样,如看戏般,看的却是我自己的投胎。似乎每一世我投胎的人家都不错,可是过的日子,却不知为何那么憋屈。月留像是我的影子,我在他在,我行他行。

看到后来,即便我再榆木脑袋,也看出端倪来了。我声音发颤,身影摇晃,好容易咬着牙去看月留,颤巍巍就要开了口。月留却截住我,看着我说:"你自小得帝君宠爱,灵力又高,这八荒九州,怕是无人敢挑你风头。可是你也因此被魔君惹急了,你平生最恨别人欺骗你,偏偏魔尊做了,你恨得咬碎银牙,带着许多天兵天将去讨伐魔界,当初那场面,我在元始天尊的浑圆镜里看了,真叫血流成河。你心高气傲,怎么也咽不下那口气。后来便是我亲自下界,将你带了回来。你闯下大祸,帝君也震怒,不能容你,与你素日交好的仙友都为你求情,帝君仍要你受七世轮回之苦。倘若这七世,能让你成就七世姻缘,救了我性命。也算你将功补过,往事可不再提起。"

如果我还是隐罗山刚醒来那会,什么记忆都没有。听了这些话或者还能感慨一句本宫年轻时真乃敢爱敢恨,可现下我沉默着,凄然得很。当初我从月老那里听说七世姻缘的力量,能够重塑上神金身,几乎毫不犹豫就答应了。我说:"我当时向父君许诺,我若救不了你,情愿随你一同化风了去。"

那时月留舍命相救,我是对他动了真感情,对逍遥则恨得抓心挠肝。

"公主,你对我的情,我都知道了。你与魔君那些恩恩怨怨,也都过去了。"此刻,望乡台上,月留微笑看我,"我也不要你与我一同化风,那样的结果,并不需要。"

我真是体会到肝儿颤是什么味道,便是瞄上他一眼我也觉得呼吸困难,胸堵喉噎。

幽王这时倒冒出来了:"公主与上神的姻缘百般受阻,那魔尊当初听说时,就发了狠咒,让公主与上神,每世相爱却不能相守,饱尝离别之苦。真叫狠心。"

我冷冷地笑出来:"我说错了,我质问他负了我,看他这般作为,倒似我负了他。"

幽王道："魔君性格素来这样，即便他对不起公主，他也不容许公主伤害他。不过此刻，他似乎也不再那般了。"

我年少时候定力不佳，看见魔尊邪魅妖气就觉着新鲜，也不管是不是陷阱我就一股脑儿跳了。待回过味来才发现自己被人当了枪使，摆了一道不说，身边的人还被重重伤害了，也难以把持当时的愤怒，现在想来，我真是被引诱得七情交错，一点神仙的清心寡欲都没了。

我终于想到要紧关头，立马转了头问道："我已轮回了七世，即便魔尊阻挠，也不该是这样结果。莫非还不成？"

幽王俯了俯身："上回帝君已跟小神打过招呼了，公主莫急，这就说到小戚的事了。"

幽王总算又躬身又赔礼地慢慢道出月留之事，我才听明白父君当日应承我的月留不会出事乃非虚言哄我。不由眼眶内微热，只觉父君形象又拔高了不知多少倍，既光辉又伟大。

而小戚的身份，我也终于在今天听明白了，只是发生在自己身上不敢置信，我瞪着一双眼怎么都回转不过弯。幽王顺风顺水地倒出来："公主当日和上神，虽然被魔尊逍遥百般阻挠，不曾真正拜堂成亲，白头到老。但终究念及，公主轮回世世对上神的一片赤诚心，也算两位姻缘得牵。但公主受过重创未愈，彼时也遭遇了魂魄离析，七世姻缘会出差错，多半也是这原因。"

我眼睛一亮，就说道："离魂？"

幽王又拱手："公主是九天帝女，魂魄自与别个不同。灵气充盈，便只有其中一魂或一魄，也能自成意识形态，当初帝君虽然对公主责之深切，但毕竟不忍心袖手旁观，将小戚送来幽界，也是帝君担心以后变故，为公主留的后路。"

我下意识心一动，眼睛亮起来，怔怔脱口出："父君当初是怕我灰飞烟灭……"

月留与我对望一眼，已然知晓我所思所想。眸中便带出了劝慰温柔："留的一魂，起码还有机会为你重塑金身。"

我轮回之初一心往前，早就心存死志，撞上南墙也不回头。我下界投胎,凶险无比,乃是破釜沉舟之举。我想既能救月留,便不大能顾得上自己,没想到轮回失败的后果,便是我同月留一起灰飞烟灭。我当时一头钻进死胡同地想,这样也算全了当初说要和月留一起化灰的誓言了。

却想不到我这番思想,完全不曾顾及父君。

我真真是那般不孝的。

可如今却得知,纵然我曾经那般不孝,父君也还是为我留着后路,为我的莽撞,留存诸般回转余地。如此这般,我无地自容。

可叹我脑子还恍恍惚惚,沉浸于方才缓转过的父君的愧疚中,幽王这时才说了一句:"既是小戚还在,虽然与当初帝君想法不同,却也对公主有益。便让小戚再重新轮回一世,当可圆满完成七世姻缘。"

我如被盆水浇了头,骤然清醒无比。转头去看月留,月留头微垂下,不知在想什么,纹丝不动也没做甚表示。

我心中欣喜,便抓住了他的胳膊。幽王见此状,清咳一声:"不知上神还有何话说。"

我抓着他的手微僵,不由自主吊起心地注视他,见他面色淡淡的,反而不好揣摩。他朝我看一眼,半晌,我的心也便这么毫无悬念地忽忽悠悠飘了有半晌。

"我许久前便认定自己活不长了,如今这情景,我……"他忽地微微一笑,缓缓道,"当然是无甚可说。"

我就该想到,皆大欢喜。

上神转世投胎,是幽界至关紧要的头等大事。需幽王坐镇,然后司命写本子。事前我曾求见过父君,被拒。

本宫看了几万年的戏,如今,不想自己就要被写进戏本子里,还得分毫不差地照着司命安排的戏码演。

司命皮笑肉不笑,可本宫瞅着他,却怎么瞅怎么刺眼。司命手底下写过许多凡人的戏,也写过许多仙人的戏,他那一肚子水,如今却叫我瞧得不甚舒坦了。

司命许是知道我不舒坦,颠颠地跑来我跟前,先给了我一剂定心丸:"公主,你就跟平时一样,在旁看着就成。把心放得宽一些。"

心中自是清楚他这个"在旁看着就成"是何等意思,我便不大言语。倒是月留,很是和蔼地对他笑了一笑。

司命精神头倍增,这边本子写就,那边幽王已准备好,手一挥小戚就闪进了轮回道。

说小戚这一世,也就算我的一世,和前几次一样,这次我托生得依然好。出身书香世家,翰林千金。偶然出外一次踏青,需得像前几世一样,和月留一见面,便能相许终生到白头。

此间,面对种种诱惑,俊男才子,不能有任何动摇。因为,一旦动摇,姻缘,便不成姻缘。

司命略微给我讲了一下戏,对我说,我这几番下界历世,算是把凡间王侯将相之家,都托生了个遍。言道我是神女,就算下凡应劫,也不可能托生在穷苦人家,因此,只好去坑害一下别个了。

我对他的嘴里能吐出象牙并不抱希望,心思却还在他前头说的话上。担忧若说是我对月留的心,那是情比金坚、绝无动摇。我还是有把握有信心的。见今经历了许多风雨,这点子诱惑当然算不了什么。

只是这小戚,还投胎做了人,焉能保证她的心思和我一致?虽说是我身上的魂,但我收不回也牵不住,竟是鞭长莫及,我而今踩在云头上才慢慢缓过来,这岂不真是极险一招!

我渐渐惊下一身冷汗来,忙回头去寻月留,却见他一双清明眼珠仔细瞧着我。

月留道:"听天由命。"

却叫我如何听天由命,我甚是带着怨气地瞪了他。月留侧边的嘴角似乎微扬,半晌来了一句:"我相信你。"

我腾地脸红了。

罢了,如今这事态,已是比前段时日好太多了。

奉了谕旨,司命打点起十二分精神盯着这场轮回,翰林小姐养尊处优,待字闺中,琴棋书画,自小精通。到了十五岁及笄,论及婚嫁,至此都算司命星君厚道,没安排什么大风大浪。

　　既然是轮回，就遵照着凡间的规矩来，翰林夫妇，开始张罗婚事。

　　天界光阴飞逝，过得几日，凡间的我已经长大成人。

　　月留此时要出场，他只需要露个脸就可以了，司命写到，小戚上山上香，回来时和丫鬟走散，被人流冲走。至此，我鄙视一番这出剧目写得老套之极。

　　这时小戚要被挤得跌倒在地，趴在云端看戏的月留忽然从我身边消失，身影出现在凡间山头，轻轻扶住了小戚双肩。翰林小姐颤悠悠抬起头，目光相接，天雷勾地火。

　　果然只是露一个脸，月留再次身影一晃，已经回到云上我的身边。

　　司命道，以前每次，都是上神在身边守护一生，纵然没有结为连理，也是世世牵绊。如今只让上神和小戚见一面，倘若仍能一生只倾慕上神一个，便算功德圆满。

　　功德圆满他姥姥，我至今就没见过这么整人的。我瞪着凡间那个满头朱钗摇曳生姿的女子，怎么也不觉得她像我。

　　以前司命无论怎么捣鼓，用多少种办法手段，我都乐见其成，他手段越多，我故事看得越精彩。可轮到自己的身上，才觉得何等煎熬混账。

　　可惜司命这混账丝毫不念旧情，月留的戏演完之后，就开始可着劲儿安排相亲，真应了他那话，各种俊男才子犹如过江之鲫。凡间其他女子，焉能有这等艳福？

　　我找他理论，他却说得更理所当然，言道："这般的艳福，公主前几世都享受过的。"

　　我："……"

　　我回去看到月留，那心总算又安回了肚子里。看这般风采，雅意天边，便是我见了，也甚是动心难忍。小戚这一世终归是个凡人，便是只见了一面，也定会终生难忘。

　　吕洞宾摸着好不容易蓄起来的胡子，道："公主，凡事别高兴太早。毕竟是应劫的，司命星君不可能就此作罢，让她……咳咳，让您，一帆风顺。"

　　我斜眼："你就这么迫不及待抹黑昔日同僚？"

　　吕洞宾学着那起子露出奸猾嘴脸："我效忠公主。"

"……"

今日众仙，都让我颇不省心。

和月留比肩坐在云头上，看着凡间小戚经历各种事件，忽觉不忍，冲旁边说："虽然她是我身上的一抹魂，但，这般让她一生孤苦，岂非有些残酷？"

月留深深看我一眼："你以前都是这么过来的。"

我嘴动了动，万般凄然，将话咽了下去。

这时人间的小翰林千金来到了梧桐树下，扬起头面。虽说本宫平素里，从不太过在意容貌，但这般看着应该是自个儿的美人亭亭玉立，还是心中微妙的宽慰。我在天上看着，忽然咦了一声。

梧桐树上影摇曳，如雪绸缎飘下，一道人影，直如天地间惊鸿跃下树，雪衣华发，婉转风流。哪儿冒出的一个变化，小翰林千金看到他，嘴张大了。

我在云端，眼也睁大了。

月留也皱了皱眉："狐王？"

那骤然如程咬金似的杀出的绝代男子，不是狐王是哪个？我睁大的眼睛再难合上，看着熟悉的身影，千算万算，算不到狐王。

吕洞宾在那边意味深长地道："果然是不可高兴得太早……"

"上神风仪，凡间自是不会有男子比得上，但若是放眼三界、妖魔道中，就不一定了。"

"妖精素来擅于诱惑人，狐狸更是资历深厚，狐中之王则无人能敌了……"还是意味深长。

这吕洞宾嘴皮子果然欠奉。

司命面不改色道："这便是公主此番，最大的劫数了。"

他们你一言我一语，害得我都没来得及思考。待得我面一沉，月留已代我出声问道："这却是为何？"

吕洞宾道："公主可还记得当初仙魔大会，魔尊逍遥，未道一言便带领魔界众人离去，这其中，哪有这般的轻易？"

如一道雷，我心中顿时雪亮。

我还不至于不知道，当初明明是我输了，他却没提条件就走了。我知道是父君从中周旋，却想不到，父君许的诺言竟是这般……

我周身一忽儿冷一忽儿热,似乎不定心,魂儿飘不定。

我不甚相信地看着吕洞宾:"父君与你说这些事了?"

虽然我明白,父君和魔尊就算有什么谈话,甚至交易,那些内容又怎么可能会传扬到外面。

吕洞宾低声说:"具体不曾知晓,但帝君,曾隐约透露过口风,说这是魔尊最后一次插手,倘若公主仍旧能在此世中,毫不动摇,他从今往后,也不再过问公主和上神。"

我一惊:"父君果真这样说了?"

吕洞宾点了点头,一脸欲语还休。

我仍自怔愣,品嚼其中意味,月留忽然看过来,漫不经心地盯了吕洞宾一眼,轻轻道:"让我与公主安安生生看一会儿戏。"

东华上仙被训斥了。吕洞宾低头认错,我也迅速回过神,看向他,月留极少训斥人,起码,这还是我第一次看见呢。

月留面无表情。这是我难得见他面无表情。

吕洞宾最后含蓄地看了我一眼,想说又不能说,我却已知道他未尽之言。他想说,魔尊能退让至此等地步,已是不易。

倘若他说的是真的,我也震惊地觉得不易……

月留扯了我的手,清淡瞥我一眼道:"在想什么?"

我亦是半愣半清醒地看他,不知此刻到底该作何想法才正确。逍遥,说他紧追不放也罢,说他……放得彻底,也罢。

只是这场豪赌,筹码是我和月留,便不那么能洒脱的了。

司命趴在云端窃笑,看戏看得正欢畅。

我阴恻恻飘到他身边:"司命星君紧着些,小心闪了眼睛。"

他指着凡世,不说话。

狐王就是狐王,宝刀不老,花前月下,怎么风花雪月怎么来。我正看到小翰林千金自从在林子里巧遇狐王,大为惊叹之后,竟日日寻由头去林子里和狐王相见。

雪衣绝代,我如今才发现,狐王不仅花容月貌,更是最解风情。陪翰林千金嬉戏,白日弹琴伴舞,夜里传情达意,间或温柔凝视的目光。

连续多日直哄得小姑娘脸上花一般的笑就没断过。自从山中见过月留,小姑娘就情绪低落,如今却被他哄得这样。就连我见了都不由叹息,可叹小翰林千金十几年大门不出二门不迈,怎敌得过狐王的千般手段,万般柔情?

我在云端接连叹了数声,道:"从未见过狐王勾引人,今日一见,才知道果然厉害。"

司命星君眉毛都要飞起来了,连笑数声:"那是,这可是狐中之王,莫看平日无情的样子,真正是'任是无情也动人'。"

司命的才学越发地长进了。

司命道:"公主,我看这次狐王,也是使出了浑身解数。大劫是跑不了了,不如你和上神在这里稍作休息,我去琢磨琢磨,看本子还有没有可改进的地方。"

我在月留身旁渐渐苦了脸,狐王毕竟得罪过魔尊,逍遥看着也不是度量大的人,所以这次狐王也算是有点将功折罪的味道,焉能不尽心力?

可是他尽心力,凡间投胎的本宫就被他坑苦了。

妖精搅局不可怕,怕的是这搅局的妖精偏偏还得到了父君的允许。然而我亦只能干看着,又不可能真的下界收妖。

我这厢看着狐王千愁万愁,凡间那灯会,繁盛开场。小翰林千金在狐王的出谋划策下,骗过了家中爹娘和丫鬟,和狐王携手,双双奔赴热闹的大街上。我就说凡间这些大户人家的规矩太多,把女孩儿看管得忒严,迟早惹出祸事来。天条约束神仙都没有这么苛刻。

这不,要不是翰林千金被约束得狠了,平日连外面街市长什么样子都没见过,焉能被狐王花言巧语骗到了外面?

我眉心的愁字都快拧出来了。

按照戏本惯常上演的,再这么发展下去,孤男寡女夜夜私会,估计就该私奔了。

奈何狐王实在风华绝代,手段实在高端,我都不得不折服其下。

司命绕着弯子回来了,眯眼看到狐王正握起翰林千金的手,小千金羞涩地低下了头。司命道:"诶,到底是小姑娘,从未和男人亲近过,这就快撑不住了。"

我冷着脸。

司命拿着他的簿子,赔笑着飘到我身边,道:"公主,我将本子改了改,更精彩了。"

更精彩了,我恨得牙痒,夺过本子就看。一看之下,眼皮跳了一下。随即我眯起眼,看着司命星君有点意味深长。

司命心知肚明,轻笑:"同为仙僚这么多年,公主有难,我等焉能不助一臂之力?"

我心甚悦,又把本子细看了一回,片刻拍着他肩膀,说道:"后面的戏我非常满意,不过,你打算派谁去当道士?"

司命与我对视一眼,彼此瞬间都有了考量。司命阴险一笑:"放眼天界和公主有交集能够帮助公主出力的神仙,多得很,公主不必忧心。"

我亦眯眼,嘿嘿一笑。

东窗事发,小翰林千金和别人日日私会的事情传遍了家中,一家之主的翰林老爷下令彻查,这查过之后就突然觉得,小姐平日被看管得甚严密,能有本事勾人的,说不准就是妖精。

官宦人家做事就是滴水不漏,事关体面的时候,往往雷厉风行。本着宁可信其有不可信其无的心态,翰林老爷马上差人,去山上道观,请来德高望重的道长。

半晌,吕洞宾穿着道袍,粘上了胡子,手拿着拂尘走出了道观,在翰林家人三请四请之下,上门了。

司命还记仇,记着吕洞宾刚才编派他,这会子就把吕洞宾排挤下凡了。

吕道长进了翰林家的门,一眼扫去,立马就呈现了高人模样。开坛做法,将翰林家的风水起落说得分毫不差。翰林夫妇几乎热泪盈眶,对道长深信不疑。这时候,吕道长再断言,小姐被狐狸精迷惑了心智,需得将妖精速速铲除。

翰林家上下,果然还是深信不疑。

司命星君道:"吕仙成仙之前,便是修道的,派他下去扮道士,再合适不过了。"

我眉梢展开，看着吕洞宾那一身道袍，没说出口，其实心里也觉得，吕洞宾还真有一派宗师的风范。

林子里，狐王出了撒手锏，仍是白袍如雪，说他俊逸比仙也不为过。翰林千金仍如往常盯着他看，只是这眼神专注是专注，却好像和以前不一样。

狐王轻柔地拢着小千金的肩，又一次深情对望。忽听他说："倘若我不是人，你还能这般亲近我吗？"

这语气，这神情，我活生生抖落了一身疙瘩。这几日虽短，狐王的招数几乎层出不穷，一山更比一山高，真让人见识到什么叫真正的高手境界！

倘若翰林千金同样深情地回一句"我不在乎你是谁"，那吕洞宾现在出现也白搭了。少女多情的心事，硬是被狐王抓了要害。

本宫的表情都快僵住了，只听乾坤镜中，翰林千金柔柔的声音问："你是神仙？"

果然少女情怀总是诗。端看狐王怎么回答。

狐王顿了顿，道："我是狐仙。"

狐王一句"我是狐仙"的仙字刚收尾，吕洞宾挥着桃木剑冲进林子，大喊"妖孽受死"。一时风云突变，飞沙走石。

吕道长仙风道骨，是个真仙人，如今真仙仗剑收妖，便是放在人间，也是一出绝顶大戏。身份被拆穿，狐王理当现形，只见狐王身形飘起，万道白缎飞出，卷出无数风浪，将狐王托在云间。

即便现了形，也只是变得更美丽逼人、更风华绝代。

吕洞宾也踩云上了半空，持剑对立，底下翰林千金大惊失色地叫道："狐仙大人！"

我的头晕了一晕，受情绪影响，我差点歪在月留身上。月留低头看着我，微微笑了笑："狐王的资历早可登仙道，便是称一句狐仙，也名正言顺了。"

他是名正言顺了，难为翰林千金怎么能联想到神仙的头上。

就见吕洞宾拂尘乱舞，做足了姿势，捏个法诀看见金光笼罩，挥手打向狐王。狐王坐在空中勾了勾嘴角，道："道长是真仙人。"

吕洞宾瞪直眼，道："废话！纳命来！"

他那拂尘舞得像蜘蛛丝一般，委实丑，狐王微微向后扯了扯头，看着吕洞宾。

绝代风华的狐王，动了动手指，长长的雪色绸缎一挥，将吕洞宾卷到了半空中，再一拉，吕洞宾就被狐王拉到了面前。

清风中，两人长衣舞动，挨得极近。

狐王眯眼，极低柔风情地说了句："吕仙，咱们的这场戏，就到此为止了。"

吕洞宾扮演的那个老道士，摔了个四仰八叉，面朝天，悲哉哀哉。

狐王优雅地转身腾云走了，留下碎了一地心的吕洞宾，仙面无存，仙面扫地。

我在云端着实忍不住，噗地笑了。

月留看着我，终究忍不住嘴角也勾着，却说我："你也太不厚道了，梦璃。东华也是为了我俩，才受的这种苦。"

我一边忍着笑，一边道："你放心，等他回天庭，我一定拿上千年的好酒招待他。"

只见狐王却没立刻离开，轻悠悠地飘下了地面。一伸手，揽住了翰林千金，看小千金一双明眸里瞬间蓄满了泪水。

狐王的目光，这次是真的望穿秋水的温柔深情："你可愿意与我一同走？"

即便生死关头，云上的我，也为这句话恍惚了双眼。

只要小千金一句愿意，所有的所有都会真的泡汤。

此刻小千金的眼睛里泪水已是泛滥成灾，啪嗒啪嗒不住落泪。吕洞宾挣扎着爬起来，要死不活地朝狐王的方向伸着手。

最终小千金，缓缓地，摇了摇头。

烟云散，狐王松了手，在翰林并一众家丁惊骇的目光中飘然远离。小千金跌坐在地，眼神有点空洞。

只不知翰林千金最后，为何不答应。

一群蜂拥而上的家丁中，我看见有一双修长白皙的手，缓缓把犹是失魂落魄的小千金扶了起来。清朗眉目映衬中，端的又是一个好男子。

翰林夫人带着泪痕,忙不迭地对着小千金介绍:"兰儿,这位是你的玉桓表哥……"

我坐在云端,看见那眉角温然的男子,如被一道雷劈怔在当场。

接下来我手脚发冷,指尖颤抖,浑身犹如木桩子定住丝毫动弹不得。看着那人将小千金抱起,看着那人陪伴小千金身边,无数纷纭画面片段冲击我的脑海,霎时一片空白!

我眼前一阵阵发黑,身体却仿佛动不得了。我想我要是关键时候晕过去,此时此刻,真的是节骨眼上掉链子。月留扶住了我,手臂圈在我腰上,我看见他的眉毛蹙在了一起。

半晌,他似是叹了一下,睁眼看着我:"见到他,你就那么震惊?"

我焉能不震惊?

我努力朝乾坤镜看了几眼,玉桓,果真是玉桓。自从我醒来,我想见他想了多久,没想到,今日在乾坤镜中窥见他的容颜。

那么熟悉刻骨,无论如何都不会认错了。

我不由自主动嘴:"为什么,他会在那里出现?"

问完才感慨,本宫最近这句为什么,真是说了太多次了。

月留仍是揽着我腰,凝神半刻,道:"不知,但他的现身原因,显然和狐王不同。"

和狐王的蓄意勾引不同,自然是不同的! 我捂住胸口,眼睛张大,有些无所觉地盯着玉桓看。

司命那厢也迅速跳了起来,火速翻着手里册子:"这是变数! 变数!"

我靠在月留怀里,摇摇欲坠盯着镜中玉人清润,真是受到的前所未有的重大打击。

月留牵起了我的手,低语安慰:"不要忧心,我猜,是好的变数。"

凡间的玉桓,已经把翰林小千金带了回去,我的脑袋轰鸣声中,如同冥冥中契机应运开启一样,竟记起了玉桓的许多往事。

等思绪逐渐地自沉重回忆中回来,我望着乾坤镜中凡尘碌碌,却仍旧恍惚。如今再道一句往事不堪回首似乎迟了,不该发生的,都已经发生。曾经,我为了父君给我的这桩婚事,搅得天宫不宁静,直到许多人受伤。没承想,现如今,我为了挽留住这桩姻缘,同样累得很多人为我忙碌。

我眼睛逐渐湿润,看向身边的月留。月留却早已凝着我看,眼中忧色:"你怎么了?"

我用手摸了一下脸,强笑:"没什么,想起了许多往事。"

吕洞宾那点子本领还不够狐王塞牙缝的。灰溜溜捂着摔疼的后腰一瘸一拐回到了天上,再难潇洒得起来,气愤地连灌了三大碗老酒。龇牙开始数落司命:"你个没安心的,收妖收妖,你有见过妖王能被收服的吗?有本事你自己去看看⋯⋯"

吕洞宾脸涨成猪肝色,碍着我在旁,没对司命翻脸,甩袖子独自走了。其实司命的嘴皮子一点也不亚于东华,甚至有时候他更刻薄一些。

狐王惯会做姿态,和谁都能摆出一副你侬我侬的样子,真真是男女老少都不拒绝。要不人家怎么能称狐王呢?我想起,以前曾有狐族的旧友和我说过,狐狸最喜欢人,不管是女人,还是男人。

玉桓站在庭园里,落叶在肩头,对身后的狐王说:"你回去吧。"

狐王抱着双臂倚在树身上,尽显风流,半晌,嘴角微微笑了,道:"既然是玉尊命令,长仪没有不从。"

接着他又道:"只是玉尊和魔尊,商量好了吗?"

玉桓微微蹙起眉,转脸看他,没有说话。

狐王又道:"罢了,这也不是我该关心的事情。"

言罢便果真利落转了身,驾云而遁。这次,是真的走了。

玉桓的出现,似乎使得这番历世出现了不大不小的变动。我更惊讶于他的所为。

我正痴痴地盯着玉桓,忽听得有人在我耳边道:"公主,你可还记得曾有人评价过你——'素来是没有良心的事儿干过之后,充当天下最善良最有良心的。转眼已忘得十万八千里九霄云外头。'"

是谁这么犀利,我陡然转头,司命的手搭在命理簿子上,亦是专心致志看着我。

"谁说的?"

"魔尊说的。"

　　我低着头，只觉得，我做的最没良心的事儿，就是在玉桓身上。这话倘若是逍遥说的，我怕是千万个信了。我不禁想，逍遥真就那么了解我么？

　　赶走了狐王，玉桓一头又回到小千金的屋子里。玉桓站定在门口，玉桓，他虽比不得狐王的天生绝魅，可亦是珠玉化出的柔情男子。

　　当下就搂了小千金在怀，细语宽慰。

　　当问及小千金为何不答应，小千金眼泪啪嗒啪嗒就往下落。那股子心疼劲儿，直穿越九重天达了我的心上。十指连心，我这魂魄的喜怒哀乐，也连着我的本身。

　　那一刻，我也体会到，她委实是伤到了肝肠。

　　站在桃花树下，小千金的脸上也仿佛映着桃花，红扑扑挂着笑。

　　"表哥，我曾在山上，遇到过神仙。我那时候太紧张，其实，也没看清他的样子。"

　　我在云上，为这句话紧了心肠。

　　小千金转过脸，眼里刹那间，又涌上了泪花："表哥，你说我以后，还能不能再看见他？"

　　玉桓牵着她的手，眼尾眯了起来，那是种遥远的模糊的眼神，有种让人怀念的追思。

　　"定然可以再见到，那位神仙，说不定也像这般念着你。"玉桓的眼角含着丝丝的温柔。

　　在这刻，我和小千金的感受达到同步，她的抽泣没有停止，脸上却渐渐绽开了微笑。我没有动，眼底潮湿一片，而是我知道，事到如今，七世姻缘，已是无可挑剔地完成了。

　　我听到司命猛松一口气的声音，片刻，转头，他朝我说道："这个玉桓，公主，在您轮回的那七世之中，玉桓其实也有历世，他随了您几世的时间，在公主遇难时，他也曾几次援助过。"

　　玉桓……

　　我低下头。

　　月留一手扶着我的肩，从腰上摘下了一只玉坠，对我道："你不想她孤苦伶仃，便让他下去陪她吧？"

我看向他，就见他将那只玉坠，迅速抛下了红尘之中，

我眼睁睁看着那玉坠滚落在人间中，渐渐化出身形，最终落在一户人家里。

我愣了愣，方转过脸去看他，怔怔问道："你将这玉坠，化得同你一般模样，是要作何打算？"

月留微微一笑，道："也不失为一桩好姻缘。"

我被他这声好姻缘说得更加呆了一下，随后心里敞亮，便一抽抽地酸疼。

他一伸手将我搂到了怀里，在我耳边幽幽呢喃："好了，现如今，再也不必担心，我可以放心陪着你了。"

我觉得这话实在是窝心得叫人难过，不知道此刻我这张老脸该是怎样一番精彩变化，只记得最后月留抱得我愈发紧，那司命冷森森地在背后说："功成身退，小仙就不打扰公主与上神了。"

我："……"

玉桓是我遇见的第一个天外男子，他不属于仙界，我在琼华山和他初相遇，坠入情网。后来他消失，我只记得我满天下寻找过他，最重要的一件事，我却忘记了。

我之所以能够得知玉桓是玉石化身，知道他来自于魔界，并不仅仅从南极仙翁那里听到。更重要的，是得到了月留的首肯。

当初我为了找到玉桓，曾千方百计看过一次天书，从天书上我知道，玉桓的身份是魔界玉尊，魔尊逍遥之左膀右臂。我于是潜入魔界，追寻玉桓的踪迹，我年轻气盛，难免就吃了大亏。

逍遥在后花园等我，他对我说，我能从清离的婚礼上把玉桓带走，却不可能从魔界把他带走。

他眉梢尽数是邪气，笑容也模糊不清，说要不要和他打一个赌，看我对玉桓究竟有多情深。

不带走玉桓我当然不甘心，欣然答应了他的赌局。他说让我和他在一起半个月，这半个月要扮作情人般亲密模样。我不得中途变卦，否则他一辈子都会囚禁玉桓。

我心焦玉桓安危,自然全数答应了他。而这其中,我全然没有顾虑到的是月留,他纵着我,纵了我的所作所为,我却丝毫没有想到他。

从我受了天劫出世起,我就知道,我是要嫁给天外天的上神的,说我与那位上神是天作之合。彼时,我连那个上神的面都没见过,心底是很不以为然的。就是因为我的不以为然以及年少轻狂,铸成了以后的无数大错。

而我在与逍遥相处的那半个月里,却遭遇了我人生里的第一次大劫,我不知道,逍遥做这一切,都是有目的的。神仙,有一个一辈子的禁锢,比如百花仙子离不了花的滋养,嫦娥离不了清冷的月宫,我,则终生逃不脱七情的桎梏。情天欲海,姑姑曾说我此生必然遭受的最大劫难就是情、天、欲、海。我司掌的七情,一旦碰撞上魔尊手中的六欲,我就会迷失本性。而这是一次不可避免的迷失,命中注定,我只有迷失了那一次,才能获得真正掌控人间七情的力量。

七情六欲本来是属于人间的,我生来是神女,无法了解体会那些称为感情的东西。所以我不可避免地落入了魔尊的陷阱,甚至,在他妖娆冷酷的步步为营之下,差点就委身与他。

我不可自拔,没能见到玉桓,甚至在那次冲击之后,我几乎失去了大部分对人对事的记忆。逍遥毕竟是魔,他的魔心难以撼动,等他失了兴趣,就是伤我伤得体无完肤之时。

无情如斯,我在魔界奄奄一息,全然忘记了我来魔界的目的。逍遥一不做二不休,彻底封锁了天界探查的耳目,想任我在魔界自生自灭。

后来,是我在两眼迷茫中,看见了一角白衣。还是月留,他将我从魔界万丈深渊中,重新拖回了光明的九重天。身后是追他的大群魔将,但他还是将我带了回来。

在天池边,是他对我悉心照料,那时候,我第一次正视天界传说中与我有天作之合的上神。

我眼泪流下来,慢慢想来,我所有的赌气任性,一万个不满父君对我终身大事的裁决,觉得他控制了我。那场一意孤行的妄为,蒙蔽了我的双眼,甚至没有真正注意过,那上神公子月留,其实是个怎么样的人。

我还记得当初月留他对我说过的话:"公主,你是情仙,注定是要受情爱之苦的。"

还说:"而我,我是注定要渡你的人。"

渡我的人,试问这苍天宫宇,有谁能渡我,有谁是渡得了我梦璃的人?我那时仰着头问自己,心碎之后化骨灰,我都不知道从今往后我还能不能做神仙。

而如今,月留一语成谶,我真的历尽了情劫之苦,并且连累了许多人,陪我尝尽了酸甜苦辣。

思来想去,其中最对不起的,还是玉桓。

至此,我终于将往事全部记起。

一年之后。

我搬进了姑姑的琼华山居住,月留就陪我住了进来,姑姑三个月前也回了琼华山,只是她还是改不了四处漂泊的性子。得知我要在山上住,她倒没说什么,只让我每天负责把她的住处打扫得干干净净,如果住得久了,还要负责把整座琼华山都打扫得干净。要是她回来发现山上有一丝的脏乱,就要把我轰出琼华山。

我岂敢违抗姑姑,自是全部应承下来。其实我此番躲到姑姑这里来,也是躲着天庭那帮众仙。

七世姻缘结束后,魂归我身,月留也在天外天养了好几个月的身体,这样下来,父君就擅自订下了婚期。七月十五鹊桥会的时候,要我和月留完婚。

我窘得不知如何是好,对父君说,我就不和牛郎织女他们凑热闹了。

结果父君横了我一眼,眼神中,似乎早就对我这个不孝女百般不满意。我想起以往忤逆他的事,低着头就不说话了。

父君做事三个字,快狠准,在我走后就迅速下了一道旨意,把我后路给断了。

于是吕洞宾那伙人,整天在宫殿门口拦住我,嬉皮笑脸问:"公主,八荒九州珍馐宴席上,可记得请我们?"

一群吃货。我避之唯恐不及。几万年终于落了个把柄在他们的手中,我料想他们也不会好心地放过。

我于是拣了个清冷的下午,顶着锅盖逃到姑姑的琼华山来了。

月留在我对面正煮着茶,抬头看见我一脸劫后余生的庆幸,便笑了笑,问我:"阿璃,你喜欢什么口味的茶?"

我被他拉回来,朝茶炉看了看:"随意,你煮的都行。"

其实我信得过月留煮茶的手艺,经他手烹制出来的,皆是上品。

"阿璃,你看,这琼华山上,就两间像样的屋子,其中一间,还是麻姑上仙修行的道堂。"

我点点头,那倒是,姑姑上仙境界高超,睡觉自然是不用屋子不用床的。但因为我喜欢住在房间里,那另一间屋子,便是我自己盖的。

我突然想到了这一层,脸一红。

果然,月留下一句慢悠悠道:"那我晚上的时候,该住在哪儿才好?"

…………

我之前完全没有料到这件事,脸上温度慢慢升高了,觉得月留这样的修为其实睡觉也根本不需要床,但顶着他火辣辣的视线,我又实在觉得吃不消。

"公主,门外有人求见。"琼华山的一个小仙婢走来道。

苍天大地,谁这么及时救我于水火中。我抬起头:"谁啊?"

小仙婢道:"他说是公主故交,叫玉桓。"

我伸出去捻茶叶的手顿住了,顿得很是干脆利落。我慢慢扭过头,盯着仙婢,故作板正道:"你可曾听清楚了?"

仙婢不仅回答了清楚,还将外貌形容如何气度都细细描述了一遍,称得上尽心。

月留淡淡看了我一眼:"你去见吧,茶给你捂着,你回来正好喝。"

我心思复杂地朝他看了眼,低头离座起身,慢慢踱到了外面。

琼华山的小姑娘们,都和姑姑一样生活在世外桃源。两耳不闻三界事,玉桓这么一个如雷贯耳的名字,听了也没反应。

走出门的时候我还想,如若此番来的是魔尊,我一定有不见之理由,但来的人是玉桓,就不能不见上一见了。

出门看见前方亭内,一个人坐在那边,即便坐着,亦能看见身影很是修长,发丝飘在身后,锦衣玉带,一瞬间我感慨万千。

我居然就站在原地呆看着,不再往前,想当初我得知他是魔界玉尊的时候也是这般愣了许久,可心境却已大不一样。反而是玉桓先有所察觉,回过了头来。

我与他相望,他嘴巴动了动,最终吐出:"公主。"

这把嗓音已是记忆中的声音了,我慢慢地走过去,在旁边的凳子上坐下。

再抬起头看他,唔,在乾坤镜中看他,终究不如面对面这样真实。玉桓的目光,亦是停留在我脸上,他嘴角带着淡淡的微笑:"公主,许久没见,看见你如今的样子,我真感到久违又开心。"

恍如隔世是什么感觉,莫过于此刻。盯着他的脸,我想了许久才回应:"我也是。玉桓,能见到你,实在是桩幸事。"

对我而言,是太大的幸运。

从前面屡次向逍遥交涉无果,直至今日看见玉桓完完好好出现在我眼前,个中无数滋味,乍悲乍喜。

他轻柔地说:"公主还是和以前一样,一点没变。"

我鼻内一酸,涩涩地难受:"你看着,也是。"

玉桓细细一笑,那略带一丝青涩的表情,和我初见他一般无二致,

我鼻中酸了又酸,终是忍不住开了口:"玉桓,我对不起你。"这句话一直在我心中藏了太长时间,以至今天说出来的时候,都带着颤音。

玉桓低头良久没有说话,半晌之后,随即酸涩地一笑:"世上有句话,叫有缘无分。我想,我与公主这般,便是叫有缘无分。"

他的每个字都如一根针刺入心扉,让我差点抬不得头。想一想,我与玉桓之间,的确充斥了太多的错过和巧合,那样多的错过,几乎都要让我感叹一句天意弄人。而事实上,又何尝不是呢?

我的手紧紧绞着裙角,当下更是不知道说什么。

玉桓抬起头,眼神闪烁:"其实下界历世了几番,我已是将公主,当作妹子看待了。"

我愣住，看着他，他继续笑了笑说："我跟逍遥，都是公主命中劫数，还望你不要放在心上，以后同月留上神好生在一块儿，再莫要想起这些不开心的事了。"

我眨了几下眼，终是明了他一番良苦用心，当下更是怔住。

"逍遥，我已是劝过他了，你不必再担心他。如今他已输了，再不会来干涉你和月留上神之间的事。"他嘴角的笑越发苦涩，"其实逍遥，他是尊上当久了，惯了别人对他顺从，你莫要怪他。伤害你，他也很不好受。"

我遽然提起心，亦是苦涩，转过头看着地上怪石成阵，道："其实，你大可不必为他说情，我与他，早已两清了。"

同样是魔界人，逍遥，便没有玉桓这般的心胸。

他喉间动了动，声色喑哑："公主，过去的事，就让它过去吧。"

我盯着他琉璃色温润的一双眼睛，本来是我来见的他，却变成了他劝我。

我咬了咬唇："你下界帮了我，他有没有对你怎么样？"

玉桓轻缓一笑，低低说："他从来就不曾真的对我怎么样。"

我语塞。其实当我回忆出来许多事，便也逐渐明白了过来，若说逍遥那样冷漠的人一辈子还有什么是他真正信任的兄弟伙伴，那就是玉桓。就如他曾在我不知情时，无数次用玉桓威胁我，而实际上，逍遥或许从来都没对玉桓如何。

良久，玉桓看向我说道："其实我这次来，是有一件事。"

我望着他。

"听闻你与月留上神即将成亲，"他缓缓从腰间，解下了玉色纯净的玉石，"我没什么可以送出，这个，是我很早便想给你的。"

我看着他捧过来的那块玉，彻底呆了。

玉桓的微笑仍是淡然："他山玉，送你做嫁妆。"

在很多很多年前，记得是哪个男子守在我窗外说，不能把他山玉送给我，除非是聘礼。现在，他双手握着这块玉石，在我面前，我的胸中仿似有把尖刀在搅动，如在凌迟。

我垂着头，竭力将眼泪逼了回去。

他将他山玉轻轻放入我手中,我握着那块玉发愣。

"祝你们天长地久。"玉桓说完,用力握了握我的手,微笑着转身,离开了琼华山。

他的背影几乎没怎么让我看见,便是这时隔多年第一次的相见,他也表现得过于冷静自持。只是他的眼眉,棱角之间的疲软无力,却渐渐凌迟得我寸寸伤痛。我知道,像今日这般我与他相对着说话,是此生的最后一次了。

我将他山玉捂在胸口,觉得那痛楚稍微缓了些,才默默转身回到了院内。

满院的茶香,已是蔓延开来,月留端坐桌前,侧目看我:"见过了?"

我的神情已经说明了一切。

"都谈完了?"

"谈完了。"

月留并未过多表示,转过头,语气温然:"嗯,过来饮茶吧。"

月留未曾问我和玉桓谈了什么,替我斟了满满一大杯茶,便将茶壶放上火炉,继续添茶叶煮。我看他煮茶煮得甚仔细,身上的白衣,都沾了茶叶的细屑。他这般认真专注一事的神态,倒让我格外依恋。

我便慢慢靠过去:"月留,今晚,你我挤一间屋子吧。"

半晌,看不见他的脸,却依稀能听得出他声音的上扬:"好。"

那点欢悦,亦同时传达进我心底。似乎很久以前,我同他第一次见面的时候,他便是这样,千百般的温顺体贴,柔和地应承我所有要求。不管那要求是多么无礼,又曾给他造成多么大的伤害,我眼前浮现出在凡间的时候,无论何时有难,他永远一身白衣的出现,搂我入怀,抑或是用他的手指抚平我的眉间。

曾几何时,我做梦时常会梦见他,只是,彼时我不知道是他。只能在心中,将那白衣男子记住再记住,记得……凡世的一生一世都永远不忘。

而现如今,我能真实靠在他怀中,知道他是我的谁,即将伴我一辈子,就像凡间一句很美的诗形容的那样,一生一世一双人。白首不相离,我和月留或许不会有白首的那一天,但却可以相伴到天长地久,这样的幸福,让我觉得一生的功德,都可以圆满了。